Eduardo Galeano
Zeit die spricht

P H
V

Eduardo Galeano

Zeit die spricht

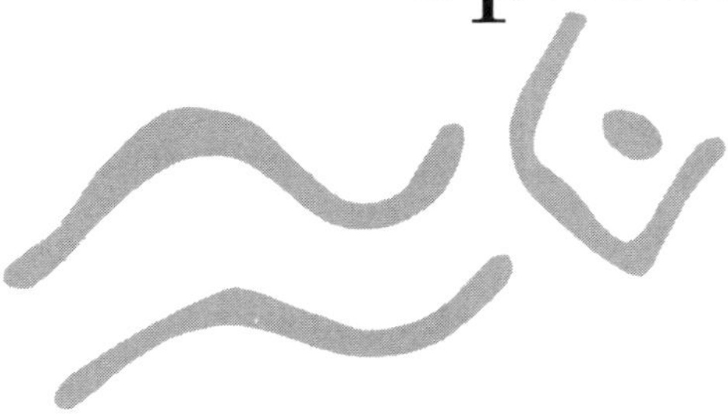

Aus dem Spanischen
von Lutz Kliche

Peter Hammer Verlag

Originaltitel: *Bocas del tiempo*
Siglo Veintiuno Editores, S.A., Madrid, Mexico

Die Übersetzung aus dem Spanischen wurde mit Mitteln des Auswärtigen Amtes unterstützt durch die Gesellschaft zur Förderung der Literatur aus Afrika, Asien und Lateinamerika e.V.

Die Illustrationen stammen aus den Bänden I und II der Iconografía de Cajamarca, zusammengestellt von Alfredo Mires Ortiz. Der Abdruck erfolgt mit Genehmigung des Autors und des Herausgebers (Red de Bibliotecas Rurales de Cajamarca, Perú).

Umschlaggestaltung: Magdalene Krumbeck, Wuppertal
Lektorat: Karin Gleixner
Satz: Graphium press, Wuppertal
Druck: Clausen & Bosse, Leck
ISBN 3-7795-0027-2
www.peter-hammer-verlag.de

Als sie einzelne, lose Fäden waren und noch nicht Teil eines gemeinsamen Musters, wurden einige der hier versammelten Geschichten in Zeitungen und Zeitschriften veröffentlicht.
Als sie in diesen Stoff gewebt wurden, veränderten jene ersten Versionen ihre Form und Farbe.

Dieses Buch erzählt Geschichten, die ich erlebt oder gehört habe. In einigen Fällen nennen die Geschichten, die ich gehört habe, ihre Quellen. Ich möchte auch den vielen Unterstützern danken, die hier nicht genannt sind.

Künstlerische Darstellungen der peruanischen Region Cajamarca begleiten die Texte. Diese Werke, von unbekannten Händen gemalt, geritzt oder geschnitzt, sind in langer Arbeit des Erforschens und Aufbereitung von Alfredo Mires Ortíz gesammelt worden. Manche sind Tausende Jahre alt, sehen jedoch aus, als seien sie letzte Woche gefertigt worden.

In alter Gewohnheit, unerklärlicher Gewohnheit, hat Helena Villagra dieses Buch Schritt für Schritt begleitet. Sie hat die Geschichten mit mir geteilt, die hier erzählt werden, hat jede einzelne Seite wieder und wieder gelesen und geholfen, die Worte zu verbessern, die da waren, und die hinauszuwerfen, die zuviel waren.
In alter Gewohnheit, erklärlicher Gewohnheit, ist dieses Buch ihr gewidmet.

Eduardo Galeano
Montevideo, Ende 2003

Zeit die spricht

Aus Zeit sind wir.

Sind ihre Füße und ihre Stimmen.

Die Füße der Zeit schreiten in unseren Füßen.

Über kurz oder lang, das ist bekannt, verwischen die Winde der Zeit die Spuren.

Die Reise des Nichts, niemandes Schritte? Die Stimmen der Zeit erzählen die Reise.

Die Reise

Oriol Vall, der sich in einem Krankenhaus in Barcelona um die Neugeborenen kümmert, sagt, die erste menschliche Geste sei die Umarmung. Wenn sie auf die Welt kommen, zu Beginn ihrer Tage, tasten die Säuglinge, als suchten sie jemanden.

Andere Ärzte, die sich um die schon Gelebten kümmern, sagen, am Ende ihrer Tage wollen die Alten, wenn sie sterben, die Arme erheben.

Und so ist es nun mal, soviel wir auch darüber nachdenken und so viele Worte wir darüber auch verlieren. Darauf läuft ganz einfach alles hinaus: Zwischen zwei Flügelschlägen verläuft, ohne weitere Erklärung, die Reise.

Zeugen

Der Professor und der Journalist gehen im Garten spazieren.

Plötzlich hält Jean-Marie Pelt, der Professor, inne, weist mit dem Finger auf etwas und sagt:

»Hiermit stelle ich Ihnen unsere Großmütter vor.«

Und der Journalist, Jacques Girardon, beugt sich nieder und entdeckt ein Schaumkügelchen, das aus dem Gras hervorlugt.

Es ist ein Volk winziger blauer Algen. An Tagen großer Feuchtigkeit sind diese blauen Algen zu sehen. So auf einem Haufen wirken sie wie ein Speichelfleck. Der Journalist rümpft die Nase. Der Ursprung des Lebens hat nicht gerade ein besonders anziehendes Aussehen, doch aus diesem Schleim, dieser Schweinerei, stammen wir alle, die wir Beine, Füße, Wurzeln, Flossen oder Flügel haben.

Vor dem Davor, in den Kindertagen der Welt, als es noch keine Farben oder Laute gab, existierten sie schon, die blauen Algen. Indem sie Sauerstoff ausstießen, gaben sie dem Meer und dem Himmel ihre Farbe. Und eines schönen Tages, ein Tag, der Millionen Jahre währte, kamen viele blaue Algen darauf, sich in grüne Algen zu verwandeln. Und die grünen Algen brachten nach und nach Flechten hervor, Pilze, Moose, Quallen und alle Farben und Laute, die dann, die wir dann, das Meer und die Erde mit ihrem Gewühl zu bevölkern begannen.

Doch andere blaue Algen zogen vor so zu bleiben, wie sie waren.

Und so sind sie auch heute noch.

Von der fernen Welt aus, die war, sehen sie die Welt an, die ist.

Man weiß nicht, was sie von ihr halten.

Grünzeug

Das Meer war schon Meer, als die Erde nichts weiter war als nackter Fels.

Die Flechten, die dem Meer entstammten, schufen die großen Grassavannen. Sie drangen in das Reich aus Stein ein, eroberten und begrünten es.

Dies geschah im Gestern aller Gestern, und es geschieht auch heute noch. Wo nichts lebt, leben die Flechten: in eisigen Steppen, in glühenden Wüsten, hoch oben auf den höchsten Bergen.

Die Flechten leben, solange die Ehe zwischen den Algen und ihren Söhnen, den Pilzen, andauert. Wird die Ehe aufgelöst, lösen sich auch die Flechten auf.

Manchmal lassen sich Algen und Pilze scheiden, aus Streit und Ärger. Sie, die Algen, meinen, die Pilze schlössen sie ein und ließen sie nicht das Licht sehen. Sie, die Pilze, behaupten, die Algen machten sie satt und matt, weil sie ihnen Tag und Nacht Zucker gäben.

Spuren

Ein Paar kam durch die Savanne gelaufen, im Osten Afrikas, während die Regenzeit begann. Jene Frau und jener Mann glichen, um die Wahrheit zu sagen, noch ziemlich den Affen, obwohl sie schon aufrecht gingen und keinen Schwanz mehr hatten.

Ein naher Vulkan, der heute Sadiman heißt, schleuderte Asche aus seinem Krater. Der Aschenregen bewahrte die Schritte des Paares seit jener Zeit, und durch alle Zeiten hindurch. Unter der grauen Decke sind die Spuren intakt geblieben. Und diese Füße sagen uns jetzt, dass jene Eva und jener Adam zusammen gingen, als *sie* plötzlich innehielt, ausscherte und ein paar Schritte allein ging. Dann kehrte sie zum gemeinsamen Weg zurück.

Die ältesten menschlichen Spuren haben auch die Spur eines Zweifels hinterlassen. Einige Jährchen sind seither vergangen. Der Zweifel besteht immer noch.

Die Spiele der Zeit

Es heißt, dass es heißt, es habe einmal zwei Freunde gegeben, die ein Bild betrachteten. Das Gemälde, das Werk von wer weiß wem, stammte aus China. Es zeigte ein Feld voller Blumen zur Erntezeit.

Einer der beiden Freunde blieb, wer weiß, weshalb, mit dem Blick an einer Frau hängen, einer der vielen Frauen, die auf dem Bild Mohnblüten in ihren Körben sammelten. Ihr Haar fiel offen auf ihre Schultern herab.

Schließlich erwiderte sie seinen Blick, ließ ihren Korb fallen, breitete die Arme aus und nahm ihn, wer weiß, wie, mit sich fort.

Er ließ sich, wer weiß, wohin, von ihr entführen, und mit dieser Frau verbrachte er die Tage und Nächte, wer weiß, wie viele, bis ihn ein Windstoß fortriss und ihn in den Raum zurückbrachte, wo sein Freund immer noch vor dem Bild stand.

So winzig war jene Ewigkeit gewesen, dass der Freund seine Abwesenheit nicht einmal bemerkt hatte. Und er hatte auch nicht bemerkt, dass jene Frau, eine der vielen Frauen, die auf dem Bild Mohnblüten in ihren Körben sammelten, nun ihr Haar im Nacken zusammengebunden trug.

Die Zeiten der Zeit

Er ist eines der Gespenster. So nennen die Menschen von Sainte Elie die paar alten Männer, die immer noch im Schlamm stecken, Steine mahlen und Sand schaufeln, in diesem verlassenen Bergwerk, das niemals auch nur einen Friedhof besessen hat, weil nicht einmal die Toten je hier bleiben wollten.

Vor einem halben Jahrhundert kam dieser Goldgräber von weit her in den Hafen von Cayenne und ging an Land, auf der Suche nach dem Gelobten Land. In jenen Zeiten war hier ein Garten goldener Früchte erblüht, und das Gold erlöste jeden fremden Hungerleider und schickte ihn fett von Gold wieder nach Hause, wenn das Glück es so wollte.

Das Glück wollte nicht. Doch dieser Goldgräber ist immer noch hier, mit nichts als einem Lendenschurz bekleidet, isst nichts und wird von den Moskitos gefressen. Und auf der Suche nach nichts gräbt er Tag für Tag den Sand um und sitzt vor seiner Schüssel, unter einem Baum, der noch magerer ist als er selbst und ihn kaum vor der furchtbaren Sonne schützt.

Sebastião Salgado kommt zu dieser verlorenen Mine, die niemand besucht, und setzt sich neben ihn. Dem Goldgräber ist ein einziger Zahn geblieben, ein Goldzahn, der beim Sprechen in der Nacht seines Mundes leuchtet:

»Meine Frau ist sehr schön«, sagt er.

Und zeigt ein halb zerrissenes, verblichenes Foto.

»Sie wartet auf mich«, sagt er.

Sie ist zwanzig Jahre alt.

Seit einem halben Jahrhundert ist sie zwanzig, irgendwo auf dieser Welt.

Verlorene Worte

Abends ging Avel de Alencar seiner verbotenen Mission nach.

Verborgen in einem Büro in Brasília fotokopierte er Abend für Abend die geheimen Dokumente der militärischen Geheimdienste: Berichte, Karteikarten und Personalakten, in denen Folterungen *Verhöre* hießen und Morde *Zusammenstöße*.

In drei Jahren heimlicher Arbeit kopierte Avel eine Million Seiten. Eine ziemlich vollständige Beichte der Diktatur, deren letzten Tage absoluter Macht über die Leben und Wunder ganz Brasiliens angebrochen waren.

Eines Abends entdeckte Avel unter den Seiten militärischer Dokumente einen Brief. Der Brief war fünfzehn Jahre zuvor geschrieben worden, doch der Kuss, der mit den Lippen einer Frau als Unterschrift darunter gesetzt war, sah frisch aus.

Von da an fand er viele Briefe. Bei jedem lag noch der Umschlag, der seinen Empfänger nie erreicht hatte.

Er wusste nicht, was er tun sollte. Eine lange Zeit war vergangen. Niemand erwartete diese Botschaften mehr, Worte, die von Vergessenen und Gegangenen an Orte geschickt worden waren, die nicht mehr die gleichen waren, und an Menschen, die dort nicht mehr waren. Es waren tote Buchstaben. Und dennoch – wenn er sie las, fühlte Avel, dass er eine Übertretung beging. Er konnte diese Worte nicht in das Gefängnis der Aktenschränke zurückschicken, und er konnte sie auch nicht umbringen, indem er sie zerriss.

Am Ende jedes Abends steckte Avel die Briefe, die er gefunden hatte, in ihre Umschläge, klebte neue Briefmarken darauf und warf sie in den Briefkasten.

Krankengeschichte

Sie berichtete, sie habe jedes Mal Herzjagen bekommen, wenn sie ihn sah, auch wenn es nur von weitem war.

Sie erklärte, ihre Speicheldrüsen seien ausgetrocknet, wenn er sie ansah, auch wenn es nur aus dem Augenwinkel war.

Sie gestand eine Hypersekretion der Schweißdrüsen, jedes Mal, wenn er mit ihr sprach, und sei es nur, um ihren Gruß zu erwidern.

Sie gab zu, unter schweren Schwankungen des Blutdrucks gelitten zu haben, wenn er sie streifte, auch wenn es unabsichtlich war.

Sie beichtete, wegen ihm habe sie auch Schwindelanfälle bekommen, dass ihr schwarz vor den Augen wurde, dass ihr die Knie wegsackten. Dass sie tagsüber nur noch Dummheiten sagte und nachts nicht mehr schlafen konnte.

»Das ist lange her, Doktor«, sagte sie. »So etwas habe ich seither nie mehr gespürt.«

Der Arzt zog die Brauen hoch:

»Nie mehr haben Sie so etwas gespürt?«

Und er stellte die Diagnose:

»Ihr Fall ist sehr ernst.«

Der Ehestand

Hauptmann Camilo Techera führte immer Gott im Mund, guten Tag, so Gott will, bis morgen, so Gott will.

Als er in die Artilleriekaserne kam, entdeckte er, dass es dort keinen einzigen Soldaten gab, der verheiratet gewesen wäre, wie Gott es befiehlt, dass alle in Sünde lebten und sich wüst durcheinander liebten wie die Tiere auf dem Feld.

Um diesem Skandal, der den Herrn beleidigte, ein Ende zu setzen, ließ er den Priester rufen, der in der Stadt Trinidad die Messe las. An einem einzigen Tag teilte der Pfaffe den Soldaten der Truppe, einem jeden mit seiner jeden, das heilige Sakrament der Ehe aus, im Namen des Hauptmanns, des Vaters, des Sohnes und des Heiligen Geistes.

Von jenem Sonntag an waren alle Soldaten Ehemänner.

Am Montag sagte ein Soldat:

»Diese Frau gehört mir.«

Und stach sein Messer in den Bauch eines Nachbarn, der sie angeschaut hatte.

Am Dienstag sagte ein anderer Soldat:

»Das soll dir eine Lehre sein.«

Und drehte der Frau den Hals um, die ihm gehorchen sollte.

Am Mittwoch ...

Zank und Streit

Auf einer Gasse im Zentrum von Santiago de Chile verkaufte ein ramponierter Alter geschmuggelte Zigaretten. Auf dem Boden sitzend trank er direkt aus einer Flasche. Ich nahm das Angebot an, einen Schluck seines Weins zu trinken, der sofortige Zirrhose versprach, und blieb stehen, um ein Weilchen zu plaudern.

Als ich ihm gerade die Zigaretten bezahlte, kam der Wirbelwind. Plötzlich flohen die Fliegen, der Wein stürzte um, das Tischchen flog durch die Luft und gleich einer Furie hielt eine Frau den Alten mit der Faust in die Höhe.

Ich begann die Ware aufzusammeln, die auf dem Boden verstreut war, während die Dame das Wrack schüttelte und ihm Frauenheld, Hurenbock ins Gesicht schrie, was haste dir dabei gedacht, schamloser, perverser Gesell, mit der Eva zu vögeln, und der Luci, und er stotterte, die kenn ich doch gar nicht, und mit der Pamela, und er wimmerte, die wollte es doch von mir, und das Bombardement ging weiter, und mit der Martita hast du's auch getrieben, dieser Stute, und der Nutte von Charito und der Beti und der Pati, während die Leute völlig teilnahmslos vorbeigingen und sich nicht im geringsten scherten um diese Parade von platinblonden Frauen mit falschen Wimpern und Schlangenlederstiefeln.

Die Empörte hielt den Beschuldigten am Hals und gegen die Wand gepresst, während er Schwüre stammelte: Du bist doch die Einzige für mich, du bist meine Kathedrale, die anderen sind doch nur kleine Kapellchen, bis sie noch kräftiger zudrückte und ihn endgültig hinauswarf: Du ziehst aus, befahl sie, du haust mir ab, ich will dich nie mehr sehen, und wenn ich dich noch mal sehe ...

Und wortlos kündigte sie die schreckliche Strafe an. Richtete die Augen auf seinen heiligsten Ort und zerschnitt die Luft mit den Fingern wie mit einer Schere.

Mutig suchte ich das Weite.

Die sieben Todsünden

Im Beichtstuhl kniend gestand ein Reumütiger, dass er des Geizes, der Völlerei, der Wollust, der Trägheit, des Neids, des Hochmuts und des Zorns schuldig sei:

»Ich habe niemals gebeichtet. Ich wollte nicht, dass ihr, die Pfaffen, euch mehr als ich an meinen Sünden labt, und aus Geiz behielt ich sie für mich.

Völlerei? Seit ich sie das erste Mal sah, ich gestehe es, schien mir der Kannibalismus gar nicht so schlecht.

Nennt man das Wollust, wenn man in jemanden eindringt und sich dort verliert und nie mehr rauskommen möchte?

Diese Frau war das Einzige auf der Welt, was mich nicht träge machte.

Ich war neidisch. Neidisch auf mich selbst. Das gebe ich zu.

Und ich gebe zu, dass ich dann so hochmütig war zu meinen, sie sei ich.

Und ich wollte, verrückt vor Zorn, den Spiegel zerschlagen, als ich mich nicht darin sah.«

Abgründe der Nacht

Weil diese Frau nie still war, weil sie dauernd jammerte, weil es für sie keine Dummheit gab, die nicht ein Problem darstellte, weil er es satt hatte, wie ein Ackergaul zu schuften und dazu noch dieses Miststück zu ertragen und ihre ganze Sippschaft, weil er im Bett bitten musste wie ein Bettler, weil sie einen Anderen hatte und wie eine Heilige tat, weil sie ihm weh tat, wie ihm noch nie jemand weh getan hatte und weil er ohne sie nicht leben konnte, aber mit ihr auch nicht, sah er sich gezwungen, ihr den Hals umzudrehen, als sei sie ein Huhn.

Weil dieser Mann niemals zuhörte, weil er nie auf sie hörte, weil es für ihn kein Problem gab, das nicht eine Dummheit war, weil sie es satt hatte, wie ein Maultier zu schuften und dazu noch diesen Schläger zu ertragen und seine ganze Sippschaft, weil sie im Bett gehorchen musste wie eine Nutte, weil er eine Andere hatte und es überall herum erzählte, weil er ihr weh tat, wie ihr noch nie jemand weh getan hatte und weil sie mit ihm nicht leben konnte, aber ohne ihn auch nicht, hatte sie keine andere Wahl, als ihn aus dem 10. Stockwerk zu stoßen wie irgendein Paket.

Als diese Nacht vorüber war, frühstückten sie zusammen. Wie immer brachte das Radio Nachrichten und Musik. Keine der Meldungen fiel ihnen besonders auf. Die Nachrichtensendungen beschäftigen sich nicht mit Träumen.

Moral und gute Sitten

Sie schlossen sie in ein Zimmer ein und fesselten sie an ein Bett.

Jeden Tag kam ein Mann herein, immer derselbe.

Nach einigen Monaten war die Gefangene schwanger.

Da zwangen sie sie, ihn zu heiraten.

Die Gefängniswärter waren weder Polizisten noch Soldaten. Es waren der Vater und die Mutter dieser jungen Frau, fast noch ein Kind, die man erwischt hatte, als sie mit einer Klassenkameradin Küsse und Zärtlichkeiten austauschte.

Ende 1994 hörte Bev Clark in Zimbabwe ihre Geschichte.

Fische

Herr oder Dame? Oder beide zusammen? Oder manchmal ist er sie. Und manchmal ist sie er? In der Tiefe des Meeres weiß man das nie.

Die Zackenbarsche und andere Fische sind Meister in der Kunst, das Geschlecht ohne Operation zu wechseln. Mit erstaunlicher Leichtigkeit werden die Weibchen zu Männchen und die Männchen zu Weibchen; und niemand wird zur Zielscheibe des Spotts oder beschuldigt, die Natur oder das Gesetz Gottes verraten zu haben.

Vögel

Das Haus, aus Stroh und Zweiglein gebaut, ist viel größer als sein Bewohner.

Doch das Haus zu errichten, im dornigen Gebüsch, braucht nicht mehr als ein paar Wochen. Kunst hingegen erfordert viel mehr Arbeitszeit.

Es gibt keine zwei Häuser, die gleich wären. Jeder malt seine Heimstatt an, wie er will, mit Farben aus zerquetschten Beeren, und jeder schmückt sie nach seiner Art. Mit Schätzen aus dem Wald oder dem Müll irgendeines nahen Dorfes wird die Umgebung verschönert: Die Steinchen, die Blumen, die Schneckenhäuser, die Kräuter und Moose werden so platziert, dass sie Harmonie verbreiten; und die Bierflaschendeckel und bunten Glasscherben, wenn möglich blau, zeichnen Ringe und Fächer auf den Boden. Die Sachen wechseln tausendmal den Platz, bis sie den besten Ort finden, um das Licht eines jeden Tages zu empfangen.

Es hat seinen Grund, dass diese Vögel *caseritos*, Häusliche, genannt werden. Sie sind die fröhlichsten Architekten der Inseln ganz Ozeaniens.

Wenn er damit fertig ist, Haus und Garten zu erschaffen, wartet jeder Vogel. Singend wartet er darauf, dass die Weibchen vorüber kommen. Und dass eines im Flug inne hält und sein Werk sieht. Und ihn erwählt.

Auerhähne

Der Winter geht, und in den Buchenwäldern Asturiens lichtet sich der eisige Nebel, in dem die Hexen und die Uhus nisten.

Dann rufen die wilden Hähne, die Auerhähne, von den Ästen. Die Männchen rufen die Weibchen, und die Weibchen kommen herbei. Es ist noch Nacht, wenn der Tanz auf den Balzplätzen losbricht. Rote Masken, weiße Schnäbel, schwarze Bärte: Die Auerhähne und die Auerhennen wiegen sich hin und her wie Karnevalsmasken.

Die Jäger ducken sich im Wald, den Finger am Abzug.

Es ist sehr schwer, die Auerhähne zu erwischen, die tief in ihren Verstecken hausen, sicher vor jeder Gefahr. Doch die Jäger wissen, dass dieses Fest, der Tanz ihrer Begegnung, die Tiere blind und taub macht, solange er währt.

Spinnen

Schrittchen für Schritt, Faden auf Faden, nähert sich das Spinnenmännchen der Spinne.

Er bietet ihr Musik, verwandelt dabei das Spinnennetz in eine Harfe und tanzt für sie, während er ganz sachte, bis zu ihrer Ohnmacht, ihren samtenen Körper liebkost.

Dann, bevor es sie mit seinen acht Armen umfängt, umhüllt das Spinnenmännchen die Spinne mit dem Netz und wickelt sie ganz fest ein. Wickelt er sie nicht ein, dann verschlingt sie ihn nach dem Liebesakt.

Dem Spinnenmännchen gefällt diese Angewohnheit der Spinne überhaupt nicht, deshalb liebt er und flieht, bevor die Gefangene erwacht und den kompletten Service von *Bed and Breakfast* verlangt.

Wer versteht schon dieses Männchen? Es hat geliebt, ohne zu leiden, hatte nichts im Sinne außer seiner Minne, und jetzt, wo er weiß, dass sie ihn nicht mehr finge, vermisst er die Spinne.

Schlangen

Es glühte die Glut, aus den Würsten lief der Saft, das goldbraune Fleisch verströmte betörenden Duft. Vor seinem großen Haus aus Stein in den Bergen von Minas tief im Wald, hatte Don Venancio seinen Freunden aus der Stadt einen Grillabend bereitet.

Sie wollten sich gerade zum Essen setzen, als der jüngste Sohn, noch ganz klein, verkündete:

»Im Haus ist eine Schlange.«

Und indem er einen Stock hob, bat er:

»Darf ich sie töten?«

Er durfte.

Danach ging Don Venancio hinein und stellte fest: Das war ganze Arbeit. Auf dem Kopf, von den Schlägen zerschmettert, konnte man noch die Umrisse des gelben Kreuzes erkennen. Es war eine Kreuzotter, eine der größten. Zwei Meter lang, vielleicht drei.

Don Venancio beglückwünschte seinen Sohn, legte seinen Gästen Fleisch auf und setzte sich. Dann wurde lange gegessen, mit viel Nachschlag und reichlich Wein.

Schließlich brachte Don Venancio einen Trinkspruch auf den Jäger aus, erklärte, er wolle ihm die Schlangenhaut als Trophäe geben und lud alle ein:

»Kommt rein und schaut sie euch an. Die war riesig, ein wahres Monster.«

Doch als sie ins Haus kamen, war die Schlange nicht mehr da.

Don Venancio fluchte zwischen den Zähnen und meinte, da kann man nichts machen:

»Das Männchen hat sie in den Bau geschleppt.«

Und er erzählte, dass das immer so sei. Ob Schlangenmännchen oder Schlangenweibchen, der Tote hat immer jemand, der ihn holen kommt.

Dann gingen alle wieder an den Tisch hinaus, zum Wein und zum Gespräch und zum Scherzen.

Alle, bis auf einen. Pinio Ungerfeld fiel es schwer, wieder hinaus zu gehen. Er blieb im Haus, eine lange Weile, und stand starr vor diesem trockenen schwarzen Fleck am Boden.

Nachleben

Die Sonne verbirgt sich hinter den Zypressen, als Aurora Meloni zum Friedhof von San Antonio de Areco kommt. Man hat sie hergerufen:

»Wir brauchen den Platz. Es sterben viele Menschen, Sie verstehen.«

Ein Beamter sagt ihr:

«Sehr erfreut, meine Dame. Sie bekommen dreihundert Pesos. Hier, nehmen Sie.«

Und er gibt ihr einen Plastiksack, einen von denen, die man auch für Müll verwendet.

Ein riesiges Auto wartet auf sie.

Der Chauffeur, vom Kopf bis zu den Schuhen schwarz gekleidet, fährt schweigend.

Sie ist dankbar für dieses Schweigen.

Auf der anderen Seite des Autofensters läuft die Welt vorbei. Auf einem leeren Grundstück spielen ein paar Jungs Fußball. Aurora erträgt diese falsche Fröhlichkeit nicht und wendet das Gesicht ab. Sie sieht auf den Nacken des Fahrers. Sie sieht nicht auf den Müllsack, der auf dem Boden liegt.

In diesem Plastiksack: Wer ist da drinnen? Ist es Daniel? Jener junge Mann, der auf den Märkten von Montevideo mit ihr hausgemachten Käse und Karamellbonbons verkaufte? Der die Welt verändern wollte und im Rinnstein einer Straße wie dieser hier endete, mit sechsunddreißig Kugeln im Leib? Weshalb hat ihnen niemand gesagt, dass alles nur so kurz währen würde? Wo sind die Worte, die sie sich nicht gesagt haben? Die Dinge, die sie nicht getan haben, wo sind sie?

Jene, die schossen, die Mörder in Uniform, sind immer noch dort, wo sie schon vorher waren. Doch sie, wo ist sie? Ist sie wirklich in diesem Riesenauto, diesem lächerlichen Mietleichenwagen? Ist sie wirklich diese Frau, die sich auf die Lippen beißt und Nadelstiche in den Augen spürt? Ist dies wirklich ein Auto? Oder ist es jener Geisterzug, der irgendwann einmal aus den Schienen sprang, mit ihr an Bord, auf dem Weg nach Nirgendwo?

Die Fallen der Zeit

Mit angezogenen Knien hockte sie auf dem Bett, betrachtete ihn lange von oben bis unten, so, als prüfte sie genau seine Sommersprossen und Poren, und sagte:

»Das Einzige, was ich an dir ändern würde, wäre der Wohnort.«

Und seither lebten sie zusammen, waren zusammen und hatten ihren Spaß dabei, sich beim Frühstück um die Zeitung zu streiten, kochten spontan irgendwas und schliefen eng umschlungen.

Jetzt versucht dieser Mann, ihrer beraubt, sie sich so ins Gedächtnis zu rufen, wie sie war. Wie jede dieser Frauen war, die sie war, jede mit ihrer eigenen Anmut und Kraft, denn diese Frau hatte die erstaunliche Angewohnheit, wieder und wieder geboren zu werden.

Doch nein. Die Erinnerung weigert sich. Die Erinnerung will ihm nichts als diesen kalten Körper geben, in dem sie nicht war, diesen Körper, der leer ist von den vielen Frauen, die sie war.

Einkörper

Mit ihren weißen Stöcken und ein paar Schnäpsen fanden sie irgendwie den Weg durch die Gassen von Tlaquepaque.

Es schien, als wollten sie jeden Augenblick fallen, doch nein: Wenn sie stolperte, hielt er sie aufrecht; wenn er schwankte, richtete sie ihn auf. Im Duett gingen sie, und im Duett sangen sie auch. Immer am selben Platz blieben sie stehen, im Schatten der Torbögen, und sangen mit schräger, dünner Stimme alte mexikanische Corridas von Liebe und Krieg. Irgendein Instrument benutzten sie dabei – vielleicht eine Gitarre, ich weiß nicht mehr –, das den schrägen Gesang verstärkte; und zwischen Lied und Lied ließen sie den Becher klappern, in dem sie die Münzen des verehrten Publikums sammelten.

Dann gingen sie. Die Stöcke voran bahnten sie sich unter der gleißenden Sonne den Weg durch die Menge und verloren sich in der Ferne, abgerissen und zerschunden, hielten sich aneinander fest, eng umschlungen im Hin und Her der Welt.

Der Kuss

Ohne lange zu überlegen wählte Antonio Pujía einen der Blöcke Carrara-Marmor, die er im Laufe der Jahre erstanden hatte.

Es war ein Grabstein. Von welchem Grab, wer mochte das schon wissen. Antonio hatte nicht die geringste Ahnung, wie dieser Stein in seine Werkstatt gelangt war.

Antonio legte den Grabstein auf einen Arbeitsbock und begann mit der Arbeit. Eine ungefähre Vorstellung von dem, was er daraus hauen wollte, hatte er wohl, oder vielleicht hatte er auch keine. Er begann, die Inschrift zu tilgen: den Namen eines Mannes, das Geburtsjahr, das Todesjahr.

Dann drang der Meißel in den Marmor ein. Und Antonio fand eine Überraschung, die ihn im Stein erwartete: Die Ader hatte die Form von zwei Gesichtern, die aneinanderstießen, so etwas wie zwei Angesicht zu Angesicht vereinte Profile, die Nase an die Nase gelegt, der Mund auf den Mund.

Der Bildhauer gehorchte dem Stein. Und grub behutsam weiter, bis jene Begegnung, die der Stein enthielt, Gestalt gewann.

Am nächsten Tag betrachtete er seine Arbeit als beendet. Und da, als er die Skulptur anhob, sah er, was er vorher nicht gesehen hatte. Auf der Rückseite war noch eine Inschrift: der Name einer Frau, das Geburtsjahr, das Todesjahr.

Der älteste Mann der Welt

Es war Sommer, es war die Zeit der Fischwanderungen und es war eine unzählige Zahl von Sommern, die Don Francisco Barriosnuevo dort schon verbracht hatte.

»Er ist ein Jahresfresser«, meinte die Nachbarin, »älter als die Schildkröten.«

Die Nachbarin schuppte mit dem Messer einen Fisch, die Fliegen strichen sich voll Freude über das bevorstehende Festmahl die Beine und Don Francisco trank ein Glas Guavensaft. Gustavo Tatis, der von weit her gekommen war, flüsterte ihm Fragen ins Ohr.

Stille Welt, stille Luft. Im Dorf Majagual, einem in den Sümpfen verlorenen Weiler, hielt alle Welt Mittagsschlaf.

Gustavo fragte ihn nach seiner ersten Liebe. Er musste die Frage mehrmals wiederholen, erste Liebe, erste Liebe, ERSTE LIEBE. Der Methusalem hielt sich die Hand hinters Ohr:

»Was? Was sagen Sie?«

Und schließlich:

»Ah, ja.«

Er wiegte sich im Schaukelstuhl, runzelte die Brauen, schloss die Augen:

»Meine erste Liebe ...«

Gustavo wartete. Er wartete, während die Erinnerung, das altersschwache Schiffchen, auf die Reise ging, und die Erinnerung lief auf Grund, wollte sinken, verirrte sich. Die Reise dauerte mehr als ein Jahrhundert, und in den Gewässern der Erinnerung gab es viel Nebel. Don Francisco war auf der Suche nach seinem ersten Mal, runzelte das Gesicht, das von Tausenden Falten gefurcht war; und Gustavo blickte woanders hin und wartete.

Und schließlich murmelte Don Francisco, fast unhörbar: »Isabel.«

Und stieß den knorrigen Spazierstock auf den Boden, erhob sich mühsam, reckte sich in die Höhe wie ein Hahn und krähte:

»Isabeeeeeeeel!«

Seiten der Zeit

»Wann ist es soweit?«, fragte sie, »wann ist es soweit?«

Einmal die Woche kam Miguel Migliónico bei ihr vorbei. Immer traf er sie im Hausflur an, an ihren Korbstuhl gefesselt, den Blick zur Straße gewandt, und so bedrängte Doña Elvirita ihn mit Fragen über die Schwangerschaft seiner Frau:

»Wann ist es soweit?«

Und Miguel sagte ein ums andre Mal: »Im Juni.«

Weiß die Kleider, weiß das Haar, immer ordentlich zurechtgemacht und gekämmt, so strahlte Doña Elvirita Frieden aus, gebot über die Zeit und gab Ratschläge:

»Streicheln Sie ihr den Bauch, das bringt Glück.«

»Geben Sie ihr Dunkelbier oder Malzbier zu trinken, damit sie ordentlich Milch bekommt.«

»Erfüllen Sie ihr auch die ausgefallensten Wünsche, lassen Sie sie alles essen, was sie möchte, denn wenn man der Frau etwas versagt, dann kommt das Kind mit Flecken zur Welt.«

Jeden Freitag wartete Doña Elvirita darauf, dass Miguel vorbeikam. Durch ihre Haut, die den Körper wie rosafarbener Rauch umgab, schien das Geflecht der Venen, in denen die Neugier pulsierte.

»Und der Bauch, ist der spitz? Dann gibt's keinen Zweifel: Es wird ein Junge.«

Kalt blies der Südwind, der Herbst verabschiedete sich aus den Straßen von Montevideo.

»Jetzt dauert's nicht mehr lange, nicht wahr?«

Eines Abends hatte Miguel es sehr eilig, als er vorbeikam:

»Der Arzt meint, es ist eine Frage von Stunden. Heute oder morgen.«

Doña Elvirita riss die Augen auf:

»Schon?«

Am darauf folgenden Freitag war der Korbsessel leer. Doña Elvirita war verstorben, am 17. Juni 1980, während im Haus der Familie Migliónico ein Kind namens Martín geboren wurde.

Die Mutter

Ein Adidas-Turnschuh,
ein Liebesbrief mit unleserlicher Unterschrift,
zehn kleine Plastikblumentöpfe,
sieben bunte Luftballons,
ein Augenbrauenstift,
ein Lippenstift,
ein Handschuh,
eine Mütze,
ein altes Foto von Alan Ladd,
drei Ninja-Schildkröten,
ein Buch mit Geschichten,
eine Rassel,
vierzehn Haarspangen,
und eine Reihe Spielzeugautos
sind das Diebesgut einer Katze, die im Avellaneda-Viertel wohnt und in der Nachbarschaft auf Raubzug geht.

Sie schleicht über Dächer und Balkone und stiehlt für ihren Sohn, der gelähmt ist und inmitten dieser unrechtmäßig erworbenen Gaben haust.

Der Vater

Vera ging nicht in die Schule. Den ganzen Tag blieb sie im Haus. Als es dunkel wurde, schrieb sie ihrem Vater einen Brief. Veras Vater lag sehr krank im Hospital. Sie schrieb:

»Ich sage Dir, Du sollst Dich mögen, Du sollst auf Dich aufpassen, Du sollst Dich beschützen, Du sollst Dich pflegen, Du sollst Dich spüren, Du sollst Dich lieb haben, Du sollst Dich genießen. Ich sage Dir, dass ich Dich mag, dass ich auf Dich aufpasse, dass ich Dich beschütze, dass ich Dich pflege, dass ich Dich spüre, dass ich Dich lieb habe, dass ich Dich genieße.«

Héctor Carnevale hielt noch ein paar Tage aus. Dann ging er, den Brief seiner Tochter unter dem Kopfkissen, im Schlaf von ihnen.

Die Großmutter

Wenn sie auf einen Berg blickt, möchte Miriam Míguez ihn mit dem Blick durchbohren können, um auf die andere Seite der Welt zu gelangen. Wenn sie auf ihre Kindheit blickt, möchte sie auch diese vergangenen Jahre mit dem Blick durchbohren können, um auf die andere Seite der Zeit zu gelangen.

Auf der anderen Seite der Zeit ist die Großmutter.

In ihrem Haus in Córdoba verbarg die Großmutter ein paar geheime Kisten. Manchmal, wenn Miriam mit ihr allein war und keine Gefahr drohte, dass irgendein Eindringling die Nase hereinsteckte, lüftete die Großmutter die Deckel ihrer Schatzkisten und ließ die Enkeltochter hineinschauen.

Die Pailletten, Medaillons, Vogelfedern, alten Schlüssel, Korsettstangen, bunten Bänder, trockenen Blätter und Zeitungsausschnitte schienen Dinge zu sein, doch sie beide wussten, dass sie viel mehr waren als Dinge.

Als die Großmutter starb, verschwand dies alles, vielleicht verbrannt oder in den Müll geworfen.

Miriam hat jetzt ihre eigenen geheimen Kisten. Manchmal öffnet sie sie.

Der Großvater

Die Geologen waren auf der Suche nach den Resten einer kleinen Kupfermine, mit dem Namen *Cortadera*, die es einmal gab und jetzt nicht mehr und die auf keiner Karte zu finden war.

Im Dorf Cerrillos sagte ihnen jemand:

»Das weiß niemand. Der alte Honorio, wer weiß, ob der es weiß.«

Don Honorio, vom Wein und der Altersschwäche mitgenommen, empfing die Geologen auf seiner Pritsche. Sie mussten sich anstrengen, um ihn zu überzeugen. Nach einigen Flaschen und vielen Zigaretten, na gut, nein, doch nicht, wir werden sehen, erklärte sich der Alte bereit, sie am nächsten Tag zu begleiten.

Gebeugt und stolpernd machte er sich auf den Marsch.

Zu Beginn ging er ganz am Schluss. Er nahm keine Hilfe an, und sie mussten auf ihn warten. Mit größter Mühe gelangte er zum ausgetrockneten Bett des Flusses.

Dann wurde sein Schritt nach und nach sicherer. Auf dem Weg durch das steinige Flussbett richtete sich sein eingesunkener Körper immer mehr auf.

»Da lang! Da lang!«, wies er die Richtung, und seine Stimme überschlug sich, wenn er längst vergessene Plätze wiederfand.

Am Ende eines langen Tagesmarsches war Don Honorio, der stumm losgelaufen war, der Gesprächigste von allen. Er stieg Hänge hinauf und Jahre zurück: Als sie ins Tal hinabstiegen, ging er an der Spitze der erschöpften jungen Leute.

Er schlief mit dem Gesicht zu den Sternen. Stand als erster wieder auf. Hatte es eilig, zur Mine zu kommen, schweifte nicht ab und ließ sich nicht ablenken.

»Da ist die Baggerspur«, zeigte er. Und fand ohne zu zögern die Eingänge der Stollen und die Plätze, wo die besten Erzadern verlaufen waren, die toten Eisenteile, die einmal Maschinen gewesen waren, die Ruinen, die einmal Häuser waren, die trockenen Betten, in denen einmal Wasser floss. An jedem Platz, zu jeder Sache erzählte Don Honorio eine Geschichte, und jede Geschichte war voller Menschen und voller Lachen.

Als sie ins Dorf zurückkamen, war er ein ganzes Stück jünger als seine Enkel.

Die Niederkunft

Im Morgengrauen kam Doña Tota in ein Krankenhaus im Stadtteil Lanús. Sie trug ein Kind im Bauch. Auf der Schwelle fand sie am Boden eine Brosche in Form eines Sterns.

Von einer Seite glänzte der Stern, von der anderen nicht. Das passiert mit den Sternen, wenn sie auf die Erde fallen und sich im Staub wälzen: Von einer Seite sind sie aus Silber und verzaubern schimmernd die Nächte der Welt; von der anderen Seite sind sie nur aus Blech.

Dieser Stern aus Silber und aus Blech begleitete, fest in der Faust gehalten, Doña Tota bei der Niederkunft.

Das Neugeborene erhielt den Namen Diego Armando Maradona.

Die Geburt

Das öffentliche Krankenhaus, im nobelsten Stadtteil von Rio de Janeiro gelegen, behandelte jeden Tag tausend Patienten. Fast alle waren sie arm bis bettelarm.

Ein diensthabender Arzt erzählte Juan Bedoian:

»Vergangene Woche musste ich zwischen zwei Neugeborenen wählen. Wir haben hier nur ein einziges Beatmungsgerät. Die beiden kleinen Mädchen kamen zur gleichen Zeit, beide mehr tot als lebendig, und ich musste entscheiden, welches weiterleben sollte.«

Wer bin ich denn, dachte der Arzt. Das soll Gott entscheiden.

Doch Gott sagte gar nichts.

Wie er auch wählte, würde der Arzt ein Verbrechen begehen. Wenn er nichts tat, beging er zwei.

Es gab keine Zeit zum Zweifeln. Die Mädchen lagen in den letzten Zügen, waren schon dabei, diese Welt wieder zu verlassen.

Der Arzt schloss die Augen. Eines der Mädchen wurde zum Sterben verurteilt, das andere zum Leben.

Die Taufe

Ein furchtbares Gewitter bombardierte die Stadt Buenos Aires.

Der Vater riss den Säugling aus den Armen der Mutter, trug ihn auf den Balkon hinaus und hielt ihn, nackt, wie er war, in den eiskalten Regen. Im flackernden Schein der Blitze bot er ihn dar:

»Mein Sohn, die Wasser des Himmels sollen dich segnen!«

Niemand weiß, wie der Neugeborene dem Tod durch Lungenentzündung entging.

Er entging auch dem Schicksal, *Sonntagsruhe* zu heißen. Der Vater, armer Anarchist und Dichter, dem Polizei und Gläubiger immer dicht auf den Fersen waren, wollte ihn so nennen, um an diesen eben errungenen Erfolg der Arbeiter zu erinnern, doch das Standesamt war nicht einverstanden mit diesem Namen. Also versammelten sich die Freunde, arme Anarchisten und Dichter, denen die Polizei und die Gläubiger immer dicht auf den Fersen waren, und diskutierten die Angelegenheit. Und sie waren es, die entschieden, dass das Kind eine Zukunft als Literat haben würde und es verdiente, Catulo, Catull zu heißen, wie der römische Dichter.

Auf dem Standesamt fügte man Cátulo Castillo noch den Akzent hinzu, dem Schöpfer von *Der letzte Rausch* und anderen Tangos, von jenen, die man im Stehen hören muss und mit dem Hut in der Hand.

Der Name

Das Dorf Cerro Chato, Flacher Hügel, hatte niemals einen Hügel, weder spitz noch flach. Doch Javier Zeballos erinnert sich, dass in den Zeiten seiner Kindheit Cerro Chato drei Kommissare besaß, drei Richter und drei Doktoren.

Einer der Doktoren, der in der Dorfmitte wohnte, war der Kompass bei den Erledigungen. Javiers Mama erklärte es ihm so:

»Vom Haus von Doktor Galarza sind es zwei Blocks nach Westen.«

»Das ist genau an der Ecke beim Doktor Galarza.«

»Geh in die Apotheke, die bei Doktor Galarza um die Ecke liegt.«

Und so ging Javier. Zu welcher Tageszeit er auch dort vorbeikam, bei Sonnenschein oder im Mondlicht, Doktor Galarza saß im Eingang seines Hauses, den Mate in der Hand, und erwiderte freundlich die Grüße der Nachbarn, »Guten Tag, Doktor«; »Guten Abend, Doktor«; »Gute Nacht, Doktor«.

Javier war schon ein erwachsener Mann, als er sich plötzlich fragte, weshalb Doktor Galarza keine Arztpraxis oder Anwaltskanzlei besaß. Und dann erfuhr er es. Er war kein Doktor, er hieß so. So stand es im Geburtsregister geschrieben: Vorname: Doktor, Nachname: Galarza.

Der Vater wollte einen Sohn mit Examen, und der Säugling schien ihm nicht besonders vertrauenerweckend.

Der Geburtstag

Ein grinsendes Ameisengesichtchen, Froschschenkel, Kükenbeinchen: Sally feierte ihr erstes Lebensjahr auf dieser Welt.

Das Ereignis wurde ganz groß gefeiert. Die Mutter, Beatriz Monegal, legte ein riesiges, blumenbesticktes Tischtuch unbestimmter Herkunft auf den Boden und zündete die Kerze auf der Torte an, die sie, ohne zu bezahlen, im Feinkostladen gekauft hatte.

Im Handumdrehen verschwand die Torte und das Tanzvergnügen begann, während die Geehrte, in saubere, gestärkte Wäsche gewickelt, in einem Gemüsekorb schlief.

Um viertel vor drei in der Frühe, als in den Korbflaschen kein Tropfen Wein mehr übrig war, machte Beatriz ihre letzten Fotos, schaltete das Radio aus, warf die Leute hinaus und suchte eilig ihre Besitztümer zusammen.

Genau um drei hörte man die Polizeisirene. Beatriz hatte dieses Haus ein paar Monate zuvor besetzt, mit ihren vielen Kindern und ihrem neuesten Liebhaber, der kräftig gebaut und gut in der Lage war, Häuser mit Fußtritten zu öffnen. Als die Polizisten mit dem Räumungsbefehl ins Haus eindrangen, hatte Beatriz schon ihre neue Pilgerfahrt begonnen.

Sie ging mitten auf der Straße und zog, gefolgt von ihrem Mann und ihren ältesten Kindern, die Deichsel eines Karrens voller Kinder und Klamotten. So suchte sie ein neues Haus, das sie besetzen könnte, und ihr Lachen zerriss die Stille der Nacht von Montevideo.

Die Offenbarung

Ein gerade geborener Weltenbürger schlief nackt in seiner Wiege.

Seine Schwester, Ivonne Galeano, besah ihn sich und lief schnell weg. Sie klopfte bei ihren Freundinnen aus der Nachbarschaft an und lud sie mit dem Zeigefinger an den Lippen zum Schauspiel ein. Die ließen ihre halb angekleideten, halb gekämmten Puppen liegen und näherten sich Hand in Hand und auf Zehenspitzen der Wiege des Kleinen. Sie wurden nicht rot vor Neid und erbleichten auch nicht vor Kastrationskomplex. Prustend stießen sie sich an und meinten:

»Guck mal, was der Typ zum Pinkeln mitgebracht hat!«

Der Wind

Vier Jahre wurde Diego López alt, und an jenem Morgen hüpfte ihm die Freude in der Brust, die Freude war ein Floh, der auf einen Frosch sprang, der auf ein Känguruh sprang, das auf eine Sprungfeder sprang, während die Straßen im Wind flogen und der Wind gegen die Fenster schlug. Und Diego umarmte seine Großmutter Gloria und befahl ihr leise flüsternd ins Ohr:

»Komm, wir wollen in den Wind gehen.«

Und zog sie mit sich aus dem Haus.

Die Sonne

Irgendwo in Pennsylvania arbeitet Anne Merak als Sonnenhelferin.

Diesen Beruf übt sie aus, solange sie denken kann. Am Ende jeder Nacht hebt Anne die Arme und schiebt die Sonne, damit sie in den Himmel steigt, und am Ende jedes Tages legt sie die Sonne am Horizont schlafen, indem sie die Arme senkt.

Sie war noch ganz klein, als sie diese Arbeit begann, und sie hat keinen einzigen Tag gefehlt dabei.

Vor einem halben Jahrhundert hat man sie für verrückt erklärt. Seitdem ist Anne in verschiedenen Irrenhäusern gewesen, ist von zahlreichen Psychiatern behandelt worden und hat zahllose Tabletten geschluckt. Nie hat man sie heilen können.

Umso besser.

Die Sonnenfinsternis

Wenn der Mond die Sonne auslöscht, schießen die Kayapó-Indianer Feuerpfeile in den Himmel, um der Sonne das verlorene Licht zurückzugeben. Die Bari-Indianer schlagen die Trommeln, damit die Sonne zurückkehrt. Die Aymara-Indianer weinen und flehen schreiend zur Sonne, sie nicht zu verlassen.

Ende 1994 gab es Panik in Potosí. Am hellichten Morgen wurde es Nacht, und der Himmel war plötzlich schwarz und voller Sterne. In jener kalten Welt des Todes, einer Welt am Ende der Zeit, weinten die Indios, jaulten die Hunde, verbargen sich die Vögel, und die Blumen welkten im Handumdrehen.

Helena Villagra war dort. Als die Sonnenfinsternis vorbei war, spürte sie, dass ihr etwas am Ohr fehlte. Ein Ohrring, eine kleine, silberne Sonne, war heruntergefallen. Lange suchte sie die kleine Sonne überall auf dem Boden, obwohl sie wusste, dass sie sie niemals finden würde.

Die Nacht

Damals, in ihrer Kindheit, stellte Helena sich schlafend und schlüpfte heimlich aus dem Bett.

Sie zog sich von Kopf bis Fuß weiß an, als ob es Sonntag wäre, schlich auf Zehenspitzen in den Garten und setzte sich hin, um die Geheimnisse der Nacht von Tucumán zu entdecken.

Ihre Eltern schliefen fest, ihre Schwestern auch.

Sie wollte sehen, wie die Nacht wuchs und wie der Mond reiste und wie die Sterne. Jemand hatte ihr erzählt, dass die Gestirne sich bewegen und manchmal herunterfallen, und dass der Himmel seine Farbe wechselt, während die Nacht fortschreitet.

In jener Nacht, der Nacht der Offenbarung der Nacht, schaute Helena ohne zu blinzeln. Ihr tat der Hals weh, ihr taten die Augen weh, doch sie rieb sich die Lider und schaute weiter. Und sie schaute und schaute und hörte nicht auf zu schauen, doch der Himmel wurde nicht anders und der Mond und die Sterne blieben an ihrem Platz.

Das Licht der Morgendämmerung weckte sie. Helena traten Tränen in die Augen. Später tröstete sie sich mit dem Gedanken, dass die Nacht es nicht mag, wenn man ihr nachspioniert.

Der Mond

Der reife Mond befruchtet die Erde und sorgt dafür, dass der gefällte Baum in seinem Holz frisch bleibt.

Der Vollmond macht die Mondsüchtigen unruhig, die Frauen und das Meer.

Der grüne Mond tötet die Saat.

Der gelbe Mond kommt mit Gewitter.

Der rote Mond bringt Krieg und Pest.

Der schwarze Mond, Mond ohne Mond, macht die Erde traurig und den Himmel stumm.

Als Catalina Álvarez Insúa ihre ersten Schritte tat, hob sie die Arme zum mondlosen Himmel und rief:

»Mond, komm her!«

Bewohner des Lichts

Catalina hatte viele sichtbare Freunde, die sie aber nirgendwohin mitnehmen konnte.

Die unsichtbaren dagegen begleiteten sie überallhin. Sie sagte, es seien zwanzig. Weiter konnte sie nicht zählen.

Wohin sie auch ging, nahm sie sie mit. Holte sie aus der Tasche, legte sie auf ihre Handfläche und redete mit ihnen.

Nach einer Weile sagte sie, ciao, bis morgen, und blies sie in die Sonne.

Die Unsichtbaren schliefen im Licht.

Morgan

Die Sonne fängt ihn ein, Morgan flieht. Er fliegt über den Sand, wirbelt durch die Wellen, und man hat Lust, diesem roten Blitz Beifall zu klatschen.

Doch Morgan hat seinen Namen wegen seiner Piratensitten, und seine Opfer finden ihn nicht so bewundernswert. Morgan, den rasenden Dieb, verfolgt die Sonne und es verfolgt ihn der Besitzer eines Tennisballs oder eines belegten Brötchens oder Schuhs oder eines Wäschestücks, das er stibitzt hat, um mit seiner Beute zwischen den Zähnen ins Wasser zu entwischen.

Nie hat er sich bessern können. Bis jetzt, soweit bekannt, hat niemand ihn je stillstehen sehen, noch hat er jemals das geringste Anzeichen von Ermüdung oder Reue gezeigt.

Morgan trieb seine Hundestreiche schon vier Jahre auf dieser Welt, als Manuel Monteverde, der genauso alt war, sich auf einen Stein setzte und über die Sache nachdachte:

»Ja«, sagte er dann. »Morgan benimmt sich schlecht. Aber er bringt einen zum Lachen.«

Leo

Ricardo Marchini fühlte, dass die Stunde der Wahrheit gekommen war.

»Komm, Leo«, sagte er, »wir müssen reden.«

Und die zwei gingen los, die Straße hinauf. So liefen sie eine ganze Weile durch den Stadtteil Saavedra, zogen schweigend ihre Runden. Leonardo blieb oft zurück, wie es seine Art war, aber dann beschleunigte er seine Schritte wieder, um Ricardo einzuholen, der beim Gehen die Hände in den Taschen vergrub und die Stirn runzelte.

Als sie auf dem Marktplatz ankamen, setzte Ricardo sich. Er schluckte trocken. Dann nahm er Leonardos Kopf in seine Hände, sah ihm in die Augen und legte los:

»Schau her, Leo, verzeih mir, dass ich dir das sage, aber du bist nicht der Sohn von Papa und Mama, und es ist besser, dass du weißt, Leo, dass man dich auf der Straße gefunden hat.«

Er seufzte.

»Ich musste dir das einfach sagen, Leo.«

Leonardo war als Neugeborenes im Müll gefunden worden, doch Ricardo zog es vor, ihm diese Einzelheiten zu ersparen.

Dann gingen sie nach Hause.

Ricardo pfiff vor sich hin.

Leonardo machte an seinen Lieblingsbäumen halt, begrüßte schwanzwedelnd die Nachbarn und verbellte den flüchtenden Schatten irgendeiner Katze.

Die Nachbarn mochten ihn, weil er braun-weiß gescheckt war wie der Verein von Platense, der Fußballclub des Viertels, der fast nie gewann.

Lord Chichester

Auf einem der großen Parkplätze, von denen es in Buenos Aires viele gibt, hörte Raquel ihn weinen. Irgend jemand hatte ihn zwischen die Autos geworfen.

Er wurde im Haus aufgenommen, man gab ihm den Namen *Lord Chichester.* Er war gerade erst geboren und sah schon abgerissen und unförmig aus mit seinem großen Kopf. Später verlor er auch noch ein Auge, als er herangewachsen war und sich ein Liebesduell um die Katze Milonga lieferte.

Eines Nachts waren Raquel und Juan im tiefsten aller Träume versunken, als ein furchtbares Kreischen sie aus dem Bett springen ließ. Lord Chichester schrie, als zöge man ihm bei lebendigem Leibe die Haut ab. Was seltsam schien, denn er war zwar hässlich, aber sehr ruhig.

»Irgendetwas muss ihm höllisch weh tun«, sagte Juan.

Sie folgten dem Kreischen und gelangten ans Ende des Gangs. Raquel spitzte die Ohren und meinte:

»Er will uns zeigen, dass irgendwo Wasser tropft.«

Sie liefen im großen, alten Haus umher, bis sie das Plopplop im Bad geortet hatten.

»Aus dem Rohr ist immer Wasser gelaufen«, sagte Juan.

»Wir kriegen eine Überschwemmung«, fürchtete Raquel.

Und so ging es hin und her, ja, nein, bis Juan auf die Uhr schaute, fast fünf Uhr morgens, und gähnend flehte:

»Lass uns schlafen gehen.«

Und er urteilte:

»Lord Chichester ist völlig durchgedreht.«

Sie betraten gerade, gefolgt vom Kreischen des Katers, das Schlafzimmer, als die Decke, altersschwach und rissig, krachend aufs Bett hinunterstürzte.

Pepa

Pepa Lumpen war von den Jahren gezeichnet. Sie bellte nicht mehr, und sie fiel hin, wenn sie lief. Der Kater Martinho lief zu ihr und leckte ihr das Gesicht. Pepa wies ihn sonst immer in die Schranken, indem sie knurrte und ihm die Zähne zeigte; doch an diesem letzten Tag ließ sie sich von ihm küssen.

Still blieb das Haus, ganz leer von ihr.

In den folgenden Nächten träumte Helena, sie kochte in einem Topf mit durchlöchertem Boden, und sie träumte, Pepa rief sie per Telefon an, stocksauer, weil wir sie unter der Erde eingesperrt hielten.

Pérez

Als Mariana Mactas sechs Jahre alt wurde, schenkte ihr eine Nachbarin in Calella de la Costa ein blaues Küken.

Das Küken besaß nicht nur blaues Gefieder, das in der Sonne violett schimmerte, sondern kackte und piepste auch blau. Es war ein Wunder der Natur, vielleicht verursacht durch eine Injektion von Anilin in das Ei.

Mariana gab ihm den Namen Pérez. Sie wurden Freunde. Stundenlang unterhielten sie sich auf der Terrasse, während Pérez herumstolzierte und Brotkrumen pickte.

Lange lebte das Küken nicht. Und als es an sein Ende kam, dieses kurze, blaue Leben, setzte sich Mariana auf den Boden, als wolle sie nie wieder aufstehen. Mit dem Blick starr auf eine Fliese gerichtet, stellte sie fest:

»Ohne Pérez ist die Welt traurig.«

Neugierige Leute

Soledad, fünf Jahre alt, Tochter von Juanita Fernández:

»Warum essen die Hunde keinen Nachtisch?«

Vera, sechs Jahre alt, Tochter von Elsa Villagra:

»Wo schläft eigentlich die Nacht? Schläft sie hier, unter dem Bett?«

Luis, sieben Jahre alt, Sohn von Francisca Bermúdez:

»Wird der liebe Gott böse, wenn ich nicht an ihn glaube? Ich weiß nicht, wie ich es ihm sagen soll!«

Marcos, neun Jahre alt, Sohn von Silvia Awad:

»Wenn Gott sich selbst gemacht hat, wie konnte er dann seinen Rücken machen?«

Carlitos, vierzig Jahre alt, Sohn von María Scaglione:

»Mama, wie alt war ich eigentlich, als du mich abgestillt hast? Meine Psychologin will das wissen.«

Kinderunsterblichkeitsrate

Als Manuel anderthalb Jahre alt war, wollte er wissen, warum er das Wasser nicht mit der Hand festhalten konnte. Mit fünf Jahren wollte er wissen, warum die Menschen sterben:

»Sterben, was ist das eigentlich?«

»Ist meine Oma gestorben, weil sie alt war? Und warum stirbt ein Kind, das kleiner ist als ich, wie ich es gestern im Fernsehen gesehen habe?«

»Sterben kranke Leute? Und weshalb sterben die, die gar nicht krank sind?«

»Sterben die Toten nur für ein Weilchen oder für immer?«

Wenigstens hatte Manuel eine Antwort auf die Frage, die ihn am meisten beschäftigte:

»Mein Bruder Felipe wird nie sterben, denn er will immerzu spielen.«

Flüstern

Luiza Jaguaribe spielte im Garten ihres Elternhauses, in der Nähe von Passo Fundo. Sie hüpfte auf einem Bein und zählte die Knöpfe ihres Kleides ab:

»Eins, zwei, drei, Reis und Bohnenbrei.«

Während sie abzählte, stellte sie sich den Mann vor, den das Schicksal ihr bringen würde. Heiratete sie König oder Knecht, würde er gut sein oder schlecht?

»Vier, fünf, sechs, noch ein Bohnenklecks.«

Sie machte einen Luftsprung, breitete die Arme aus und sang:

»Sieben, acht neun. Der König führt mich heim.«

Als sie sich umdrehte, stieß sie gegen die Beine ihres Vaters und fiel hin. Der Vater, riesig aufragend gegen die Sonne, sagte:

»Hör auf, Luizinha. Schluss für heute.«

So erfuhr sie, dass Onkel Moro nicht mehr war.

Er ist in den Himmel gegangen, sagte man ihr. Und man sagte ihr, sie müsse ruhig und still sein.

Einige Tage vergingen, das Weihnachtsfest kam.

Das Essen am Heiligen Abend brachte die ganze, große Familie zusammen. Luiza entdeckte eine Verwandtschaft, die sie noch nie gesehen hatte, jede Menge Leute in Trauerkleidern.

Tante Gisela setzte sich ans Kopfende des endlosen Tisches. Das schwarze Kleid mit dem hohen, zugeknöpften Kragen stand ihr wunderbar, sie sah aus wie eine Königin; aber Luiza traute sich nicht, ihr das zu sagen.

Mit hoch erhobenem Kopf und abwesendem Blick aß die Tante nicht einen Happen und sagte auch nichts. Bis sie schließlich um Mitternacht, mitten im Lärm rundum, diese Worte sprach: »Es heißt, man soll Gott lieben. Ich hasse ihn.«

Sie sagte es ganz leise, fast unhörbar. Nur Luiza hörte sie.

Ungezogene Worte

Ximena Dahm war ganz aufgeregt, weil sie an diesem Morgen zum ersten Mal zur Schule ging. Sie lief von einem Spiegel zum anderen, durchs ganze Haus. Und bei diesem Hin und Her stolperte sie irgendwann über eine Tasche und schlug lang hin. Sie weinte nicht, sondern wurde böse:

»Was macht das Scheißding denn da?«

Die Mutter tadelte:

»Töchterchen, das sagt man doch nicht!«

Da wollte Ximena vom Boden aus wissen:

»Mama, wozu gibt es überhaupt Worte, die man nicht sagt?«

Praktische Übungen

Joaquín Souza lernt lesen; er übt mit den Schildern, die er sieht. Und er glaubt, das *V* ist der wichtigste Buchstabe des Alphabets, denn er kommt überall vor:

»Durchgang verboten«
»Hunde verboten«
»Müllabladen verboten«
»Rauchen verboten«
»Auf den Boden spucken verboten«
»Parken verboten«
»Plakate ankleben verboten«
»Feuer machen verboten«
»Lärmen verboten«
»... verboten«

Regeln

Chema spielte mit dem Ball, der Ball spielte mit Chema, der Ball war eine Welt aus Farben, und die Welt flog, frei und verrückt, schwebte in der Luft, prallte auf, wo er wollte, hüpfte hierhin, sprang dorthin, machte Satz auf Satz. Doch dann kam die Mutter und gebot Einhalt.

Maya López fing den Ball und schloss ihn weg. Sie sagte, Chema sei eine Gefahr für die Möbel, für das Haus, für das Viertel und für ganz Mexiko-Stadt und befahl ihm, die Schuhe anzuziehen, sich ordentlich hinzusetzen und seine Hausaufgaben zu machen.

»Regeln sind Regeln«, sagte sie.

Chema hob den Kopf.

»Ich habe auch meine Regeln«, meinte er. Und er sagte, dass seiner Meinung nach eine gute Mutter die Regeln ihres Sohnes beachten müsse.

»Du sollst mich so viel spielen lassen, wie ich will, du sollst mich barfuß laufen lassen, du sollst mich nicht zur Schule oder irgendetwas ähnlichem schicken, du sollst mich nicht zwingen, früh schlafen zu gehen und wir sollen jeden Tag woanders hinziehen.«

Dann sah er zur Decke hinauf und sagte, als müsse er sich dazu überwinden:

»Und du sollst meine Braut sein.«

Die Gesundheit

An irgendeiner Haltestelle stürmte ein Schwarm Kinder den Bus.

Sie trugen Bücher und Hefte und allen möglichen Kram; und sie hörten nicht auf zu reden und zu lachen. Alle gleichzeitig redeten sie, schrien durcheinander, schubsten sich, schüttelten sich und lachten über alles und nichts.

Ein Mann schimpfte mit Andrés Bralich, einem der lautesten:

»Was soll das, Bengel? Hast du die Lachkrankheit?«

Auf einen Blick war zu erkennen, dass alle Fahrgäste des Busses schon behandelt und längst geheilt worden waren.

Der Lehrer

Die Schüler der 6. Klasse einer Schule in Montevideo hatten einen Romanwettbewerb veranstaltet.

Alle nahmen teil.

Die Jury waren wir drei: der Lehrer Oscar mit seinen abgewetzten Ärmeln und dem Gehalt eines Fakirs, eine Schülerin als Vertreterin der Autoren und ich.

Bei der Preisverleihung war den Eltern und anderen Erwachsenen der Zutritt verboten. Wir Jury-Mitglieder verlasen das Protokoll, das die Stärken jeder einzelnen Arbeit hervorhob. Der Wettbewerb wurde von allen gewonnen, und für jeden Gewinner gab es rauschenden Applaus, einen Regen aus Luftschlangen und eine kleine Ehrennadel, die der Goldschmied des Viertels gestiftet hatte.

Später meinte Oscar, der Lehrer, zu mir:

»Wir hatten ein solches Gefühl der Zusammengehörigkeit, ich würde sie am liebsten alle die Klasse wiederholen lassen.«

Und eine der Schülerinnen, die aus irgendeinem verlorenen Kaff auf dem Land in die Hauptstadt gekommen war, unterhielt sich noch ein Weilchen mit mir. Sie erzählte mir, dass sie früher kein Wort gesprochen habe, und lachend erklärte sie mir, das Problem sei jetzt eher, dass sie nicht mehr still sein könne. Und sie sagte, sie mochte den Lehrer, sie mochte ihn sooo sehr, denn er hätte ihr beigebracht, keine Angst davor zu haben, einen Fehler zu machen.

Die Schüler

Wenn die Lehrerin sie fragt, was sie werden wollen, wenn sie einmal groß sind, schweigen sie zuerst. Dann gestehen sie leise; weißer sein, im Fernsehen singen, bis mittags schlafen, einen heiraten, der mich nicht schlägt, einen heiraten, der ein Auto hat, weit weggehen, so weit, dass man mich nicht mehr findet.

Und die Jungs sagen; weißer sein, Fußballweltmeister werden, Spiderman sein und an den Wänden hochlaufen können, eine Bank überfallen und nie mehr arbeiten müssen, ein Restaurant kaufen und ganz viel essen, weit weggehen, so weit, dass man mich nicht mehr findet.

Sie wohnen nicht weit von der Stadt Tucumán entfernt, doch haben sie die noch nie gesehen, nicht einmal von weitem. Zur Schule gehen sie zu Fuß oder zu Pferd, einen Tag ja, zwei Tage nicht, immer im Wechsel, denn sie teilen sich mit den Geschwistern die Schuluniform. Und was sie die Lehrerin am meisten fragen: »Wann gibt's Mittagessen?«

Geier

Auf dem Muli, auf dem Motorrad, auf Schusters Rappen ist Federico Ocaranza in den Bergen von Salta unterwegs. Er heilt Münder in diesen Einsamkeiten, in diesen Ärmlichkeiten. Die Ankunft des Zahnarztes, Feind des Schmerzes, ist eine gute Nachricht; und gute Nachrichten sind knapp dort, so knapp wie alles andere auch.

Federico spielt Fußball mit den Kindern, die selten zur Schule gehen. Sie lernen, was sie wissen, während sie Ziegen hüten und hoch in den Wolken irgendeinem Ball aus Lumpen hinterherrennen.

Zwischen Tor und Tor machen sie sich einen Spaß daraus, die Königsgeier zu ärgern. Mit ausgebreiteten Armen legen sie sich auf den felsigen Boden, und wenn der Kondor niederstößt, springen die kleinen Leichen auf und davon.

Arbeitskraft

Mohammed Ashraf geht nicht zur Schule. Von Sonnenaufgang bis der Mond am Himmel steht, schneidet und schnippelt er, stanzt und heftet und näht Fußbälle, die vom pakistanischen Dorf Umar Kot aus in die Stadien der Welt rollen.

Mohammed ist elf Jahre alt. Er macht das, seit er fünf war.

Wenn er lesen könnte, und dann noch Englisch, dann könnte er die Aufschrift verstehen, die er auf jedes seiner Werke klebt: *Dieser Ball ist nicht von Kindern genäht worden.*

Die Belohnung

Ohne Heim und Haus, ohne Woher noch wohin lebte José Antonio Gutiérrez in den Straßen von Guatemala-Stadt und wuchs heran.

Um dem Hunger zu entkommen, stahl er. Um der Einsamkeit zu entkommen, schnüffelte er Klebstoff, und dann verwandelte er sich in einen Hollywoodstar.

Eines Tages ging er fort. Sehr weit fort ging er, nach Norden, ins Paradies. Trickste die Polizei aus, sprang auf vierzehn Züge, wanderte tausendundeine Nacht und schaffte es bis nach Kalifornien. Dort landete er und dort blieb er auch.

Sechs Jahre später wurde im ärmsten Viertel der guatemaltekischen Hauptstadt Engracia Gutiérrez von Türklopfen geweckt. Ein paar uniformierte Männer überbrachten ihr die Nachricht, dass ihr Bruder José Antonio als Mitglied des United States Marine Corps im Irak ums Leben gekommen war.

Jenes Straßenkind war der erste Tote auf Seiten der Invasionstruppen im Krieg von 2003.

Die Armeeführung wickelte seinen Sarg in das Sternenbanner und gab ihm militärische Ehren. Und man machte ihn zum Bürger der Vereinigten Staaten, die Belohnung, die man ihm versprochen hatte.

Das Fernsehen, das die Zeremonie live übertrug, rühmte den Heldenmut des tapferen Soldaten, der im Kampf gegen die irakischen Truppen gefallen war.

Später erfuhr man, dass ihn *friendly fire* getötet hatte; so nennt man die Kugeln, die sich im Feind irren.

Das Pferd

Nachmittag auf Nachmittag schlich sich Paolo Freire in das Kino des Viertels Casa Forte von Recife und sah ohne einen einzigen Lidschlag wieder und wieder die Filme mit Tom Mix.

Die Heldentaten des Cowboys mit dem breitkrempigen Hut, der wehrlose Damen aus der Gewalt von Bösewichtern befreite, schienen ihm ziemlich unterhaltsam, doch was Paolo wirklich gefiel, war der Flug des Pferdes. Er sah und bewunderte es so oft, dass es sein Freund wurde; das Pferd von Tom Mix begleitete ihn von da an sein ganzes Leben lang.

Viel war Paulo unterwegs. Seine Arbeit als revolutionärer Lehrer, als Mann, der lehrte, indem er lernte, schickte ihn über die Straßen dieser Welt. Doch all die Straßen und Jahre und Preise und Rückschläge über galoppierte dieses lichtfarbene Pferd durch seine Erinnerung und seine Träume, ohne jemals zu ermüden.

Paulo suchte überall nach jenen Filmen seiner Kindheit.

»Tom was?«

Niemand hatte die leiseste Ahnung.

Bis er mit vierundsiebzig Jahren die Filme schließlich irgendwo in New York auftrieb. Und sie noch einmal sah. Es war nicht zu glauben: Dieses strahlende Pferd, sein ewiger Freund, glich sich in nichts, nicht einmal ein bisschen glich es dem Pferd von Tom Mix.

Als er diese Offenbarung erlitt, murmelte Paulo:

»Das macht nichts aus. Aber es macht doch was aus.«

Der letzte Streich

Indem sie die Geschichten von Monteiro Lobato hörten oder lasen, hatten die Kinder Brasiliens gelernt, Brasilianer und Magier zu sein. Als der Schriftsteller starb, wurden sie seine Waisen.

Doch nicht die Kinder kamen zum Friedhof. Zwei Redner, Erwachsene, sagten Monteiro Lobato den letzten Abschiedsgruß. Und jeder von ihnen vereinnahmte ihn als Mitglied seiner eigenen Partei: Rossini Camargo Guarnieri verabschiedete den kommunistischen Genossen und Phebus Gicovate sprach im Angedenken des trotzkistischen Genossen.

Kaum hatten sie ihre Grabreden beendet, da verstrickten sie sich auch schon in erbittertem Streit. Sie beschimpften sich in der Mehrzahl, wie es sich gehört, wenn es um die Weltrevolution geht:

»Renegaten!«

»Spalter!«

»Bürokraten!«

»Provokateure!«

»Erbschleicher!«

»Verräter!«

»Mörder!«

Die Argumente flogen hin und her. Das ideologische Scharmützel wurde lauter und lauter, bis die Streithähne handgreiflich wurden, und prügelnd fielen sie in das offene Grab.

Doña Purezinha, die Witwe, bat händeringend um Respekt für den Verstorbenen.

Sicher wusste sie nicht, dass Monteiro Lobato gerade dabei war, noch einmal zu sterben, aber vor Lachen. Er war es ja, der bei der Rauferei Regie führte.

Die Flaschenpost

An jenem Morgen verlor Jorge Pérez seinen Arbeitsplatz. Er bekam keinerlei Erklärung, es gab keine Beruhigungsspritze: Von jetzt auf gleich, im Handumdrehen, wurde er nach vielen Jahren aus seinem Job bei der Erdölraffinerie geworfen.

Er ging los. Er ging, ohne zu wissen, warum, ohne zu wissen, wohin, gehorchte nur seinen Beinen, die lebendiger waren als er selbst. Zur Tageszeit, wenn nichts noch niemand Schatten wirft auf dieser Welt, trugen ihn seine Beine den südlichen Strand von Puerto Rosales hinunter.

In einer kleinen Bucht sah er eine Flasche. Sie klemmte zwischen den Mangrovenwurzeln und war mit einem Korken und Siegellack verschlossen. Sie schien ein Geschenk Gottes zu sein, ein Trost für sein Missgeschick, doch Jorge wischte den Schlamm ab und entdeckte, dass sie nicht mit Wein, sondern mit Papieren gefüllt war.

Er ließ sie fallen und ging weiter.

Nach ein paar Metern drehte er um.

Er schlug der Flasche an einem Felsen den Hals ab und fand darin ein paar Zeichnungen, etwas verwischt von dem Wasser, das hineingesickert war. Es waren Zeichnungen von Sonnen und Möwen, Sonnen, die flogen, Möwen, die strahlten. Und es war ein Brief darin, der von weit her übers Meer gesegelt und an den gerichtet war, der diese Botschaft findet:

»Hallo, ich heiße Martín.

Ich bin acht Jare alt.

Ich mag Schpagetti, Schpiegeleier und alles, was grün ist.

Und ich zeichne gern.

Über die Wege des Wassers suche ich einen Freund.«

Die Wege des Wassers

Er fand ihn sehr sympathisch. Caetano kannte ihn nicht. Der junge Bursche, der am Strand entlang ging und Krebse verkaufte, lud ihn zu einer Spazierfahrt in seinem Boot ein.

»Lust hätte ich schon«, sagte Caetano, »aber ich kann nicht. Ich habe zu tun. Einkäufe, Erledigungen ...«

Dann fuhren sie doch. Im Boot fuhren sie zum Markt und zur Bank und zur Post und noch anderen Orten. Fuhren die Küste hinunter und drangen, von den Rändern aus, in die Stadt ein; und aus reiner Freude daran, sie zu betrachten, ließen sie sich auch ab und zu auf dem ruhigen Meer treiben.

Und so geschah die zweite Entdeckung von São Salvador da Bahia. Eine Stadt war die erlaufene Stadt, dieser Lärm, der niemals aufhört, und eine ganze andere die mit dem Boot erfahrene Stadt. Caetano Veloso hatte sie nie so erkundet, vom Nassen, vom Stillen aus.

Am späten Nachmittag brachte das Boot Caetano wieder an den Strand, wo es ihn aufgenommen hatte. Da wollte er den Namen des Burschen wissen, der ihm die andere Stadt enthüllt hatte, die diese Stadt war. Und in seinem Boot stehend, mit vom letzten Sonnenlicht glänzendem schwarzen Körper, sagte der Bursche seinen Namen:

»Ich heiße Marco Polo. Marco Polo Mendes Pereira.«

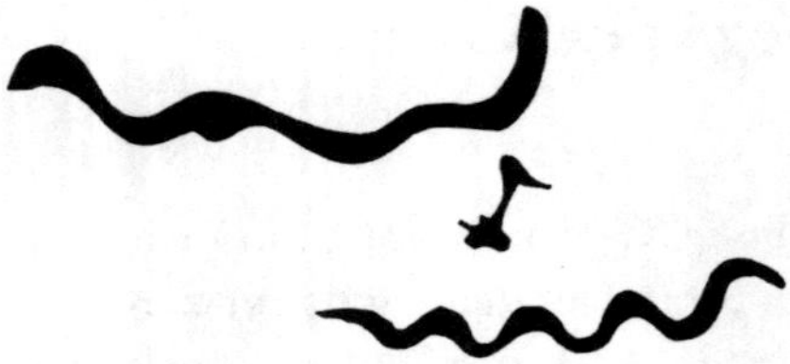

Das Wasser

Am Beginn der Zeit hatte die Ameise keine so schmale Taille.

So sagt es die Schöpfungsgeschichte, die man sich an der Pazifikküste Kolumbiens erzählt: Die Ameise war rund und ganz voll Wasser.

Aber Gott hatte vergessen, die Welt zu befeuchten. Als er das Versäumnis bemerkte, bat er sie um Hilfe. Aber die Ameise sagte nein.

Da drückten ihr Gottes Finger den Bauch.

Und so wurden die sieben Weltmeere und alle Flüsse geboren.

Die Besitzer des Wassers

Es gibt Firmen, die so sind wie diese Ameise, nur viel größer.

Am Ende des 20. Jahrhunderts brach in Cochabamba der Wasserkrieg aus.

Als die US-Firma Bechtel von einem Tag auf den anderen den Tarif verdreifachte, kamen aus den Tälern die indianischen Gemeinschaften gezogen und blockierten die Zufahrtsstraßen nach Cochabamba, und auch in der Stadt kam es zum Aufstand, es wurden Barrikaden gebaut und die Wasserrechnungen verbrannten in einem großen Feuer auf dem Marktplatz.

Wie üblich antwortete die bolivianische Regierung mit Kugeln. Der Belagerungszustand wurde verhängt, es gab Tote und Verhaftungen, doch der Volksaufstand ging weiter, unaufhaltsam, Tag für Tag, Nacht für Nacht, zwei Monate lang, bis die Menschen von Cochabamba in einem letzten, großen Sturmlauf das Wasser entprivatisierten und die Bewässerung ihrer Körper und ihrer Felder zurückeroberten.

In der Stadt La Paz hingegen verhinderten die Proteste nicht, dass sich das französische Unternehmen Suez des Wassers bemächtigte. Der Tarif stieg in astronomische Höhen, und fast niemand konnte die Rechnung bezahlen. Woran mag das liegen, fragten sich die europäischen Experten und die einheimischen Regierenden. Es war klar: am kulturellen Rückstand. Die Armen Boliviens, also fast alle, wissen einfach nicht, dass sie einmal am Tag duschen müssen, so wie es in Europa seit fünfzehn Minuten üblich ist, und sie wissen auch nicht, dass sie das Auto waschen müssen, das sie nicht besitzen.

Marken

Eine ablehnende Geste gegenüber den Gläsern mit normalem Wasser, und sofort erschien der *sommelier* am Tisch und las laut die lange Liste von Tafelwassern vor.

Die Gäste probierten ein paar Marken, die in Kalifornien unbekannt waren, zu circa sieben Dollar die Flasche.

Sie tranken mehrere, während sie aßen. Sehr gut fanden sie das Wasser *Amazonas* aus dem brasilianischen Urwald, und hervorragend die spanischen Marken aus den Pyrenäen, die beste jedoch war die französische *Eau du Robinet.*

Aus dem *robinet*, aus dem Wasserhahn, kamen sie alle. Die Flaschen, von Druckerkomplizen mit Etiketten bestückt, waren in der Küche abgefüllt worden.

Dieses Essen wurde mit versteckter Kamera in einem teuren und vornehmen Restaurant in Los Angeles gefilmt. Und dann im Fernsehen ausgestrahlt, in der *Penn & Teller-Show.*

Der Brunnen

Im 12. Jahrhundert, als das Wasser noch umsonst war wie die Luft und es keine Marken gab, trafen sich der Papst und die Fliege an einem Brunnen.

Der Papst Hadrian IV., der einzige englische Papst der Geschichte des Vatikans, hatte ein sehr bewegtes Leben hinter sich, wegen seiner unaufhörlichen Kriege gegen Wilhelm den Bösen und Friedrich Barbarossa. Aus dem Leben der Fliege sind keine erwähnenswerten Ereignisse bekannt.

Durch göttliche Fügung oder ein verhängnisvolles Schicksal kreuzten sich ihre Wege am Brunnen des Marktplatzes des Dorfes Agnani, an einem Mittag im Sommer des Jahres 1159.

Als der Heilige Vater durstig den Mund öffnete, um den Wasserstrahl zu empfangen, drang ihm das geflügelte Insekt in die Kehle. Die Fliege gelangte irrtümlich an diesen Ort, der überhaupt nicht interessant war, doch ließen ihre Flügel sie nicht freikommen und die Finger des Papstes konnten sie nicht herausholen.

In diesem Kampf verschieden sie beide. Der Papst erstickte, starb an der Fliege. Die Fliege, gefangen, starb am Papst.

Der See

Holden Caulfield hörte die Predigten seines Geschichtslehrers. Um der fürchterlichen Litanei zu entkommen, dachte er an die Enten im Central Park von New York. Wohin gingen die Enten im Winter, wenn der See von Eis bedeckt war? Diese Geschichte interessierte ihn viel mehr als die Ägypter und ihre Mumien.

So hatte es Salinger erzählt, in einem berühmten Roman.

Einige Jahre später kam Adolfo Gilly bei einem ziellosen Spaziergang zum See im Central Park. Von Eis war er nicht bedeckt. Es war an einem Mittag im Herbst, und ein Lehrer las seinen Schülern laut diese Seiten von Salinger vor.

Die Jungen und Mädchen saßen im Kreis und hörten zu.

Da schwamm in hohem Tempo ein Schwarm Enten herbei. Die Enten hielten dort am Ufer, genau dort, wo der Lehrer die Worte las, die von ihnen sprachen.

Dann ging der Lehrer, gefolgt von seinen Schülern. Und die Enten schwammen ebenfalls davon.

Der Fluss

Vor drei Jahrhunderten entfloh der Fluss den Franzosen. Dann konnten ihn auch die Engländer nicht fangen. Nie war er dort, wo er den Karten nach sein sollte. Irgendein Siedler zeichnete an irgendeinem Tag seinen Lauf, und in der gleichen Nacht riss der Fluss aus und floss woanders lang.

1830 fing man ihn endlich. Die Stadt Chicago wuchs fest an seinen Ufern, damit er nie mehr fliehen konnte. Und Ende des 19. Jahrhunderts wurde der Wilde endgültig zivilisiert, indem man ihn zwang, rückwärts zu fließen, und ihn zwischen hohe Mauern aus Zement sperrte.

Eines Morgens im Frühjahr 1992, als der Fluss schon lange Zeit gutes Verhalten an den Tag gelegt hatte, erwachte die Stadt mit nassen Füßen. Das war ein ziemlich unangenehmes Erwachen. Die U-Bahn schwitzte, es schwitzten auch die Keller. Der gebändigte Fluss hatte sich befreit, und es war unmöglich, ihn aufzuhalten: Er drang durch die Poren der Wände, erst tröpfelnd, dann in Strömen, bis er schließlich die Stadt überfiel und ihre Straßen unter Wasser setzte.

Nach einigen Tagen des Kampfes wurde der Rebell besiegt.

Seither schläft die Stadt nur mit einem Auge.

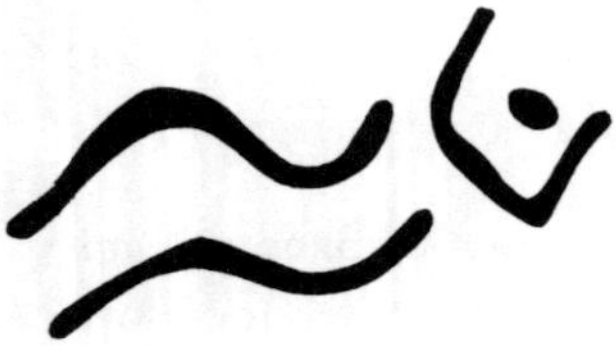

Stimmen

Pedro Saad ging über das Wasser der Wolga, das der Winter zugefroren hatte. Es war ein sehr kalter Nachmittag mitten in Russland. Er war allein, doch in Gesellschaft: Während er lief, fühlte er, durch die dicken Sohlen der Stiefel, das Vibrieren des Flusses, der unter dem Eis lebendig war.

Die Überschwemmung

Die Straßen waren wie Kunstwerke eines Floristen; die Kirchen wie Köstlichkeiten eines Konditors; die Paläste wie Geschenke aus dem Spielzeugparadies.

Doch dem herrlichen Antigua, der Hauptstadt Guatemalas, klopfte stets das Herz bis zum Hals, weil die wütende Erde spie und schüttelte. Die Vulkane verurteilten es zu unaufhörlichem Schrecken. Was es nicht an Tränen vergoss, verströmte es an Seufzern.

1773 wand sich die Erde wie nie zuvor. Das Schlimmste aber war, dass der Fluss sein Bett verließ und Menschen und Häuser ertränkte. Denjenigen, die überlebten, blieb nichts anderes übrig, als so schnell wie möglich zu fliehen, um weit entfernt eine neue Stadt zu gründen.

Der Fluss, der über seine Ufer trat, hieß und heißt auch heute noch: Der Nachdenkliche.

Schnecken

Wir erbitten Hilfe von den Göttern, von den Teufeln und den Sternen am Himmel. Die Schnecken bittet nie jemand um etwas.

Doch dank der Schnecken ertrinken die Shipibo-Indianer nicht, wenn der Río Ucayali böse wird und sein Wasser ins Land eindringt und alles mitreißt, was es auf seinem Weg findet.

Die Schnecken geben Bescheid. Vor jedem Hochwasser kleben sie ihre Eier an die Stämme der Bäume, ein ganzes Stück höher als die Flut steigen wird. Und sie verrechnen sich nie.

Die Sintflut

Des großen Ungehorsams und der vielen Sünden überdrüssig, hatte Gott beschlossen, alles durch seine Hand erschaffene Fleisch vom Antlitz der Erde zu tilgen. Ausgerottet werden sollten Menschenvölker und Vierbeiner und Kriechtiere und sogar die Vögel am Himmel.

Als der Weise Johannes Stoeffler das genaue Datum der zweiten großen Sintflut bekannt gab, die alle am 4. Februar 1524 mit ihren Wassern begraben sollte, zuckte der Graf von Iggelheim nur die Achseln. Doch dann geschah es, dass ihm Gott höchstpersönlich im Traum erschien mit seinem Bart aus Blitzen und Donnerstimme und ihm verkündete:

»Du wirst im Wasser ertrinken.«

Der Graf von Iggelheim, der die gesamte Bibel auswendig hersagen konnte, sprang aus dem Bett und ließ umgehend die besten Zimmerleute der Gegend rufen. Und im Handumdrehen schwamm auf dem Wasser des Rheins eine riesige Arche, drei Stock hoch, aus harzhaltigem Holz gezimmert und außen wie innen kalfatert. Der Graf bestieg sie mit seiner Familie und all seinem Gesinde und Verpflegung im Überfluss, und brachte auf die Arche ein Pärchen von jeder Art aller Tiere, die Erde und Himmel bevölkerten. Dann wartete er.

Es fiel Regen am bezeichneten Tag. Nicht viel, es war eher ein leichter Sprühregen; doch reichten die ersten Tropfen, um Panik ausbrechen zu lassen, und eine wild gewordene Menschenmenge stürmte den Anlegesteg und bemächtigte sich der Arche.

Der Graf leistete Widerstand und wurde in den Fluss geworfen, wo er den Tod durch Ertrinken fand.

Netze

Am Strand der Sandbank von Guaratiba hallt das Gelächter der Möwen. Die Boote entladen Fische und Erlebnisse.

Einer der Fischer, Claudionor da Silva, kratzt sich den Kopf und seufzt reumütig. Er hatte einen Rotbarsch von ordentlicher Größe gefangen, doch der Fisch wies mit einer Flosse hinter sich und sagte: »Da kommt noch einer, der ist viel größer als ich.« Und er, er glaubte ihm und ließ ihn entkommen.

Jorge Antunes zeigt seine neuen Kleider: Mehrere Tage ist er auf dem Meer getrieben, eine gewaltige Sturzsee riss ihm die Kleider vom Leib und seinen Trinkwasserkanister fort. Er hatte sich schon in sein Schicksal ergeben, vor Sonne und Durst zu sterben, als sein Netz ihm einen Hai brachte, der in seinem Bauch eine eiskalte Dose Coca-Cola und einen nagelneuen Hut, eine neue Hose und ein neues Hemd trug.

Reinaldo Alves lacht mit all seinen falschen Zähnen. Er will niemanden schlecht machen, meint er, aber Glück, richtiges Glück, das diesen Namen verdient, hat er gehabt. Mitten auf dem Meer verlor er sein Gebiss. Er musste niesen, das Gebiss flog ins Wasser. Er sprang hinterher, suchte danach, fand es aber nicht. Und ein paar Tage später hatte er das Glück, die Seezunge zu fangen, die es inzwischen benutzte.

Garnelen

Wenn der Tag sich verabschiedet, machen die Fischer an der Küste des Golfes von Kalifornien ihre Wurfnetze fertig.

Wenn die Sonne, die alte Zauberin, ihr letztes Feuer versprüht, gleiten die Kanus schon zwischen die kleinen Inseln vor der Küste. Dort warten sie auf den Mond.

Den Tag über haben sich die Garnelen am Grund des Wassers versteckt gehalten, dicht am Schlick- oder am Sandboden. Kaum lässt sich der Mond am Himmel sehen, steigen die Garnelen. Das Mondlicht ruft sie, und gleich kommen sie herbei. Dann werfen die Fischer ihre Netze, die sie zusammengefaltet auf der Schulter tragen, die Netze öffnen sich wie Flügel in der Luft, und im Fallen fangen sie die Tiere.

So finden die Garnelen bei ihrer Reise dem Mond entgegen ihr Verderben.

Niemand, der sie sieht, würde sagen, dass diese bärtigen Tierchen einen solchen Hang zur Poesie haben, so hässlich wie sie aussehen; doch jeder menschliche Mund, der sie probiert, kann es bezeugen.

Der Fluch

Unter dem Namen *Langland* wurde sie geboren. Sie war ein Schiff mit drei Masten und einem Rumpf aus Eisen, das Salpeter aus Chile und Guano aus Peru nach Europa transportierte.

Als sie zwanzig wurde, änderte sie ihren Namen in *María Madre*; und damit begann das Unglück. Sie fuhr weiter ihre Routen ab, doch das Pech verfolgte sie, und es wurde immer schlimmer.

Anfang des Jahrhunderts wurde das Schiff, von vielen Havarien geplagt, im Hafen von Paysandú an die Kette gelegt und blieb dann vierzig Jahre dort gefangen, wegen irgendeines verwickelten Streits um einen nicht erfüllten Vertrag.

1942 wurde sie wieder flott gemacht. Und änderte erneut ihren Namen. Sie hieß *Clara*, als sie wieder auslief. Mit einer Ladung von tausend Tonnen Salz stach sie in See.

Nach kurzer Fahrt, als die *Clara* gerade den Río de la Plata verließ, erhob sich am Horizont eine riesige Wolke in Form einer Zigarre. Ein schlechtes Zeichen: Der Wind aus der Pampa stürzte sich auf das Schiff, schlug es in Stücke und warf die Reste an Land. *Clara* verendete am Strand von *Las Delicias*, zu Füßen eines Hauses. Es war das Sommerhaus von Lorenzo Marcenaro, des Mannes, der sie zum dritten Mal getauft hatte, damals an der Mole von Paysandú.

Seither traut sich in diesen Gewässern des Südens kein Schiff mehr, seinen Namen zu ändern. Das Meer ist frei; doch seine Töchter sind es nicht.

Das Meer

Rafael Alberti war schon fast ein Jahrhundert auf der Welt, doch jetzt betrachtete er die Bucht von Cádiz, als sei es das erste Mal.

Auf einer Terrasse saß er in der Sonne und folgte mit dem Blick dem gemächlichen Flug der Möwen und der Segelboote, der blauen Brise, dem Kommen und Gehen des Schaums im Wasser und in der Luft.

Und er wandte sich Marcos Ana zu, der neben ihm schwieg, und packte ihn am Arm, als habe er es nie gewusst, als erfahre er es erst jetzt:

»Wie kurz das Leben ist!«

Die Strafe

Uneingeschränkte Herrscherin war die Stadt Karthago an den Küsten Afrikas. Ihre Krieger kamen bis vor die Tore Roms, ihres Rivalen, ihres Feindes, und hätten es fast unter den Hufen ihrer Pferde und Elefanten zermalmt.

Ein paar Jahre später rächte sich Rom. Karthago wurde gezwungen, all seine Waffen und Kriegsschiffe abzugeben und akzeptierte die Demütigung, Vasall zu werden und Tribute zu zahlen. Karthago beugte das Haupt und nahm alles hin. Doch als Rom befahl, dass die Karthager die Küste verlassen und wegziehen sollten, um weiter landeinwärts zu leben, weit weg vom Meer, denn das Meer sei der Grund für ihre Überheblichkeit und ihren gefährlichen Wahnsinn, da weigerten sie sich zu gehen: Das, das wollten sie dann doch nicht, niemals. Da verfluchte Rom Karthago und verurteilte es zur Vernichtung. Und die Legionen marschierten.

Zu Wasser und zu Land belagert, widerstand die Stadt drei Jahre lang. In den Kornspeichern gab es keinen Winkel mehr, den man noch hätte auskratzen können, und sogar die heiligen Affen der Tempel waren verzehrt worden: Von den Göttern vergessen, von Gespenstern bewohnt, fiel Karthago. Sechs Tage und sechs Nächte währte die Feuersbrunst. Dann kehrten die Legionäre die rauchende Asche fort und bestreuten die Erde mit Salz, damit nie mehr etwas noch jemand dort wachsen möge.

Die Stadt Cartagena, an der Küste Spaniens, ist die Tochter jenes Karthagos. Und ihre Enkeltochter ist die Stadt Cartagena de Indias, die viel später an der Küste Amerikas entstand. Eines Nachts vertraute mir die Stadt Cartagena de Indias leise flüsternd ihr Geheimnis an: Sie sagte mir, wenn man sie je zwingen wolle, weit weg vom Meer zu leben, dann würde auch sie zu sterben wählen, so wie die Großmutter gestorben war.

Noch eine Strafe

Nicht nur durch die Strafe des Exils verlieren die seefahrenden Völker ihre Meere.

Nicht nur fast, sondern jeden Tag greift die schwarze Flut die Gewässer und ihre Küsten an. Ende 2002 spie ein Öltanker, der auseinanderbrach, sein Gift über Galizien und noch weiter.

Die Strände, schwarz vom Öl, füllten sich mit Kreuzen. Tote Fische und tote Vögel trieben im fauligen Wasser.

Der Staat? Blind. Die Regierung? Taub.

Doch die Fischer, deren Boote festlagen und deren Netze aufgerollt blieben, waren nicht allein.

Tausende und Abertausende Freiwillige stellten sich mit ihnen gemeinsam der feindlichen Invasion entgegen. Bewaffnet mit Schaufeln und Eimern und allem, was sie finden konnten, legten sie in mühevoller Arbeit Tag auf Tag, Woche auf Woche, den Sand und die Felsen frei, denen das Öl Trauerkleidung angelegt hatte.

Diese vielen Hände: Waren sie stumm? Sie hielten keine Fensterreden. Indem sie handelten, sagten sie auf Galizisch: *Nunca máis* – Niemals wieder!

Regenguss

Der Himmel teilte sich, öffnete sich auf einen Schlag, und kippte alles Wasser aus, das er besaß. Es regnete, als wolle sich der Himmel für immer entleeren; und aller Regen fiel aufs Meer.

Durch die Fluten, die sich aufgewühlt von Horizont zu Horizont erstreckten, pflügte ein Kriegsschiff. An Deck lag, die Hände im Nacken, ein junger Soldat und ließ sich vom Regen durchweichen. Und er stellte sich Fragen.

Obwohl er Militärdienst leistete, war sein Ding die Wissenschaft. Er hatte es noch nie auf hoher See regnen sehen, und er suchte eine Erklärung für einen solchen Unsinn. Als guter Wissenschaftler glaubte oder wollte dieser kleine Soldat glauben, dass die Natur manchmal verrückt spielt, vorspiegelt, wahnsinnig zu sein, doch immer weiß, was sie tut.

Isaac Asimov verbrachte Stunden um Stunden dort, niedergemäht vom Sperrfeuer des Himmels, und fand keine Antwort. Weshalb gießt die Natur Wasser ins Meer, das Wasser im Überfluss hat, wo es auf der Welt soviel Land gibt, das vor Durst umkommt und die Wolken nur um einen kleinen Gefallen bittet?

Die Dürre

Lamin Sennah und seine Geschwister hatten aufgehört zu spielen. Seit die Dürre begann, hatten sie sich vergeblich abgemüht, in der Erde herumzustochern, die von der Sonne bombardiert wurde.

Die Mutter nahm allen Schmuck ab, verkaufte ihre Ohrringe und Halsketten, und dann begann sie, auch ihre Kleider und den Hausrat zu verkaufen.

In der Mitte der leeren Hütte entzündete sie Tag für Tag das Feuer für das bisschen, das im Kochtopf schwamm.

Sie aßen das letzte Getreide auf.

Die Mutter entfachte weiter das Feuer, damit die Nachbarn den Rauch sähen.

Ein langer Belagerungszustand: Von der Dürre bedrängt, verbrachten Lamin und seine Geschwister die Nächte mit offenen Augen und die Tage mit unablässigem Gähnen und zitternd, als sei ihnen kalt. Rings ums Feuer sitzend, die abgezehrten Ärmchen auf die Knie gestützt, flehten sie nicht einmal mehr den Himmel um Regen an.

Da ging die Mutter und verkaufte den Silberlöffel, den sie unter dem Fußboden versteckt aufbewahrte.

Der Silberlöffel, ihr einziger Schatz, ihr einziges Erbstück, stammte von den Großeltern ihrer Großeltern, lange bevor Gambia, ihr Land, ein Land geworden war.

Dieser letzte Verkauf gab ihnen noch einmal einen Bissen zu essen.

»Doch dann erlosch sie langsam«, erzählt Lamin.

Die Mutter konnte nicht mehr aufstehen. Kein Feuer brannte mehr in der Mitte der Hütte.

Die Wüste

Als die Welt begann, Welt zu sein, verlor Tunupa, die Bergspitze, ihren Sohn, und sie rächte seinen Tod, indem sie die Erde mit der sauren Milch ihrer Brüste tränkte. Die Hochebene der Anden wurde überschwemmt und verwandelte sich in eine endlose Salzwüste.

Die Salzebene von Uyuni, aus diesem Zorn geboren, verschluckt die Wanderer; doch Román Morales machte sich auf, sie zu durchqueren, vom Rand aus, an dem die Lamas und Vicuñas in ihrem Gang innehalten.

Nach kurzer Wegstrecke verlor er die letzten Zeichen der Welt aus den Augen.

Es vergingen die Stunden, Tage, Nächte, in denen unter seinen Stiefeln die Salzkristalle knirschten.

Er wollte umkehren, doch wusste er nicht, wie; und er wollte weitergehen, doch wusste er nicht, wohin. So sehr er sich auch die Augen rieb, konnte er keinen Horizont entdecken. Blind vor weißem Licht ging er weiter, ohne etwas anderes zu sehen als das weiße Nichts des glänzenden Salzes.

Jeder Schritt schmerzte.

Román hatte das Zeitgefühl verloren.

Mehrmals fiel er hin. Und mehrmals wurde er mit Fußtritten von der eisigen Nacht oder vom brennenden Tag geweckt und stand auf und ging weiter, mit Beinen, die nicht seine Beine waren.

Als man ihn fand, lag er lang hingestreckt in der Nähe des Dorfes Altucha, und das Salz hatte längst seine Stiefel zerbissen und verschlungen. In seinen Feldflaschen war kein einziger Tropfen Wasser mehr.

Nach und nach erwachte er wieder zum Leben. Und als er sich davon überzeugt hatte, dass er weder im Himmel noch in der Hölle war, fragte sich Román:

»Wer mag diese Wüste durchquert haben?«

Der Bauernsohn

Angelo Guiseppe Roncalli, der auf einem armen Hof groß geworden war, weinte nicht vor Rührung, wenn er an seine Kindheit auf dem Lande dachte:

»Die Männer«, sagte er, »können sich auf dreierlei Weise das Leben kaputt machen: durch die Frauen, mit dem Glücksspiel oder in der Landwirtschaft. Mein Vater wählte die langweiligste von allen.«

Er aber stieg Tag für Tag auf den Windturm, den höchsten Turm des Vatikans, und dort setzte er sich hin und schaute. Mit dem Fernrohr in der Hand warf er einen kurzen Blick auf die Straßen, dann suchte er die sieben Hügel in der Umgebung von Rom, wo die Erde noch Erde ist. Und mit der Betrachtung des fernen Grüns verbrachte er Stunden, bis ihn die Pflicht zwang, diese Kommunion abzubrechen.

Dann zog sich Angelo den weißen Umhang über, mit seinem Füllfederhalter und seinem Kreuz auf der Brust, dem einzigen Besitz, den er auf dieser Welt hatte, und ging zurück auf seinen Thron, wo er wieder der Papst Johannes XXIII. war.

Angehörige

Im Jahre 1992, während die fünfhundert Jahre von so etwas wie der Errettung Amerikas gefeiert wurde, kam ein katholischer Priester in eine Gemeinde tief im Südosten Mexikos.

Vor der Messe gab es die Beichte. In der Sprache der Tojolobal erzählten die Indios ihre Sünden. Carlos Lenkersdorf gab sich alle Mühe, um diese Geständnisse eins nach dem anderen zu übersetzen, obwohl er genau wusste, dass es unmöglich ist, diese Geheimnisse zu übersetzen:

»Er sagt, er habe den Mais allein gelassen«, übersetzte Carlos. »Er sagt, sehr traurig sei sein Maisfeld. Viele Tage ist er nicht hingegangen.«

»Er sagt, er habe das Feuer schlecht behandelt. Er hat die Glut geschlagen, weil sie nicht gut brannte.«

»Er sagt, er habe den Pfad geschändet, habe ihn grundlos mit der Machete misshandelt.«

»Er sagt, er habe dem Ochsen weh getan.«

»Er sagt, er habe einen Baum gefällt, ohne ihm zu sagen, weshalb.«

Der Priester wusste nicht, was er mit diesen Sünden anfangen sollte, die nicht in Moses' Register stehen.

Familie

Jerónimo, der Großvater von José Saramago, kannte keine Buchstaben, doch wusste er viel; und er verschwieg, was er wusste.

Als er krank wurde, war ihm klar, dass seine Stunde gekommen war. Und schweigend ging er durch den Garten, hielt an jedem Baum und umarmte einen nach dem anderen. Umarmte den Feigenbaum, den Lorbeerbaum, den Granatapfelbaum und die drei oder vier Olivenbäume.

Auf dem Weg wartete ein Auto.

Das Auto brachte ihn nach Lissabon, dem Tod entgegen.

Das Gastgeschenk

Enrique Castañares hatte Geburtstag, und es gab ein Fest.

Manuela Godoy war nicht eingeladen; aber die Gitarren riefen sie.

Sie war nicht jemand, die sich aufdrängte, sie lief niemandem hinterher. Ohne jemand und für niemand hatte sie ihre Jahre gelebt und vertrunken – niemand wusste, wie viele –, zurückgezogen in ihrer kleinen Hütte in der Umgebung des Dorfes Robles. Man wusste, sie war so arm, dass sie nicht einmal Flöhe hatte, und sie war so allein, dass sie im Schlaf eine Flasche im Arm hielt.

Doch an jenem Abend, dem Abend des Festes, schlich Manuela um das Haus der Castañares herum und spähte durch die Fenster, bis man ihr anbot, einzutreten, und sie sich der tanzenden Festgesellschaft anschloss.

Sie tanzte ohne eine Pause, bis sie alle anderen müde getanzt hatte, und trank den ganzen Wein.

Sie war die Letzte, die nach Hause ging. Man wickelte ihr einige Stücke gegrilltes Fleisch ein und ein paar Teigtaschen; und mit dieser Last auf dem Rücken ging sie schließlich spätabends. In Schlangenlinie verschwand sie zwischen den Maisfeldern.

Am nächsten Morgen, als Enrique, das Geburtstagskind, in die Tür trat, stand sie da und wartete.

»Was fehlt Ihnen denn, Doña Manuela?«

Sie schüttelte den Kopf. In ihren Händen, wie in einem Kelch, glänzte ein kleiner Kürbis. Es war der erste Kürbis ihrer eigenen Ernte.

»Der ist für Sie«, sagte sie.

Die Weintrauben

Es war kein Freudenlärm, es war Kriegsgetöse.

Geschosse und Bomben erschütterten den Himmel von Zagreb, den Leuchtspurmunition durchzog.

Das alte Jahr starb und es starb Jugoslawien, während Fran Sevilla seinen letzten Bericht des Jahres an Radio Nacional in Madrid zuende übermittelte.

Fran legte den Hörer auf und sah, im Licht eines Feuerzeugs, auf die Uhr. Er schluckte trocken. Er war allein, in einem verwaisten Hotel, ohne andere Gesellschaft als das Heulen der Sirenen und den Explosionsdonner der Bomben, und es fehlten nur noch ein paar Minuten, bis das neue Jahr geboren werden würde. Der flackernde Feuerschein des Kriegs, der durch sein Fenster drang, war das einzige Licht im Zimmer.

Aufs Bett geworfen, riss Fran zwölf Weintrauben von einer Traube. Und genau um Mitternacht aß er sie auf.

Während er die Trauben aß, eine nach der anderen, schlug er mit einer Gabel zwölf Mal gegen eine Flasche guten Rioja-Weins, die er aus Spanien mitgebracht hatte.

Das mit den zwölf Schlägen gegen die Flasche hatte er von seinem Vater gelernt, als Fran ein Kind war und am Stadtrand von Madrid wohnte, in einem Viertel, wo es keine Glocken gab.

Der Wein

Lucila Escudero nahm ihr Alter gar nicht wahr.

Sie hatte schon sieben Kinder begraben und betrachtete die Welt immer noch so, als sei sie gerade in ihr angekommen. Sie wanderte durch die drei Innenhöfe ihres Hauses in Santiago de Chile, drei Wäldchen, die sie täglich goss; und nachdem sie mit ihren Pflanzen geplaudert hatte, machte sie sich auf und spazierte durch die Straßen der Nachbarschaft, taub gegenüber ihren Leiden und Zipperlein und allen traurigen Stimmen der Zeit.

Lucila glaubte an das Paradies, und sie wusste, dass sie es verdient hatte, doch fühlte sie sich viel besser zu Hause. Um den Tod in die Irre zu führen, schlief sie jede Nacht an einem anderen Platz. Nie fehlte ihr irgendein Urenkel, der ihr half, das Bett woanders hinzuschieben, und sie grinste von Ohr zu Ohr, wenn sie an das blaue Wunder dachte, das der Sensenmann erleben würde, wenn er sie holen käme.

Dann zündete sie in ihrer langen, geschnitzten Spitze die letzte Zigarette des Tages an, schenkte sich ein Glas Rotwein aus dem Maipo-Tal ein und glitt langsam in den Schlaf, indem sie kleine Schlucken Wein trank, ein Schlückchen bei jedem Amen, und betete dabei ihre Vaterunser und Avemarias.

Die Weinstube

Sie hieß *Das Netzchen*, wegen der Spinnennetze, die die Spinne Ramona unermüdlich an der Decke webte und den Bewohnern des Hafenviertels von Montevideo ein Beispiel an Fleiß gab.

Sie war ein Gemüsestand am Tag und eine Weinstube am Abend. Unter den Sternen tranken und sangen und redeten wir Nachtschwärmer.

Die Trinkschulden wurden an der Wand hinter der Theke aufgeschrieben.

»Diese Wand fällt bald um, so verschmiert ist sie«, meinten die Gäste wie nebenbei zwischen zwei Schlucken.

Die Brüder D'Alessandro, Lito und Rafa, Dick und Doof, taten so, als hörten sie nichts, bis sie keinen Platz mehr hatten, um Zahlen anzuschreiben.

Dann kam die Nacht der Vergebung, und der weiße Kalk wischte die Schulden fort.

Die Stammgäste feierten das Ereignis, und die neuen Gäste wurden mit einem Tupfer Wein auf die Stirn getauft.

Das Bier

Dieses Elixier führt ins Verderben. Ins Verderben der Schnecken.

Wenn es dunkel wird, kommen sie aus ihren Verstecken und machen sich im Schneckentempo bereit, das grüne Fleisch der Pflanzen zu verspeisen.

Mitten im Gemüsegarten hält ein Glas Bier Wache. Es ist eine unwiderstehliche Versuchung. Vom Geruch angezogen, klettern die Schnecken zum Glasrand empor. Oben angekommen, schauen sie in den köstlichen Schaum und rutschen hinunter, lassen sich fallen. Und im Meer aus Bier ertrinken sie, beschwipst und glücklich.

Die verbotene Frucht

Dámaso Rodríguez besaß Kühe, aber keine Weide. Die Kühe liefen überall herum, weideten mal hier, mal da; und bei der geringsten Unachtsamkeit ihres Besitzers trabten sie ins Dorf Ureña und nahmen Kurs auf den Park ihrer Versuchung.

Sie liefen immer direkt zum großen Mango-Wald im Park. Dort quoll es über vor saftigem Gras, und ein Teppich von Mangos bedeckte den Boden.

Die Polizei unterbrach regelmäßig das Festmahl. Die Beamten trieben die Kühe mit Stöcken zusammen und sperrten sie im Gefängnis ein.

Dámaso verbrachte Stunden auf der Wache, ertrug das Warten und die Predigt, bezahlte schließlich seine Strafe und befreite seine Kühe.

Manchmal begleitete ihn seine Tochter Aura. Sie hatte auf dem Rückweg Tränen in den Augen, während der Vater ihr erklärte, das Gesetz wisse schon, was es tue. Auch wenn da viele Mangos lägen und sie einfach verrotteten, verdienten die Tiere solche Leckerbissen nicht. Die Kühe waren diese goldene Köstlichkeit mit dem dicken Saft nicht wert, der sei den Menschen als Trost ihres Lebens vorbehalten.

»Weine nicht, Töchterchen. Das Gesetz ist das Gesetz, die Kühe sind die Kühe und wir Männer sind wir Männer«, sagte Dámaso.

Und Aura, die weder Gesetz noch Kuh noch Mann war, drückte ihm die Hand.

Fleischessünden

Er zählte genau, wie es seine Art war. Seine Leute konnten nicht rechnen, oder sie logen, wenn sie es konnten. Er wiederholte die Operation und stellte fest: Es fehlte ihm ein Kalb.

Er fing den verdächtigen Tagelöhner, band ihn mit einem Seil, stieg aufs Pferd und schleifte ihn weit fort.

Vom steinigen Boden gehäutet, blieb der Tagelöhner mehr tot als lebendig liegen, doch Don Carmen Itriago nahm sich Zeit und pfählte ihn nach allen Regeln der Kunst. Einen nach dem anderen trieb er die Pflöcke in den Boden, und an jeden Pflock band er mit feuchten Riemen die Hände, die Füße, die Taille und den Hals des Verdammten.

Die Überreste des Tagelöhners flehten:

»Ich zahle Ihnen das Kalb, Don Carmen. Ich gebe Ihnen, was Sie wollen. Ich gebe Ihnen das Leben.«

»Endlich jemand, der mit mir einverstanden ist«, antwortete der Patron vom Pferd herab und trabte durch den Staub davon.

Zeugen gab es nicht, außer dem Pferd, und das ist längst tot. Vom Tagelöhner, den Ameisen und die Sonnen mehrerer Tage auffraßen, weiß man nicht einmal mehr den Namen: Es blieben nur die Knochen mit ausgebreiteten Armen auf der roten Erde. Und Don Carmen war kein Mann, der über solche Sachen redete, denn das Privateigentum ist Teil des Privatlebens, und das Privatleben geht nur einen selbst etwas an.

Und doch erzählte Alfredo Armas Alfonzo davon. Er war dabei, ohne dabei zu sein, und sah, ohne zu sehen, so wie er alles sah, was geschah, seit die Welt Welt ist, in dem unermesslichen Tal, das der Río Unare in zwei Hälften teilt.

Jagdfleisch

Arnaldo Bueso wurde fünfzehn Jahre alt.

Seine Familie feierte den Geburtstag mit einer großen Jagdpartie am Ufer des Río Ajagual. Weil es das erste Mal war, dass er dabei war, wies man ihm einen Posten in der zweiten Reihe an. Man ließ ihn an einem Platz im dichten Gehölz zurück und schärfte ihm ein, sich nicht von der Stelle zu rühren. So blieb er dort und starrte das Kleinkalibergewehr an, das ihn anstarrte, während die Jäger ihre Hunde losmachten und ihren Pferden die Sporen gaben.

Das Gebell entfernte sich, der Lärm wurde leiser.

Das Gewehr hing an einem langen Riemen vom Ast eines Baumes herab.

Arnaldo wagte nicht, es anzufassen. Die Hände im Nacken verschränkt, lag er am Boden und schaute den Vögeln zu, die in der Krone umherflatterten. Die Zeit verstrich. Von den Vögeln eingelullt, fiel er in den Schlaf.

Der Lärm brechenden Unterholzes weckte ihn. Vor Schreck war er wie gelähmt. Er sah, wie ein riesiger Hirsch in blindem Lauf auf ihn zukam. Der Hirsch sprang, verhedderte sich im Riemen des Gewehrs und Arnaldo hörte einen Schuss. Das Tier fiel tödlich getroffen zu Boden.

Das gesamte Dorf von Santa Rosa de Copán feierte die große Tat. So etwas hatte man noch nicht gesehen: ein genauer Schuss von unten, in vollem Lauf, direkt ins Herz.

Einige Jahre später unterbrach Arnaldo eine fröhliche Runde rumtrinkender Freunde in seinem Haus. Er bat um einen Augenblick Ruhe, als wolle er eine Rede halten. Dann zeigte er auf das riesige Geweih, das von der ersten und einzigen Ruhmestat seines Jägerlebens Zeugnis ablegte, und gestand:

»Es war Selbstmord.«

Fleisch der Beleidigung

Ein einsamer Mann, Gefangener seines Verlangens, lief über Land. Die sanften Hügel in der Nähe von Montevideo schwollen in aufreizenden Formen von Brüsten oder Schenkeln. Paco sah nach oben, wollte so der Versuchung des Fleisches entfliehen, doch auch der Himmel verweigerte seinen Augen den Frieden: Dort oben trippelten die Wolken, wiegten sich hin und her, boten sich an.

Pacos Schwester Victoria, die Hofbesitzerin, hatte ihn gewarnt:

»Nein. Gebratenes Huhn gibt's nicht. Die Hühner rührst du mir nicht an!«

Doch Paco Espínola hatte die alten Griechen gelesen und etwas gelernt über die Fragen des Schicksals. Seine Beine schlugen die Richtung des verbotenen Geländes ein, und er gehorchte den verhängnisvollen Stimmen und ließ sich fortziehen.

Lange Zeit später sah Victoria ihn kommen. Paco ging langsam und trug ein Bündel in der Hand, das hin- und herschwang. Als Victoria gewahr wurde, dass das Bündel ein totes Huhn war, verstellte sie ihm rasend wie eine Furie den Weg.

Paco gebot Schweigen. Und erzählte die Wahrheit.

Auf der Suche nach Schatten war er in den Schuppen getreten, als er eine Henne mit buntem Gefieder sah. Er warf ihr eine Handvoll Maiskörner hin, und die Henne bediente sich und sagte: »Vielen Dank«.

Dann näherte sich ein schneeweißes Huhn, das auch wohlerzogen war und fraß und sich bedankte.

»Doch dann kam dieses hier«, erzählte Paco und schwenkte die abgemurkste Henne. »Ich bot auch ihr ein bisschen Mais an.« Sie rührte ihn nicht an. »Willst du denn nichts, meine Liebe?« fragte ich sie. Und sie, sie hob den Kamm und antwortete: ‚Scher dich zur Hure von Mutter, die dich auf die Welt gebracht hat'. »Verstehst du, Victoria? Unsere Mutter, Victoria, unsere Mutter!«

Die Diät

Sarah Tarler Bergholz war sehr klein. Sie musste sich nicht einmal hinsetzen, wenn ihr die Enkel die Haarmähne bürsteten, die ihr in Locken vom freundlichen Gesicht bis auf die Taille fielen.

Sarah war so dick, dass sie kaum noch atmen konnte. In einem Hospital in Chicago sagte ihr der Arzt, was offensichtlich war: Um das richtige Verhältnis zwischen Größe und Umfang zurückzugewinnen, musste sie eine strenge Diät halten und das Fett vermeiden.

Sie besaß eine Stimme wie aus Seide. Ihre kräftigsten Sätze klangen wie geflüsterte Vertraulichkeiten. So als ob es geheim bleiben sollte, sprach sie auch, als sie den Arzt fest ansah und sagte:

»Ich bin nicht sicher, ob das Leben sich lohnt ohne Salami.«

Ihrem Verderben hingegeben starb sie im folgenden Jahr. Das Herz machte nicht mehr mit. Für die Wissenschaft war der Fall klar; doch wird man wohl nie erfahren, ob ihr Herz genug von Salami hatte oder es müde war, das mitzumachen.

Das Essen

Die Tante von Nicolasa hatte ihr Laufen und Kochen beigebracht.

Direkt am Herdfeuer hatte ihr die Tante die Geheimnisse der Köstlichkeiten verraten, die, ererbt oder erfunden, aus ihren Händen entstanden. So wuchs Nicolasa heran und entdeckte die uralten Geheimnisse der mexikanischen Küche, und sie lernte auch erstaunliche Hochzeiten zwischen sanften Aromen und scharfen Geschmäckern zu feiern, die nie zuvor das Vergnügen gehabt hatten, sich kennen zu lernen.

Die Tante war nicht lange tot, da kamen Klagen vom Friedhof. Die Verstorbenen konnten nicht schlafen, wegen des Lärms, der aus ihrem Grab drang. Sie konnte nicht in Frieden ruhen, bis nicht ihre Rezepte gekocht wurden.

Nicolasa blieb nichts anderes übrig, als eine Kneipe aufzumachen. Dort bietet sie Gerichte an, die die Götter erfreuen würden, hätten die nicht das Pech, so weit weg zu wohnen.

Die Natur – kein Stillleben

Alfredo Mires Ortiz wollte die Überlieferungen der Bräuche und alten Zeiten in Cajamarca sammeln. Die Einheimischen schlugen ihm ein paar Arbeitsthemen vor:

die Sonnenfinsternis;
der Regen;
die Überschwemmung;
der Nebel;
der Frost;
der Wirbelwind;
die Windhose.

Alfredo nickte:

»Ach ja«, sagte er, »Naturereignisse.«

Mit den Jahren lernte Alfredo.

Er lernte, dass die Sonnenfinsternis stattfindet, weil Sonne und Mond ein Paar sind, das nur schlecht miteinander auskommt: Feuersonne, Wassermond, und wenn sie sich treffen, dann zanken sie sich, und die Sonne verbrennt den Mond und der Mond macht die Sonne nass und löscht sie aus;

und er lernte, dass der Regen die Flüsse zu Geschwistern hat;

dass durch die Flüsse das Blut der Erde fließt, und dass es Überschwemmungen gibt, wenn dieses Blut vergossen wird;

dass der Nebel sich totlacht, wenn er die Wanderer in die Irre schickt;

dass der Frost einäugig ist, weil er die Saaten nur von einer Seite schädigt;

dass der Wirbelwind sich die Lippen leckt, wenn er die Saaten frisst, die bei Neumond gesät wurden;

und dass die Windhose sich dreht, weil sie nur ein Bein hat.

Seele im Wind

Einigen alten Überlieferungen zufolge wächst der Baum des Lebens verkehrt herum. Der Stamm und die Äste nach unten, die Wurzeln nach oben. Die Krone senkt sich in die Erde, die Wurzeln schauen zum Himmel. Er bietet nicht seine Früchte dar, sondern seinen Ursprung. Er versteckt nicht das Eigenste, das Verletzlichste unter der Erde, sondern setzt es den Gefahren des Wetters aus: Er bietet seine Wurzeln, ganz entblößt, den Winden der Welt dar.

»So ist das Leben«, sagt der Baum des Lebens.

Der Gingko

Er ist der Älteste aller Bäume. Seit der Zeit der Dinosaurier ist er auf der Welt.

Es heißt, seine Blätter helfen gegen das Asthma, besänftigen den Kopfschmerz und erleichtern die Leiden des Alters.

Es heißt auch, der Gingko sei das beste Mittel gegen ein schlechtes Gedächtnis. Und dies ist auch tatsächlich belegt. Als die Atombombe die Stadt Hiroshima in eine unermessliche schwarze Wüste verwandelte, fiel auch ein alter Gingko in der Nähe des Zentrums der Explosion. Der Baum verglühte genauso wie der buddhistische Tempel, den der Baum beschützte. Drei Jahre später entdeckte jemand, dass ein grünes Lichtchen durch die Kohle schien. Der tote Stamm hatte einen Keim bekommen. Der Baum wurde wieder geboren, breitete seine Arme aus, blühte.

Dieser Überlebende des Massakers steht immer noch dort.

Damit man's weiß.

Lebendige Geschichte

Den Geschichten zufolge, die man sich in Veracruz erzählt, war dies das erste Haus von Hernán Cortés auf mexikanischem Boden.

Cortés befahl, dass es aus Lehm erbaut würde, mit Steinen aus dem Río Huitzilapan und Korallen von den Riffs im Meer, in der Nähe des Platzes, wo sein Flaggschiff festgemacht hatte.

Das Haus, das heute noch steht, scheint lebendig, doch ist es den Erstickungstod gestorben. Ein riesiger Baum hat mit tausend Armen das Haus des Konquistadoren erwürgt. Äste, Lianen und Wurzeln haben die Wände eingedrückt, den Innenhof besetzt und die Fenster zugedeckt, durch die kein bisschen Licht mehr eindringt. Das dichte Laubwerk hat nur eine Tür offen gelassen, die niemand nutzt, während sich Tag für Tag die langsame Zeremonie des Verschlingens vollzieht, eine Arbeit von Jahrhunderten, unter der Gleichgültigkeit oder der Verachtung der Nachbarn.

Der Cuxín

Dort war sie zur Welt gekommen, dort hatte sie ihre ersten Schritte getan.

Als Rigoberta Jahre später nach Guatemala zurückkehren konnte, gab es ihre Gemeinschaft nicht mehr. Die Soldaten hatten nichts am Leben gelassen in der Gemeinschaft, die Laj-Chimel geheißen hatte, das kleine Chimel, das in der hohlen Hand Platz hat: Sie töteten die Gemeindemitglieder und den Mais und die Hühner; und die wenigen Indios, die fliehen konnten, mussten ihre Hunde erwürgen, damit ihr Bellen sie im Dickicht nicht verriet.

Rigoberta Menchú wanderte im Nebel durch ihr Hochland, bergauf, bergab, und suchte die Bäche ihrer Kindheit, doch es war keiner mehr da. Trocken waren die Gewässer, wo sie gebadet hatte, oder waren vielleicht weit fortgegangen.

Und von den betagtesten Bäumen, die sie für ewig gehalten hatte, blieben nur noch faulige Reste. Diese mächtigen Äste hatte man als Galgen benutzt, diese Stämme waren Wände für Erschießungen gewesen; und danach hatten sich die Bäume sterben lassen.

Rigoberta wanderte weiter durch den Nebel, in den Nebel, Tropfen ohne Wasser, Blättchen ohne Zweig: Sie suchte ihren Freund, den Cuxín, suchte ihn, wo er einst lebte, und fand nichts weiter als seine vertrockneten Wurzeln in der Luft. Das war alles, was von dem Baum übrig geblieben war, der sie in den Jahren ihres Exils im Traum besuchte, immer ganz bedeckt von weißen Blüten mit gelben Herzen.

Der Cuxín war binnen kurzem gealtert und hatte sich selbst ausgerissen, mitsamt seiner Wurzel.

Baum, der erinnert

Sieben Frauen setzten sich im Kreis.

Von weit her, aus seinem Dorf Momostenango, hatte ihnen Humberto Ak'abal ein paar trockene Blätter gebracht, die am Fuße einer Zeder gesammelt worden waren.

Eine jede der Frauen brach sanft ein Blatt an ihrem Ohr. Und so öffnete sich die Erinnerung des Baums:

Eine spürte, wie ihr der Wind ums Ohr blies.

Eine andere, wie sich sanft die Krone wiegte.

Eine andere das Schlagen von Vogelflügeln.

Eine andere sagte, es regne in ihrem Ohr.

Eine andere hörte ein Tierchen laufen.

Eine andere das Echo von Stimmen.

Und die letzte ein Geräusch von langsamen Schritten.

Blume, die erinnert

Sie sieht aus wie eine Orchidee, doch nein. Sie duftet wie eine Gardenie, doch auch das nicht. Ihre großen Blütenblätter, weiße Flügel, zittern vor Sehnsucht zu fliegen, sich vom Stengel zu lösen; und das muss der Grund sein, warum man sie in Kuba *Schmetterling* nennt.

Alessandra Riccio pflanzte eine *Schmetterlings*-Zwiebel, die aus Havanna stammte, in neapolitanische Erde. In fremder Erde trieb der Schmetterling Blätter, blühte jedoch nicht. Und so vergingen die Monate und die Jahre, und er brachte weiter nichts als Blätter hervor, als ein paar Freunde von Alessandra aus Kuba nach Neapel kamen und eine Woche bei ihr zu Besuch blieben.

Da klangen um die Pflanze herum hin und her die Stimmen ihrer Heimat, die Art der Antillen, singend zu sprechen: Die Pflanze hörte diese Musik der Worte sieben Tage und sieben Nächte lang, denn die Kubaner reden, wenn sie wach sind und wenn sie schlafen genauso.

Als Alessandra ihre Freunde verabschiedete und vom Flughafen zurückkehrte, fand sie zu Hause eine eben erblühte weiße Blume.

Der Jacarandá-Baum

Nachts schleppte Norberto Paso Säcke im Hafen von Buenos Aires.

Tagsüber baute er, weit weg vom Hafen, dieses Haus. Blanca reichte ihm die Ziegel und die Zementeimer hoch, und nach und nach wuchsen die Wände um den Innenhof aus Erde in die Höhe.

Dieses Haus war halb fertig, als Blanca einen Jacarandá-Baum vom Markt mitbrachte. Es war ein kleiner Baum, sie hatte einen Haufen Geld dafür bezahlt, Norberto fasste sich an den Kopf:

»Du bist verrückt«, sagte er. Und half ihr, ihn zu pflanzen.

Als dieses Haus fertig war, starb Blanca.

Jetzt sind die Jahre vergangen, und Norberto verlässt es nur noch selten. Einmal die Woche fährt er ein paar Stunden bis in die Stadt und versammelt sich mit anderen alten Leuten, die demonstrieren, weil die Rente ein Scheißdreck ist, der nicht mal für den Strick reicht, um sich aufzuknüpfen.

Wenn Norberto spät abends nach Hause kommt, wartet der Jacarandá auf ihn.

Die Platane

Sein Meister war an einem Kreuz in Jerusalem einen schmählichen Tod gestorben.

Zwanzig Jahrhunderte später zerriss eine Kugelsalve die Brust von Carlos Mugica in einer Straße von Buenos Aires.

Orlando Yorio, sein Bruder im Glauben, wollte Carlos' Blut wegwaschen. Er holte einen Eimer Wasser und einen Besen; aber die Polizei ließ ihn nicht. Orlando blieb vor dem Haus stehen, den Besen in der Hand und die Augen auf diese große Lache gerichtet, so groß, als sei es das Blut von vielen.

Da entlud sich plötzlich der Regen, tosend und ohne Ankündigung, und schwemmte das Blut zum Fuß einer Platane. Die Platane trank es bis auf den letzten Tropfen.

Grünes Gespräch

Sie scheinen unbeweglich, doch sie atmen und wandern dem Licht hinterher.

Und sie reden. Man weiß wenig darüber; doch ist es zumindest bewiesen, dass sich ein Baum, wenn er Schläge und Verletzungen erleidet, verteidigt, indem er Gift verströmt, und den Bäumen in der Nähe ein Alarmsignal gibt. Durch die Luft reisen Worte, die in der Baumsprache *Gefahr* sagen und *Aufgepasst*! sagen. Und dann verteidigen sich auch die Bäume in der Nähe, indem sie Gift verströmen.

Vielleicht ist das so gewesen, seit sich die ersten Bäume auf der Erde reckten und sich vermehrten, und so riesig waren die Wälder, dass – so sagt es der Volksmund – ein Eichhörnchen von Ast zu Ast die ganze Welt durchwandern konnte.

Heute halten die überlebenden Bäume diesen alten, gutnachbarlichen Brauch zwischen Wüste und Wüste aufrecht.

Stumm

Zahlreich sind die Ringe, die ihnen ihre Geburtstage in den Stamm gezeichnet haben. Diese Bäume, diese betagten Giganten, sind seit Jahrhunderten in der Erde verwurzelt und können nicht fliehen. Schutzlos den Kettensägen ausgeliefert, fallen sie krachend. Bei jedem dieser Zusammenbrüche geht eine Welt zu Boden; und ganze Vogelschwärme haben kein Haus mehr.

So werden die unbequemen Alten ermordet. An ihrer Stelle wachsen die rentablen Jungen. Die eingeborenen Wälder machen den künstlichen Wäldern Platz. Die Ordnung, die militärische, die industrielle Ordnung triumphiert über das Chaos der Natur. Sie sehen aus wie Soldaten im Gleichschritt, die Kiefern und Eukalyptusbäume, die für den Export bestimmt sind und auf die internationalen Märkte marschieren.

Fast food, fast wood: Die künstlichen Wälder wachsen in Null Komma nichts und verkaufen sich im Handumdrehen. Devisenbringer, Entwicklungsvorbilder, Fortschrittssymbole sind diese Holzzuchtanstalten, die die Erde auslaugen und die Böden ruinieren.

In ihnen singen keine Vögel.

Die Menschen nennen sie: *Wälder des Schweigens.*

Einsam

Dieser Ara-Papagei war noch ein Vogeljunges, als der Baum gefällt wurde, in dem er sein Nest hatte.

In einem Käfig gefangen, verbrachte er sein ganzes Leben zwischen den vier Wänden eines Hauses.

Als die Besitzerin starb, blieb er verlassen zurück. Da nahm ihn die Familie Schlenker bei sich auf, die in der Nähe von Quito eine Zufluchtsstätte für traurige Tiere betreibt.

Dieser Ara hatte nie einen Verwandten gesehen. Jetzt kann er sich weder mit den anderen Aras verständigen noch mit irgendeinem seiner Vettern aus der Papageien-Familie.

Nicht einmal mit sich selbst. Er hockt in einer Ecke, zitternd und kreischend, und reißt sich mit Schnabelhieben die Federn aus; seine Haut ist nackt und blutig.

Armes Tierchen, sage ich. Einsamer geht's nicht. Doch Abdón Ubidia, der mich in dieses Heim mitgenommen hat, stellt mir den einsamsten Einsamen der Welt vor.

Es ist einer der letzten Goldhasen oder *Pakas*, der die Nacht damit verbringt, im Kreis zu laufen, und sich am Tag im hohlen Stamm eines umgestürzten Baums versteckt. Er ist der Einzige seiner Art, den es in dieser Gegend noch gibt. Alle anderen seiner Familie sind ausgerottet worden.

Während er auf den Tod wartet, hat er niemandem, mit dem er reden kann.

Houdini

Seine Entführer hatten ihm einen Flügel abgeschnitten, als sie ihn im Dschungel fingen. Kitty Hischier fand ihn auf dem Markt von Puerto Vallarta. Er tat ihr leid, sie kaufte ihn, um ihn freizulassen. Doch der Papagei kam nicht allein klar. So zugerichtet, wie er war, wäre er ein leichter Happen für jeden Rachen geworden. Kitty beschloss, ihn im Käfig in ihrem Kombi mitzunehmen. Sie hatte vor, ihn heimlich über die Grenze zu bringen. Er wäre ein weiterer der Tausend und Abertausend illegalen Mexikaner in den Vereinigten Staaten gewesen.

Er erhielt den Namen Houdini, wegen seines Hangs zu fliehen. Am ersten Tag der Reise hob er mit seinem mächtigen Schnabel die Käfigtür. Am zweiten Tag hob er den Käfigboden an. Am dritten Tag bohrte er ein Loch in den Maschendraht. Am vierten Tag versuchte er, durchs Käfigdach zu fliehen, doch er hatte nicht mehr genug Kraft dazu.

Houdini sprach nicht und fraß nicht. Im Zungenstreik, im Hungerstreik starb er.

Die Kröten

Es heißt, wenn ein Mädchen einen Frosch küsst, dann verwandelt sich der Frosch in einen Prinzen. Ein Frosch scheint nicht leicht zu küssen sein, doch einige haben es versucht. Es hat nicht funktioniert.

Als dagegen die chemischen Pflanzenschutzmittel die Kröten küssten, verwandelten sich die Kröten in Monster.

Früher gab es nur ganz selten ein missgestaltetes Kind in der Krötenfamilie, doch diese Seltenheiten sind in den letzten Jahren in den Seen von Minnesota, den Wäldern von Pennsylvania und an vielen anderen Orten an der Tagesordnung. Es kommen immer weniger Kröten zur Welt, und immer mehr werden ohne Augen geboren oder mit einem Bein zuviel oder zu wenig.

Die tödliche Begegnung mit den chemischen Giften, die der Wind verstreut, geschah, als sie schon viele Millionen Jahre zwischen Wasser und Land lebten, seit jenem lang zurück liegenden Tag, an dem das Quaken der ersten Kröte die Stille der Welt zerriss.

Saatgut

In Brasilien fragten die Campesinos: »Warum gibt es so viele Menschen ohne Land, wo es so viel Land ohne Menschen gibt?« Sie bekamen Kugeln zur Antwort.

Doch die Angst war ihr einziges Erbe, und sie hatten sie verloren. Sie fuhren fort zu fragen und Land zu besetzen und das Verbrechen zu begehen, arbeiten zu wollen.

Sie wuchsen zu Millionen, und sie fragten weiter. Sie fragten: »Weshalb lässt man es zu, dass die chemische Folter die Erde quält?« Und auch: »Was wird aus uns, wenn die Saat aufhört, Saat zu sein?«

Anfang 2001 besetzten die landlosen Bauern eine Versuchsplantage für gentechnisch verändertes Saatgut der Firma Monsanto, im Bundesstaat Rio Grande do Sul. Sie ließen nicht eine der künstlichen Soja-Pflanzen auf dem Halm.

Die Plantage hieß: Não me toque – Rühr mich nicht an.

Kräuter

Gegen das Sodbrennen, geschälte Tomate vom Grill.

Gegen das Völlegefühl, gekochtes Tepozán-Kraut.

Gegen Schmerzen, Balsam aus dem Maguey-Kaktus, dem Gummibaum oder der Tuna-Rinde.

Die Frucht des Nopal-Kaktus und die Zarzaparrilla-Frucht reinigten das Blut, Kichererbsenschalen die Nieren und Pinienkerne den Darm.

Die fünffingrigen Blütendolden vom *Baum der Hände* gaben dem Herzen Ruhe und Zuversicht.

Die Konquistadoren fanden diese Neuheiten in Mexiko. Sie brachten sie nach Spanien, neben anderen Kräutern mit unaussprechlichen indianischen Namen, die das Fieber senkten, Parasiten töteten, den Harnfluss erleichterten und das Schlangengift neutralisierten.

Die alte amerikanische Heilkunst wurde in Europa herzlich willkommen geheißen.

Doch einige Jahre später blies die Heilige Inquisition zur Jagd. Die Kenntnis der Pflanzen war ein Instrument von Hexen und Teufeln, die sich als Ärzte verkleideten und die Folter oder den Scheiterhaufen verdienten. Unter ihren exotischen Kleidern lugten die Klauen des Bösen hervor.

Diese Arzneien und Salben kamen aus Amerika, aus der Hölle, wie das Feuer der Schokolade und der Rauch des Tabaks, die dazu einluden, auf fremdem Lager zu sündigen, und wie die teuflischen Pilze, die die Heiden aßen, um durch die Hexenkünste ihrer Götzen in der Luft zu schweben.

Frau, die heilt

Dieser Berg: Ist er ein Berg?

Oder ist er eine Frau, die in der Sonne liegt, mit hohen Brüsten und angewinkelten Knien?

In der Sprache der Navajo heißt sie Diichiti.

Die Wolken begießen ihren Heilerinnenkörper, auf dem die Kräuter wachsen, die den Kranken Linderung und Trost spenden.

Ihr Innenleben ist aus Bimsstein. Das Unternehmen *Arizona Tufflite* hat jahrelang hineingebissen. Ihr Fleisch liegt blank, kaum ist noch grüne Haut übrig. Die riesigen Wunden sind von weitem zu sehen.

Der Abbau nahm stark zu, seit die Mode dem Neuen zu altern befahl und sich auf dem Markt die *stone washed* Blue Jeans durchsetzten, die mit Bimsstein gewaschen werden. Doch auch die Proteste nahmen zu, und diesmal waren sie wie ein einziger Donner. Es vereinten ihre Stimmen die Navajos, die Hopis, die Hualapais, die Dinés, die Zunis und andere Völker, die traditionell auseinander dividiert werden von jenen, die sie beherrschen. Und das Unternehmen musste gehen.

Während das neue Jahrtausend anbrach, begannen die Indios die Frau zu heilen, die sie heilt.

Frau, die erhört

Zur gleichen Zeit wurden Tausende von Meilen weiter südlich die U'wa-Indios mit Kugeln von ihrem Land in den Samoré-Bergen vertrieben.

Hubschrauber und Bodentruppen machten den Weg frei für die Firma *Occidental Petroleum*, und die kolumbianische Presse verbreitete Willkommensworte für »diese Vorhut des Fortschritts in feindlicher Umgebung«.

Als die Bohrer ihre Arbeit begannen, kündigten die Experten an, die Bohrung würde nicht weniger als 1,4 Milliarden Barrel Öl abgeben.

Im Morgengrauen und in der Abenddämmerung eines jeden Tages versammelten sich die Indios auf den nebligen Höhen und sangen ihre Zauberformeln.

Nach einem Jahr hatte die Firma sechzig Millionen Dollar ausgegeben, und kein einziger Tropfen war zum Vorschein gekommen.

Die U'wa bewiesen einmal mehr, dass die Erde nicht taub ist. Die Erde hatte sie erhört und das Öl versteckt, ihr schwarzes Blut, damit die Bäume nicht sterben, noch die Weiden vertrocknen mussten, noch die Quellen Gift spendeten.

In ihrer Sprache heißt U'wa *Leute, die denken.*

Herr, der spricht

Vor nicht allzu langer Zeit flog im Hochtal von Mexiko ein Berg in die Luft.

Wolken aus Feuer, brennende Felsbrocken, glühende Asche: Der Vulkan Popocatépetl spie die Steine aus, die ihm das Maul verstopften, so groß wie vier Fußballfelder.

Es war beinahe unmöglich, die Dörfer der Umgegend zu evakuieren.

»Nein, nein«, wehrten sich die Leute. »Er ist doch gut. Er wird uns schon nichts tun.«

Von jeher essen und trinken die Einheimischen mit Don Popo. Sie bieten ihm Tortillas an, Tequila und Musik, und sie bitten ihn um Regen für die Bohnen und den Mais und um Hilfe gegen den Hagel und die schlechten Stürme der Luft und des Lebens. Er antwortet ihnen durch den Mund der Wettermänner, der Meister des Wetters, die ihn hören, während sie träumen, und danach erzählen sie, was er sagt.

Das ist der Brauch. Doch diesmal gab der Popo nicht Bescheid. Kein Wettermann hatte erfahren, dass der Vulkan die Kehle verstopft und keine Lust mehr hatte, durch fremden Mund zu sprechen.

Und der Vulkan sagte, was er zu sagen hatte.

Er brachte niemanden um.

So, als wenn nichts wäre, fanden am Abend des Ausbruchs in einem der Dörfer am Hang drei Hochzeitsfeste statt; und der rote Feuerschein am Himmel erleuchtete die Zeremonien.

Herr, der schweigt

In der Kolonialzeit brachte der Cerro Rico, der Reiche Berg von Potosí viel Silber und viele Witwen hervor.

Mehr als zwei Jahrhunderte lang feierte Europa in diesen eisigen Höhen Amerikas eine abendländisch-christliche Zeremonie: Tag für Tag, Nacht für Nacht gab es dem Berg Menschenfleisch zu fressen, im Tausch für das Silber, das es ihm entriss.

Von jeweils zehn Indios, die in den Mündern der Stollen verschwanden, kamen sieben nicht zurück. Diese Vernichtung fand in Bolivien statt, das damals noch nicht so hieß, damit in Europa die Entwicklung des Kapitalismus möglich wurde, der damals auch noch nicht so hieß.

Heutzutage ist der Cerro Rico ein hohler Berg. All sein Silber ist weit weg gereist, ohne Auf Wiedersehen zu sagen.

In der Sprache der Indios heißt Potosí, *Potojsi: der, der donnert, explodiert,* denn die Überlieferung sagt, in längst vergangenen Zeiten habe der Berg gedonnert, wenn man ihm weh tat. Heute, leer geräumt, schweigt er.

ABC-Schützen

Von den Maulwürfen lernten wir, Tunnel zu bauen.

Von den Bibern lernten wir, Deiche zu bauen.

Von den Vögeln lernten wir, Häuser zu bauen.

Von den Spinnen lernten wir zu weben.

Vom Baumstamm, der hangabwärts rollte, lernten wir das Rad.

Von Baumstamm, der im Wasser trieb, lernten wir das Schiff.

Vom Wind lernten wir das Segel.

Wer mag uns unsere schlechten Angewohnheiten beigebracht haben? Von wem lernten wir es, unseren Nächsten zu quälen und die Welt zu demütigen?

Das Jüngste Gericht

Ich schaffe es nicht, die Vorahnung aus meinem Kopf zu vertreiben, dass wir eines Tages ein Jüngstes Gericht erleben werden. Und ich stelle mir vor, wie wir alle von Anklägern verhört werden, die mit dem Bein oder dem Ast auf uns zeigen und uns beschuldigen, das Reich dieser Welt in eine Steinwüste verwandelt zu haben:

»Was habt ihr aus diesem Planeten gemacht? In welchem Supermarkt habt ihr ihn gekauft? Wer hat euch das Recht gegeben, uns zu misshandeln und auszurotten?«

Und ich sehe ein Hochgericht aus Tieren und Pflanzen, das einen ewigen Schuldspruch gegen die menschliche Art spricht.

Werden da auch die Unschuldigen büßen? Werden wir alle die Ewigkeit in der Hölle verbringen? Alle langsam geröstet werden, zusammen mit denen, die Land, Luft und Wasser vergiften?

Früher dachte ich, das Jüngste Gericht sei eine Sache Gottes. Schwarze Sonne, blutiger Mond, göttlicher Zorn: Im schlimmsten aller Fälle würde ich den ewigen Grill mit Serienmördern teilen, Schlagersängern und Literaturkritikern.

Heute scheint mir das vergleichsweise harmlos.

Landkarte der Zeit

Vor ungefähr viereinhalb Milliarden Jahren, ein paar mehr, ein paar weniger, spie ein winziger Stern einen Planeten aus, der heute auf den Namen Erde hört.

Vor ungefähr vier Milliarden zweihundert Millionen Jahren trank die erste Zelle von der Meeressuppe, und sie schmeckte ihr, und sie teilte sich, damit sie jemanden hatte, mit dem sie anstoßen konnte.

Vor etwas mehr als vier Millionen Jahren richteten sich Frau und Mann, fast noch Affen, auf ihren Hinterbeinen auf und nahmen sich in den Arm, und zum ersten Mal spürten sie die Freude und den Schreck, sich von Angesicht zu Angesicht zu sehen, während sie dabei waren.

Vor ungefähr vierhundertfünfzigtausend Jahren rieben Frau und Mann zwei Steine aneinander und entzündeten das erste Feuer, das ihnen half, die Angst und die Kälte zu bekämpfen.

Vor ungefähr dreihunderttausend Jahren sagten sich Frau und Mann die ersten Worte und glaubten, sie verstünden sich.

Und damit sind wir immer noch beschäftigt: wollen zwei sein, kommen um dabei vor Angst und vor Kälte und suchen nach Worten.

Das Schweigen

Ein langer Tisch mit Freunden im Restaurant *Plataforma* war Tom Jobims Zuflucht vor der Mittagssonne und dem Lärm der Straßen von Rio de Janeiro.

An jenem Mittag setzte Tom sich abseits. Er saß in einer Ecke und trank Bier mit Zé Fernando Balbi. Mit ihm teilte er sich seinen Strohhut, den sie abwechselnd trugen, einen Tag der, den nächsten der andere, und sie teilten noch ein paar Sachen mehr.

»Nein«, sagte Tom, als jemand dazu kam. »Ich bin gerade in einem sehr wichtigen Gespräch.«

Und als ein anderer Freund zu ihnen trat:

»Entschuldige bitte, aber wir haben hier viel zu bereden.«

Und zu einem weiteren:

»Verzeihung, aber wir besprechen gerade eine wichtige Angelegenheit.«

In ihrer Ecke saßen Tom und Zé Fernando und sagten sich kein einziges Wort. Zé Fernando hatte einen verdammt beschissenen Tag, einen dieser Tage, die man aus dem Kalender reißen und aus dem Gedächtnis verbannen sollte, und Tom leistete ihm Gesellschaft bei schweigenden Bieren. So saßen sie, Musik des Schweigens, bis der Nachmittag zu Ende ging.

Es war außer ihnen niemand mehr da, als die beiden sich aufmachten und langsam davongingen.

Das Wort

In den Wäldern am Oberen Paraná warnte mich ein LKW-Fahrer:

»Hüten Sie sich vor den Wilden«, sagte er. »Es laufen hier immer noch ein paar frei herum. Zum Glück sind nur noch wenige übrig. Man sperrt sie nach und nach in den Zoo.«

Das erzählte er mir auf Spanisch. Dies war jedoch nicht seine Alltagssprache. Der LKW-Fahrer sprach eigentlich Guaraní, die Sprache jener Wilden, die er fürchtete und verachtete.

Seltsam: Paraguay spricht die Sprache der Besiegten. Und noch seltsamer, die Besiegten glauben immer noch und weiterhin, dass das Wort heilig ist. Das gelogene Wort beleidigt das, was es benennt, doch das wahre Wort enthüllt die Seele jeden Dinges. Die Besiegten glauben, die Seele lebt in den Worten, die die Seele aussprechen. Wenn ich dir mein Wort gebe, gebe ich mich. Die Sprache ist kein Müllhaufen.

Der Brief

Enrique Buenaventura trank Rum in einer Taverne von Cali, als ein Unbekannter an seinen Tisch trat. Der Mann stellte sich vor, er war Maurer von Beruf, entschuldigen Sie die Störung, verzeihen Sie die Dreistigkeit:

»Sie müssen einen Brief für mich schreiben. Einen Liebesbrief.«

»Ich?«

»Man hat mir gesagt, dass Sie das können.«

Enrique war zwar kein Spezialist, aber er warf sich in die Brust. Der Maurer erklärte, dass er kein Analphabet war:

»Ich kann schreiben, ich weiß. Doch einen solchen Brief, ich weiß nicht ...«

»Und für wen ist der Brief?«

»Für ... sie.«

»Was wollen Sie ihr denn sagen?«

»Wenn ich das wüsste, würde ich Sie nicht bitten.«

Enrique kratzte sich den Kopf.

Am gleichen Abend machte er sich ans Werk.

Am folgenden Tag las der Maurer den Brief:

»Das«, sagte er, und seine Augen leuchteten, »das war's doch. Aber ich wusste nicht, dass es das war, was ich sagen wollte.«

Die Briefe

Juan Ramón Jiménez öffnete den Umschlag in seinem Sanatoriumsbett in der Nähe von Madrid.

Er las den Brief, bewunderte die Fotografie. »Dank Ihrer Gedichte bin ich nicht mehr allein. Wie sehr ich an Sie denke!«, gestand Georgina Hübner, die unbekannte Verehrerin, die ihm von weit her ihre erste Botschaft schrieb. Das rosafarbene Papier roch nach Rosen, und rosafarbenes Anilin färbte auch das Foto der Dame, die sich lächelnd in einem Rosengarten von Lima in der Hängematte schaukelte.

Der Dichter antwortete. Einige Zeit später kam mit dem Schiff ein weiterer Brief von Georgina. Sie beklagte sich über seinen so steifen Ton. Und nach Peru reiste die Entschuldigung von Juan Ramón, »verzeihen Sie, wenn ich so förmlich geklungen habe und glauben Sie mir, wenn ich hier meine Feindin, die Schüchternheit, bezichtige«. Und so folgte Brief auf Brief, sie fuhren langsam zwischen Nord und Süd hin und her, zwischen dem kranken Dichter und seiner begeisterten Leserin.

Als Juan Ramón entlassen wurde und in sein Haus nach Andalusien zurückkehrte, schrieb er als erstes an Georgina mit dem bewegten Zeugnis seiner Dankbarkeit, und sie antwortete mit Worten, die ihm die Hand zittern ließen.

Georginas Briefe waren ein Gemeinschaftswerk. Eine Gruppe Freunde schrieb sie von einer Taverne in Lima aus. Sie hatten das alles erfunden: das Foto, den Namen, die Briefe, die zierliche Handschrift. Immer wenn ein Brief von Juan Ramón kam, trafen sich die Freunde, besprachen die Antwort und machten sich ans Werk.

Im Laufe der Zeit, Briefe gehen hin, Briefe gehen her, änderten sich die Dinge. Sie entwarfen einen Brief und schrieben schließlich einen ganz anderen, viel freizügigeren und kühneren, diktiert vielleicht von dieser Tochter von ihnen allen, die keinem von ihnen ähnelte und keinem gehorchte.

Da kam ein Brief von Juan Ramón, in dem er sein Kommen ankündigte. Der Dichter wollte nach Lima reisen, zu der Frau, die ihm Gesundheit und Lebensfreude wiedergegeben hatte.

Ein dringendes Treffen wurde anberaumt. Was konnte man machen? Alles eingestehen? Eine solche Grausamkeit begehen? Stundenlang debattierten sie die Angelegenheit, bis sie endlich die Entscheidung trafen.

Am nächsten Tag klopfte der Konsul von Peru an die Tür von Juan Ramón in den Olivenhainen von Moguer. Der Konsul hatte ein dringendes Telegramm aus Lima erhalten: »Georgina Hübner ist verstorben«.

Der Briefträger

Ich sah ihn im Sarg, mit seinem heiteren Schelmengesicht, und ich dachte: Es ist nicht zu glauben. Der dicke Soriano stellt sich nur tot.

Das bestätigte mir Manuel, sein Sohn, das Ebenbild des Dicken, nur kleiner. Er sagte mir, er habe seinem Vater einen Brief gegeben, damit er ihn Filipi überbrächte.

Filipi, sein Freund, war vor kurzem gestorben. Filipi war eine Eidechse. Eine seltsame Eidechse, die die Fähigkeiten eines Chamäleons besaß und je nach Laune ihre Farbe wechselte. Im Brief brachte Manuel ihr ein Spiel bei, damit sie im Tod Unterhaltung hätte, weil es da ziemlich langweilig ist. Um das Spiel zu spielen, musste man irgendwelche Buchstaben schreiben. »Nimm deine Krallen, Filipi«, schärfte Manuel ihr ein.

Jetzt war alles klar. Osvaldo Soriano hatte sein ganzes Leben lang Geschichten und Romane geschrieben, Briefe, die er an seine Leser schickte, und jetzt arbeitete er als Briefträger. In einem Weilchen würde er zurückkehren.

Der Leser

In einer seiner Geschichten erfand Soriano ein Fußballspiel in irgendeinem einsamen Dorf in den Weiten Patagoniens. Die heimische Mannschaft hatte noch nie auf eigenem Platz ein Tor kassiert. Eine solche Beleidigung war verboten, bei Strafe des Galgens oder einer ordentlichen Tracht Prügel. In der Geschichte entging die auswärtige Mannschaft das ganze Spiel über der Versuchung; doch zum Schluss stand der Mittelstürmer allein vor dem Torwart und hatte keine andere Wahl, als ihm den Ball durch die Beine zu schießen.

Zehn Jahre später, als Soriano auf dem Flughafen von Neuquén landete, drückte ihn ein Unbekannter an sich und hob ihn mitsamt seinem Koffer in die Höhe:

»Das war kein Tor, das war ein Wahnsinnstor!«, rief er. »Ich seh' dich noch vor mir. Das hast du gefeiert wie Pelé!« Und er fiel auf die Knie und hob die Arme gen Himmel.

Dann bedeckte er den Kopf mit den Händen.

»War das ein Steineregen! Haben die uns fertiggemacht!«

Soriano hörte mit offenem Mund zu, den Koffer in der Hand.

»Haben die sich auf dich gestürzt! Das ganze Dorf!« rief der Fußballfan. Und indem er mit dem Daumen auf ihn wies, klärte er die Umstehenden auf, die neugierig näher kamen.

»Dem hier habe ich das Leben gerettet.«

Und er erzählte ihnen in allen Einzelheiten die ordentliche Rauferei, die es am Ende des Spiels gegeben hatte: des Spiels, das der Autor ganz allein gespielt hatte, in einer lang zurückliegenden Nacht, an einer Schreibmaschine sitzend, mit einem Aschenbecher voller Zigarettenkippen und ein paar schläfrigen Katzen.

Das Buch

Reina Reyes wollte, dass Felisberto Hernández sich dem Schreiben seiner wunderbaren Geschichten und dem Klavierspiel widmen konnte. Die Literatur verschaffte ihm wenige Leser und gar kein Geld, und die Musik war auch nicht gerade ein gutes Geschäft: Felisberto reiste durch das Landesinnere von Uruguay und die Küste Argentiniens hinunter, um Konzerte zu geben, und meistens blieb ihm nichts anderes übrig, als sein Hotel durchs Fenster zu verlassen.

Reina war Lehrerin, sie arbeitete hart für ihren Lebensunterhalt. Solange er mit ihr zusammenlebte, hörte Felisberto sie nie von Geld reden.

Am ersten Tag jedes Monats schenkte Reina ihm immer ein Buch von einem der Erzähler oder Dichter, die er besonders mochte. Im Buch steckte die Freiheit, die ihn vor der Hölle der Büros bewahrte oder irgendeiner anderen Arbeitsfolter von der Art, dass einem die Stunden gestohlen und das Leben verschwendet wird. Alle paar Seiten fand er, schön glatt gepresst, einen Schein.

Die Tinte

Die Chronisten der Eroberung Amerikas überschlugen sich vor Lob über diese merkwürdige Frucht, nie gesehen noch geschmeckt, die die mexikanischen Indios *ahuacátl* und die peruanischen *palta* nannten.

Dass ihre Form den Birnen gleich, schrieben die Chronisten, doch mehr noch den Brüsten eines jungen Mädchens. Dass sie in den Wäldern wachse, ohne irgendeine Arbeit, nur mit dem lieben Gott als Gärtner. Dass ihre köstliche Butter, weder süß noch bitter, dem Mund sanften Geschmack schenke, den Kranken Gesundheit und den Ermatteten Kraft. Und dass man nichts Besseres fände, um der Liebe Feuer zu geben.

Sie, die Frucht, war der Meinung, dass diese Ehrungen wohl verdient waren, und damit die Zeit sie nicht auslöschte, bot sie den Chronisten die unauslöschliche Tinte ihrer Kerne. Mit Avocado-Tinte, mit *Palta*-Tinte wurden die Lobpreisungen geschrieben.

Buchstabensuppe

Wegen seiner Größe und seinem Glanz sieht er aus wie eine Träne. Die Wissenschaftler nennen ihn *Lepisma Saccharina*, er aber hört auf den Namen Silberfisch, obwohl er gar nichts von einem Fisch hat und nicht einmal das Wasser kennt.

Seine Lieblingsbeschäftigung ist es, Bücher zu verschlingen, auch wenn er genauso wenig von einer Motte hat. Er frisst, was ihm in die Quere kommt, Romane, Gedichte, Lexika, Stück für Stück schlingt er alles Wort auf Wort in sich hinein, in welcher Sprache auch immer.

Sein Leben verbringt er in der Dunkelheit der Bibliotheken. Von allem anderen kriegt er nichts mit. Das Tageslicht bringt ihn um.

Er wäre ein Weiser, wenn er kein Insekt wäre.

Die Erzählerin

Chiti Hernández-Martí setzte sich auf eine Bank unter den dicht belaubten Bäumen des Retiro-Parks und atmete tief die grüne Luft ein. Sie schloss die Augen.

Als sie sie wieder öffnete, saß neben ihr ein Zwerg.

Der Zwerg stellte sich vor: Er war Torero. Sie stellte sich den Stier vor und verzog das Gesicht.

»Du siehst sehr traurig aus«, sagte der Zwerg. Und bat, forderte:

»Erzähl mir mal.«

Sie schüttelte den Kopf, doch der Zwerg beharrte:

»Sei nicht so misstrauisch, Schneewittchen.«

Und Chití murmelte den erstbesten Männernamen, der ihr in den Sinn kam, während sie dachte, wie hart das Leben eines Zwergtoreros sein müsse. Und dann erfand sie:

»Der Halunke hat mich ausgenutzt.«

In dem Maße, wie ihre Geschichte zum Roman wurde – dieses verkommene Subjekt schlägt mich, misshandelt mich, nennt mich Hure und ist nichts wert –, fühlte Chití immer weniger Mitleid mit dem Zwerg und mehr Mitleid mit sich selbst, die inzwischen schon schwanger war von diesem verheirateten Schwindler mit Kindern, wie konnte ich das meinem Verlobten antun, der ein so guter Kerl ist, mein armer, kleiner Engel, das hat er nicht verdient, und jetzt hat meine Mutter davon erfahren und mich aus dem Haus geworfen, und ich habe meinen Job verloren und weiß nicht, was aus mir werden soll, ich kenne die Stadt nicht und habe niemanden, alle schlagen mir die Tür vor der Nase zu ...

Der Zwerg schwieg betreten und sah auf seine Füße, die in der Luft baumelten. Chití zitterte vor Kälte, obwohl Hochsommer war, während ein Bächlein echter Tränen aus ihren Augen trat und den Park durchquerte, dem See entgegen, auf dem die Ruderboote schwammen.

Der Erzähler

Es war in der Zeit des Exils. Weit weg von seiner Heimat fühlte Hectór Tizón, dass ihn seine Wurzeln schmerzten wie Nerven ohne Haut.

Jemand hatte ihm eine Psychoanalyse empfohlen, doch der Analytiker und er verbrachten die Ewigkeit jeder Sitzung schweigend. Der Patient lag auf der Couch, ohne den Mund aufzumachen, weil er von Natur aus in sich gekehrt war und weil er glaubte, seine Lebensgeschichte sei ohne Bedeutung. Auch der Therapeut schwieg, und Sitzung auf Sitzung blieben sie weiß, vollständig weiß, die Seiten des Heftes, das auf seinen Knien lag. Wenn die fünfzig Minuten um waren, seufzte der Analytiker:

»Also gut, die Zeit ist um.«

Héctor tat der gute Mann leid, und er tat sich auch selbst leid.

Er beschloss, dass es so nicht weitergehen konnte.

Von da an erfand Héctor, während der Zug ihn am späten Vormittag von Cercedilla nach Madrid brachte, gute Geschichten zum Erzählen. Und kaum hatte er sich auf die Couch gelegt, bestieg er den Regenbogen und schoss seine Geschichten ab von verzauberten Bergen, Geistern, die in der Nacht heulten, Irrlichtern, die im Nebel Häuser vorgaukelten und Wassernixen, die am Ufer des Río Yala Gitarren stimmten.

Der Schiffbruch

Albert Londres war viel gereist, hatte viel gesehen und viel geschrieben. Hatte geschrieben über den brodelnden Zorn auf dem Balkan und in Algerien, über die Schützengräben des ersten Weltkriegs, die Barrikaden in Russland und China, den Sklavenhandel in Dakar und den Frauenhandel in Buenos Aires, das harte Leben der Perlentaucher von Aden und die Hölle der Sträflinge auf Cayenne.

Eines ruhigen Abends, als er durch die Straßen von Schanghai spazierte, traf ihn so etwas wie ein Blitz mit dem grellen Licht der Offenbarung.

Irgendein Gott, vermute ich, tat ihm diesen Gefallen, aus Freundlichkeit oder aus Grausamkeit.

Von da an konnte er weder essen noch schlafen.

Alle Stunden seines Wachens und seines Schlafes waren der Aufgabe geweiht, ein Buch zu schaffen, das das Erste sein sollte, obwohl er schon zwanzig Bücher veröffentlicht hatte. In einem Hotelzimmer am Hafen eingeschlossen begann er seine Arbeit und setzte sie wie im Fieber in der Kabine eines Dampfers fort, der den Namen *Georges Philippar* trug.

Als sie ins Rote Meer kamen, geriet der Dampfer in Brand. Albert blieb nichts anderes übrig, als an Deck zu laufen, wo er in eines der Rettungsboote gestoßen wurde. Das Boot entfernte sich schon von der Unglücksstelle, als sich Albert gegen die Stirn schlug, »Mein Buch!« rief und ins Wasser sprang. Er erreichte das Schiff schwimmend. Irgendwie schaffte er es, den brennenden Dampfer zu erklimmen und warf sich in das Feuer, in dem gerade sein Buch verbrannte.

Und nie mehr hörte man etwas von einem der Beiden.

Lob der Presse

Alberto Villagra war ein Zeitungsvielfraß. Zur Frühstückszeit knisterten die Nachrichten, frisch aus dem Ofen geholt, in seiner Hand.

Eines Morgens schwor er:

»Irgendwann einmal lese ich die Zeitung hoch oben auf einem Elefanten.«

Rosita, seine Frau, half ihm dabei, dass er dies auch wirklich in die Tat umsetzte. Sie sparten so lange, bis sie nach Indien reisen konnten und Alberto sich seinen Wunsch erfüllte. Zwar schaffte er es nicht, hoch zu Elefant zu frühstücken, doch konnte er in einer Zeitung aus Bombay blättern, ohne von dort oben herunterzufallen.

Helena, seine Tochter, ist genauso zeitungssüchtig. Der erste Kaffee hat weder Duft, Geschmack noch Sinn, wenn er nicht von der Zeitung begleitet wird. Und wenn die Zeitung nicht dabei ist, tauchen sofort die ersten Symptome auf, Zittern, Schwindel, Stottern, Entzugserscheinungen eben.

Im Helenas Testament steht, dass man ihr keine Blumen ans Grab bringen soll:

»Bringt mir die Zeitung«, bittet sie.

Anleitung zum Zeitungslesen

Der mexikanische General Francisco Serrano saß rauchend und lesend in einem Sessel im Militärkasino von Sonora.

Der General las die Zeitung. Die Zeitung hielt er verkehrt herum.

Der Präsident Álvaro Obregón wollte wissen:

»Lesen Sie die Zeitung immer auf dem Kopf?«

Der General nickte.

»Und darf man wissen, aus welchem Grund?«

»Aus Erfahrung, Präsident, aus Erfahrung.«

Anleitung zum beruflichen Erfolg

Vor tausend Jahren sagte der Sultan von Persien:

»Wie köstlich!«

Er hatte noch nie Aubergine gekostet, und jetzt aß er sie in Scheiben, zubereitet mit Ingwer und Kräutern vom Nil.

Da pries der Hofpoet die Aubergine, die dem Mund Lust verschafft und auf dem Lager Wunder tut, denn für Heldentaten in der Liebe ist sie wirksamer als Tigerzahnpulver oder geriebenes Rhinozeroshorn.

Ein paar Happen später sagte der Sultan:

»Was für eine Sauerei!«

Und da verfluchte der Hofpoet die falsche Aubergine, die die Verdauung straft, den Kopf mit schlechten Gedanken füllt und die tugendhaften Männer an den Abgrund des Rausches und der Raserei treibt.

»Eben hast du die Aubergine noch ins Paradies gehoben, und jetzt schleuderst du sie in die Hölle«, meinte ein hinterhältiger Zeitgenosse.

Und der Poet, ein Prophet der Massenmedien, stellte die Sache richtig:

»Ich bin ein Höfling des Sultans, nicht der Aubergine.«

Gegen den Strom

Die Ideen der Wochenzeitschrift *Marcha* offenbarten einen gewissen Hang zur Farbe Rot, doch röter noch waren die Zahlen. Hugo Alfaro, der nicht nur Journalist war, sondern auch den Buchhalter abgab und die ungesunde Aufgabe wahrnahm, die Rechnungen zu bezahlen, machte nur höchst selten Freudensprünge:

»Die Kosten dieser Ausgabe sind gedeckt!«

Wir hatten eine Anzeige hereinbekommen. In der allgemeinen Geschichte des unabhängigen Journalismus ist ein solches Wunder immer wie ein Beweis für die Existenz Gottes gefeiert worden.

Doch der Chefredakteur, Carlos Quijano, wurde ganz grün im Gesicht. Furchtbar: Es gab keine schlechtere Nachricht als diese gute Nachricht. Wenn eine Anzeige hereinkam, dann musste eine Seite dafür geopfert werden, oder mehrere, und jedes Fleckchen Seite war eine geheiligte, unverzichtbare Fläche, um Gewissheiten zu hinterfragen, Masken herunterzureißen, in Wespennester zu stechen und dabei mitzuhelfen, dass Morgen nicht ein anderer Name für das Heute wäre.

Nach vierunddreißig Jahren brach in Uruguay die Militärdiktatur aus und machte Schluss mit *Marcha* und anderen Verrücktheiten.

Der Hutmacher

Das Telefon klingelte, ich hörte eine Stimme, die sich überschlug: ein solcher Fehler, nicht zu glauben, hören Sie mal, ich red nicht nur so daher, dass es mal einen Irrtum gibt, das kann jedem passieren, aber ein solcher Fehler ...

Ich sagte kein Wort. Ich befürchtete das Schlimmste. Gerade hatte ich ein Buch über Fußball herausgebracht, in einem Land – meinem Land –, wo alle auf diesem Gebiet einen Doktortitel tragen. Ich schloss die Augen und nahm meine Verurteilung an:

»Die Weltmeisterschaft von 1930«, sagte anklagend die Stimme, brüchig aber unerbittlich.

»Ja«, murmelte ich.

»Das war im Juli.«

»Ja.«

»Und wie ist das Wetter im Juli in Montevideo?«

»Kalt.«

»Sehr kalt«, berichtigte die Stimme und griff an:

»Und Sie haben geschrieben, im Stadion habe es ein Meer von Strohhüten gegeben! Hüte aus Stroh?« empörte er sich. »Aus Filz! Aus Filz waren sie!«

Die Stimme senkte beschwörend den Ton:

»Ich war dabei, an jenem Nachmittag. 4 zu 2 haben wir gewonnen, ich seh es noch wie heute. Aber ich erzähle es Ihnen nicht deshalb. Ich erzähle es Ihnen, weil ich Hutmacher bin, immer gewesen bin, und viele dieser Hüte ... die habe ich gemacht.«

Der Hut

Wenn er sich seinen Hut aufsetzte, sah der Dichter Manuel Zequeira in den Spiegel und sah nichts außer seinem Hut.

Er wusste, dass der Hut ihn unsichtbar machte. Die übrigen Bewohner von Havanna teilten diese Gewissheit ganz und gar nicht, doch der Dichter hatte keine hohe Meinung von anderer Leute Meinung.

Mit dem Hut auf dem Kopf betrat Manuel Häuser und Tavernen, küsste verbotene Münder und aß von fremden Tellern, ohne sich um die Empörung zu scheren, die er entfachte. Und in den Julitagen, wenn die Stadt vor Hitze kochte, ging er auf der Straße spazieren, ohne mehr am Leib zu haben als den Hut, und achtete überhaupt nicht auf die Leute, die ihn mit Steinen bewarfen. Solange sie seinen Hut in Ruhe ließen, spürte er das gar nicht.

Dieser Hut, der in der Luft schwebte, war der einzige Teil von ihm, der nicht sterben würde, wenn er starb.

Die Auserwählte

Er war nicht in ihr geboren worden, doch auf der Suche nach ihr hatte er das Meer überquert und in ihren Straßen lebte er.

Die Leute nannten ihn den *Kavalier aus Paris*, obwohl er ein Galizier war und aus Lugo stammte.

Nie nahm er Almosen an. Um sich zu ernähren, reichte ihm die Sonne, die ihm welche schenkte.

Für sie, als Liebesgelübde, hatte er sich nie das Haar geschnitten noch den Bart, der ihm bis auf die Füße fiel. Und aus Gehorsamspflicht zog er alle Naslang um: Indem er seinen ganzen Besitz schulterte, der in ein paar alte Segeltuchtaschen passte, zog der Kavalier von irgendeiner Bank im Christus-Park zu den Stufen der Kirche des Heiligen Herzens oder baute seine Burg in irgendeinem Winkel der Caballería-Mole.

Auf dieser Mole, wo er sich so zu Hause fühlte, verzieh er öffentlich den Guerilleros der Sierra Maestra, die den Bart von ihm abgeschaut hatten, und beendete diesen historischen Nachmittag mit dem Aufsagen von Versen, die seiner Königin und Herrin geweiht waren.

Um ihr und ihrem Zauber zu dienen war der Kavalier König der Könige und Herr der Herren geworden. Zu ihrer Verteidigung schleuderte er seine Kriegserklärungen gegen die Feinde, die sie begehrten. Vor den Löwen des *Paseo del*

Prado, umgeben von seiner Garde aus Helebardenträgern und einer Reihe von Neugierigen, die gerade vorbeikamen, schwor er, bis zum Tod zu widerstehen, und sammelte seine Flotte von Kanonenbooten und seine Heere der Morgenröte, des Mittags, der Abenddämmerung und der Mitternacht.

Jetzt ruht er unter dem Boden des Klosters San Francisco, zusammen mit Bischöfen, Erzbischöfen, den Klostervorstehern und Konquistadoren.

Dort, an dem Platz, der ihm gebührte, begrub ihn Eusebio Leal, der genau wie er immer verrückt nach ihr gewesen ist.

In ihr schläft er jetzt, der Kavalier: in dieser stolzen, heruntergekommenen Dame, die Havanna heißt und seinen Schlaf bewacht.

Fliegen

José Miguel Corchado hat den Leib voller Fragen. Schon lange weiß er nicht mehr, wieviele Fragen es sind, die ihn ohne Unterlass belagern; doch er erinnert sich an den Abend, als ihn die erste Frage in Beschlag nahm.

Das war in der Stadt Sevilla, an einem sonnigen Abend voller Orangenblütenduft, wie es sich gehört: ein Abend wie jeder andere, am Ende eines arbeitsreichen Tages wie jeder andere. Er ging in Richtung seines Hauses, durch die Menge der Leute, allein mit seiner Einsamkeit wie jede andere Einsamkeit, als die erste Frage geflogen kam wie eine Fliege. Er wollte sie verscheuchen, doch die Frage blieb und flog um ihn herum, bis sie in ihn eindrang und nicht mehr herauskam. Und ihn die ganze Nacht nicht schlafen ließ.

Am folgenden Tag setzte sich José Miguel auf einen Stuhl und verkündete:

»Von hier stehe ich nicht eher wieder auf, bis ich weiß, wer ich bin.«

Teufelsaustreibung

Es geschah 1950. Gegen jede Vorhersage, gegen alle Erwartung wurde Brasilien von Uruguay geschlagen und verlor seine Fußballweltmeisterschaft.

Nach dem Abpfiff, während die Sonne unterging, blieb das Publikum auf den Tribünen des eben eingeweihten Maracanã-Stadions sitzen. Ein Publikum, das wie versteinert war, ein riesiges Denkmal der Niederlage: Die größte Menschenmenge, die sich je in der Geschichte des Fußballs versammelt hatte, konnte nicht sprechen, konnte sich nicht bewegen. Dort blieben sie sitzen, die Trauernden, bis spät in die Nacht.

Und dort saß auch Isaías Ambrosio. Er hatte eine Eintrittskarte geschenkt bekommen, weil er einer der Maurer war, die das Stadion erbaut hatten.

Ein halbes Jahrhundert später war Isaías immer noch da.

Er saß am selben Platz, im Angesicht der leeren Tribünen des Riesen aus Zement, und wiederholte seine nutzlose Zeremonie. Jeden Abend zur unseligen Stunde kommentierte Isaías den Spielzug, der die Niederlage besiegelt hatte, für ein eingebildetes Radiopublikum, ein unsichtbares Mikrophon vor dem Mund. Er kommentierte ihn Zug um Zug, ohne auch nur eine schmerzliche Einzelheit zu vergessen, und mit der Stimme eines Profikommentators schrie er das »Tor«, oder weinte es vielmehr, und weinte es noch einmal, wie am Abend zuvor und am Abend danach und an allen Abenden.

Die Maschine

Eine Mischung aus Radio, Telefon und Bügeleisen, mit Handkurbel und Mikrophon versehen, besaß die Maschine von Rúsvelt Nicodemo ein hohes technologisches Niveau.

Rúsvelt zufolge hatte ihn die Maschine wieder zum Leben erweckt, als er starb, weil sein Blut gerann wie in einer Blutwurst. Seither glaubte er nur noch an sie.

Immer wenn er Ausgang bekam, begab sich Rúsvelt zur *El-Conde-Straße* und blieb dort stundenlang, um den Mädchen der feinen Gesellschaft von Santo Domingo nachzusehen.

Immer war da eine, die noch mehr leuchtete als alle anderen, und ihren Lichtern lief er hinterher, in respektvoller Entfernung.

An diesem Abend berichtete ihm die Maschine, die sich nie irrte:

»Sie himmelt dich an.«

Und beim nächsten Ausgang ging Rúsvelt auf die Dame zu:

»Wie lange willst du noch so tun, als sei ich dir gleichgültig? Dein Mund schweigt, doch ich höre die Stimme deines Herzens.«

Die Maschine bestätigte ihm:

»Sie vergeht vor Verlangen nach dir.«

Doch kaum dass sie ihn sah, lief sie vor ihm davon. Rúsvelt verlor die Geduld, er lief ihr nach und rief: »Feigling, Betrügerin, Lügnerin«. Nicht aus Enttäuschung: aus Empörung. Er konnte Heuchelei nicht ausstehen.

Sein Ausgang endete immer gleich. Eine ordentliche Tracht Prügel, und zurück ins Irrenhaus von Nigua.

Die Maschine tröstete ihn:

»Wenn Frauen wirklich nötig wären, hätte Gott auch eine.«

Der böse Blick

Der Traktor ging ihm kaputt: Irgendwann musste es ja passieren.

Die Ernte war ein Reinfall: Das Wetter spielte nicht mit.

Doch als das Pech auch die Kuh erfasste und das Kalb tot geboren wurde, war es Antonio klar: Die Nachbarn hatten ihn mit dem bösen Blick belegt.

Einfacher böser Blick konnte es nicht sein. Zu wirkungsvoll dafür. Antonio kam zu dem Schluss, dass seine Feinde die Hexerei mit einem elektronischen Apparat betrieben, der aussah wie ein Fernsehgerät, doch es nicht war. Er suchte das technologische Auge im ganzen Dorf Ambia, sah sich genau alle Antennen an. Er fand ihn nicht.

Es blieb ihm nichts anderes übrig, als in ein Haus tief im Wald zu ziehen, wo es keinen elektrischen Strom gab.

Seine Festung umgab er mit Stechpalmenblättern, Knoblauchzehen, mit Brot gefüllten Flaschen und einem großen Kreis aus Salz ringsherum; und das Innere tapezierte er mit Kreuzen aller Größen und Fotos der bekanntesten Fußballspieler Galiziens.

Und in die Tür rammte er das Messer, mit dem man den Neid abschneidet.

Miró betrachten

Almir D'Avila wurde als Kind hineingesteckt, man erklärte ihn für schwachsinnig und er kam nie wieder raus.

Nie hat ihm irgendjemand einen Brief geschrieben, noch hat ihn je ein Mensch besucht.

Obwohl er gehen könnte, wüsste er nicht, wohin; auch wenn er reden möchte, wüsste er nicht, mit wem.

Seit mehr als vierzig Jahren verbringt er seine Tage im Irrenhaus von São Paulo und geht, ein Radio ans Ohr gepresst, im Kreis, und auf seinem Weg begegnet er immer denselben Männern, die mit einem Radio am Ohr im Kreis gehen.

Einer der Ärzte organisierte den Besuch einer Ausstellung mit Bildern von Joan Miró.

Almir zog sich seinen einzigen Anzug an, alt, doch gut gebügelt von seiner Matratze, zog seinen Admiralshut tief in die Stirn und lief mit den anderen los, Richtung Museum.

Und sah. Sah die Farben, die explodierten, die Tomate mit dem Schnurrbart und die tanzende Gabel, den Vogel, der eine nackte Frau war, die Himmel mit Augen und die Gesichter mit Sternen.

Er ging von Bild zu Bild und runzelte die Brauen. Es war offensichtlich, dass Miró ihn enttäuscht hatte, doch wollte der Arzt wissen, warum.

»Zu viele«, sagte Almir.

»Zu viele was?«

»Zu viele Verrücktheiten.«

Entsehen

Seit mehr als einem Jahr konnte Titina Benavídez die Lider nicht mehr heben.

Im Krankenhaus glaubte man, es sei ein Fall von Myasthenie, eine seltene Krankheit; doch die Untersuchungen schlossen diesen Verdacht aus. Auch der Augenarzt konnte nichts finden.

Titina verbrachte weiter Tag und Nacht mit geschlossenen Lidern, in der Abgeschiedenheit der Finca ihrer Familie in der Umgebung der Stadt Las Piedras.

Vielleicht hatten die Augen die Lust zu sehen verloren. Man weiß es nicht. Was man wohl weiß, ist, dass das Herz dieses jungen, gesunden Mädchens die Lust verlor, weiter zu schlagen.

Es war am 31. Dezember 2000. Titina starb, während das Jahr, das Jahrhundert und das Jahrtausend starben, die es, vielleicht genauso wie sie, leid waren, das zu sehen, was sie sahen.

Sehen

Auf den weiten Feldern von Salto hatte dieser Vorarbeiter, schon in die Jahre gekommen, den Ruf zu sehen, was sonst niemand sah.

Carlos Santalla fragte ihn voller Hochachtung, ob es stimmte, was man sagte: dass er das Unsichtbare sah, weil er einen großen Verstand habe. So groß sei sein Verstand, sagte man, dass er nicht in den Schädel passte und ihm Kopfschmerzen machte.

Der alte Gaucho lachte schallend.

»Alles, was ich dir sagen kann, ist, dass ich sehr neugierig bin und dass ich Glück habe. Je schwächer meine Augen werden, umso mehr sehe ich.«

Carlos war neun Jahre alt, als er das hörte. Als er fast schon ein Jahrhundert vollendet hatte, erinnerte er sich noch daran. Auch ihm ließen die Jahre die Augen schwächer werden, damit er besser sah.

Gesichtspunkte

An irgendeinem Ort der Zeit, weit hinter der Zeit, war die Welt grau. Dank der Ishir-Indios, die den Göttern die Farben stahlen, strahlt die Welt jetzt; und die Farben der Welt brennen in den Augen derer, die sie sehen.

Tico Escobar begleitete ein Fernsehteam, das von weit her in den Chaco reiste, um Szenen aus dem Alltagsleben der Ishir zu filmen.

Ein indianisches Mädchen folgte dem Aufnahmeleiter, schweigsamer Schatten, der an seinem Körper klebte, und sah ihm ganz aus der Nähe genau ins Gesicht, so als wolle sie in seine seltsamen blauen Augen tauchen.

Der Aufnahmeleiter bat Ticio um Hilfe, der das Mädchen kannte und seine Sprache verstand. Sie gestand:

»Ich möchte wissen, in welcher Farbe Sie die Dinge sehen.«

»In derselben wie du«, lächelte der Aufnahmeleiter.

»Und woher wissen Sie, in welcher Farbe ich die Dinge sehe?«

Farben

Die Götter und die Teufel mischen sich unters Volk und kommen und gehen im bunten Auf und Ab der Menge. Hier hat niemand Arbeit, aber alle sind sehr beschäftigt.

Das Licht schreit, die Luft tanzt. Jeder Mensch ist eine wandelnde Farbe. Von den schwarzen Körpern fallen grüne und blaue Schatten, und so viele Schattierungen hat das Funkeln der Luft, dass der Regenbogen lieber gar nicht herauskommt, damit's nicht peinlich für ihn wird.

Zum Meer hin gelegen, über die Hänge der kahlrasierten Berge gegossen, bietet sich Port-au-Prince dem Auge wie ein schrilles Konzert der Farben, in dem das Leben sich berauscht und vergisst, wie kurz es ist und wie sehr es weh tut.

Liegt es vielleicht daran, dass die Stadt die Maler kopiert, die die Stadt malen? Oder ist sie es, die ohne Hilfe ihren Schmutz in Schmuck verwandelt?

Wörterbuch der Farben

Den Indios zufolge, die an den Ufern des Río Paraguay überleben, gibt das Federkleid Farben und Kräfte.

Die grünen Federn des Papageien schenken hochherrschaftliches Aussehen nicht nur dem Körper, der sie trägt: zudem geben sie den Pflanzen Leben, die im Sterben liegen.

Wäre es nicht wegen der rosa Federn eines Vogels, der *espátula* – Spachtel – heißt, dann würde der Tuna-Kaktus keine Früchte tragen.

Die schwarzen Federn der Ente sind gut gegen schlechte Laune.

Die weißen Federn des Storchs verscheuchen Seuchen.

Der große Ara-Papagei schenkt rote Federn, die den Regen rufen, und gelbe Federn, um gute Nachricht herbeizuwünschen.

Und die grauen Federn des Straußenvogels, die so traurig aussehen, geben dem Gesang der Menschen Glanz.

Der Siebenfarben

Dante D'Ottone spazierte durch den Rodó-Park und ließ sich zwischen den Bäumen treiben, als er eine Frau gebückt vor einem riesigen Teleskop stehen sah, das auf den See gerichtet war.

»Entschuldigen Sie bitte, meine Dame ...«

Die Frau nahm das Auge von der Linse und lud ihn ein:

»Sehen Sie nur, sehen Sie!«

Und Dante entdeckte einen Siebenfarben, einen dieser kleinen Vögel, die man nie in Montevideo sieht, der über dem See flatterte.

Sie erzählte ihm, dass sie ein Fernglas kaufen wollte, weil sie so gern die Vögel in Freiheit beobachtete, doch reichte ihr das Geld nicht. Eines Sonntags hatte sie auf dem Markt von Tristán Narvaja diesen Apparat gefunden, versteckt zwischen anderen alten Geräten, und ihn für ein paar Pesos erstanden.

Der Siebenfarben schwirrte hin und her, und das Teleskop folgte dieser Freude in der Luft.

Der König

In einem Park in Gijón schreit jemand von den Baumkronen herunter.

Wenn nichts mehr zu hören ist als das Flüstern des Windes im Laub, wird die Stille zerrissen von diesem schrillen Schrei, der wie ein menschlicher klingt.

Es ist der Nachtschrei des Pfaus.

Den ganzen Tag über trägt er seinen schillernden Glanz spazieren. Schleift seinen langen Federschwanz, ist immer festlich gekleidet, stolziert einher wie ein Pfau. Wenn er sich um sich dreht und sein Rad schlägt, die grünlich-blaue Krone auf dem Kopf, entzückt das Licht seiner Schönheit die Spaziergänger und demütigt die anderen Vögel des Parks.

Die Flugenten und die Stockenten, die Schwäne, Gänse, Tauben und Sperlinge fliegen gemeinsam oder laufen gemeinsam oder schwimmen gemeinsam auf dem See; gemeinsam schwatzen, fressen, schlafen sie. Doch der Pfau lebt allein, fern von den anderen Pfauen, und tut sich mit niemandem zusammen.

Niemanden blickt er an, er, der dazu geboren wurde, angeblickt zu werden.

Wenn es Abend wird und die Menschen weg sind, fliegt er auf den höchsten Ast eines leeren Baums zum Schlafen. Ganz allein.

Dann schreit er.

Kunstgeschichte

»Schau mal, Papa! Ochsen!«

Marcelino Sautuola warf den Kopf nach hinten. Und im Schein der Lampe sah er. Es waren keine Ochsen. An die Decke der Höhle hatten Meisterhände Wisente gemalt, Hirsche, Pferde und Wildschweine.

Wenig später veröffentlichte Sautuola eine Broschüre über diese Malereien, die er, an der Hand seiner Tochter, in der Höhle von Altamira gefunden hatte. Ihm zufolge waren es Werke aus der Vorgeschichte.

Von überall her kamen Höhlenforscher, Archäologen, Paläontologen, Anthropologen: Niemand glaubte ihm. Es hieß, der Schöpfer dieser Malereien sei ein französischer Künstler, ein Freund von Sautuola, oder irgendein anderer Witzbold aus der künstlerischen Avantgarde Europas.

Erst später bestätigte es sich. Jene alten Jäger aus der Steinzeit hatten nicht nur die Tiere verfolgt. Als Zauber gegen den Hunger und gegen die Angst oder einfach nur aus purer Lust hatten sie auch die flüchtige Schönheit verfolgt.

Erinnerung des Steins

In den Tiefen einer Höhle am Río Pinturas drückte ein Jäger seine vom Blut rote Hand auf den Stein. Er ließ seine Hand dort, in einer Atempause zwischen dem Zwang zu töten und der Angst zu sterben. Einige Zeit später drückte ein anderer Jäger seine eigene rußgeschwärzte Hand neben diese Hand. Und danach ließen weitere Jäger die Spuren ihrer Hände auf dem Stein, getränkt von Farben, die vom Blut, von der Kohle, der Erde oder den Pflanzen kamen.

Dreizehntausend Jahre später schreibt jemand in der Nähe des Río Pinturas in der Stadt Perito Moreno, auf eine Wand: *Ich war hier.*

Der Maler

Güiscardi Améndola, ein Nachbar aus dem Viertel, wollte in einer Bar am Meer ein Wandgemälde malen. Er lud mich ein, ihn zu begleiten.

Er nahm keine Kiste voller Farben mit, keine Pinsel, keine Leiter, überhaupt nichts. So hatte ich mir Michelangelo auf dem Weg in die Sixtinische Kapelle nicht vorgestellt, doch gaben mir meine jungen Jahre nicht das Recht, Fragen zu stellen.

Eine große schwarze Wand wartete auf uns.

Améndola stieg auf einen Stuhl und zog eine Münze mit gezahntem Rand aus der Hosentasche. Die Münze in der Hand ging er zum Angriff über. Und die Münzkante zerschnitt die Wand mit langen, weißen Linien, die sich ziellos zu kreuzen schienen. Ich sah seinem Tun zu, ohne diese Fechtübung zu verstehen. Nach einigen weiteren Degenstößen sah ich im Schwarzen einen Leuchtturm auftauchen, einen mächtigen Leuchtturm, der sich zwischen den Felsen erhob und sein Licht auf die Wellen warf.

Jener Leuchtturm, aus einer Münze entstanden, würde sie vor dem Schiffbruch retten, die Seeleute auf den Schiffen und die Beschwipsten an der Theke.

Der Fotograf

Er war Fußballspieler. Bei einem Spiel der kubanischen Nationalmannschaft fällte ihn ein hartgeschossener Ball.

Er lag da wie tot. Lange Zeit danach erwachte er im Krankenhaus. Er war am Leben. Er war blind.

Jetzt ist Hiladio Sánchez Fotograf. Mit der Kamera in der Hand übt er seine Kunst als Wundertäter der Bilder aus. Er sucht sich das Motiv, das ihm am besten klingt, misst die Entfernung mit Schritten und reguliert die Blende nach der Intensität der Hitze. Und wenn alles fertig ist, drückt er ab.

Hiladio fotografiert das Licht der Sonne, die die Schritte der Stunden und der Menschen leitet.

Das Licht des Mondes fotografiert er nicht. Jede Nacht streichen ihm diese eiskalten Finger übers Gesicht. Und der Blinde stellt sich taub.

Die Bildhauer

Der Piltriquitrón-Berg trägt den Kopf in den Wolken. Bis vor kurzem war der Kopf verbrannter Wald. Jetzt ist er geschnitzter Wald.

Einer der Brände, die in Patagonien inzwischen an der Tagesordnung sind, hatte den Berg angegriffen. Da stiegen Bildhauer, Künstler von hier und da, zum Gipfel hinauf und begannen, die Stämme zu bearbeiten, die das Feuer gefällt oder verwüstet hatte.

Waren die Bäume tot oder taten sie nur so? Eine Woche lang taten die Bildhauer Tag für Tag ihre Arbeit. Und durch den Zauber ihrer Hände hat sich dieser Friedhof in ein Theater verwandelt.

Die Vorstellung beginnt, wenn man ankommt. Ein riesiger Stamm ist jetzt ein breitbeiniger Harlekin, mit einem Hut und zwei Köpfen. Der Harlekin heißt alle willkommen. Und die Besucher kommen herein und spazieren von Baum zu Baum entlang der hölzernen Körper, die sich aus den Ruinen recken und zwischen den Ruinen spielen.

Kapriolen

Die Regenzeit geht zu Ende, das Klima wird frisch, auf den Feldern bietet sich schon der Mais den Mündern an. Und die Bewohner des Dorfes Santiago Sacatepéquez, Künstler im Drachenbauen, legen letzte Hand an ihre Werke.

Sie sind alle verschieden, entstanden aus vielen Händen, diesen größten und schönsten Drachen der Welt.

Wenn der Tag der Toten, also Allerheiligen, anbricht, fangen diese riesigen Vögel mit den Federn aus Papier an zu fliegen und kurven durch den Himmel, bis sie die Schnüre zerreißen, die sie festhalten, und irgendwo dort oben verschwinden.

Hier unten erzählen die Leute am Fuße jedes Grabes den Klatsch und die Neuigkeiten aus dem Dorf. Die Toten antworten nicht. Sie genießen dieses Fest der Farben, das dort oben geschieht, wo die Drachen das Glück haben, Wind zu sein.

Der Preis der Kunst

Europa war so freundlich gewesen, Schwarzafrika zu zivilisieren. Hatte seine Landkarte zerrissen und sich die Stücke einverleibt; hatte ihm das Gold geraubt, das Elfenbein, die Diamanten; hatte ihm seine stärksten Kinder entrissen und sie auf den Sklavenmärkten verkauft.

Um die Erziehung der Schwarzen vollständig zu machen, schenkte Europa ihnen zahlreiche militärische Invasionen und Strafexpeditionen.

Ende des 19. Jahrhunderts führten britische Soldaten im Königreich Benin eine dieser pädagogischen Operationen durch. Nach der Schlächterei und vor dem Brand nahmen sie sich die Beute. Es handelte sich um die größte je geschaffene Sammlung afrikanischer Kunst: eine riesige Zahl Masken, Skulpturen und Schnitzereien, die man den Heiligtümern entrissen hatte, die ihnen Leben und Schutz gaben.

Diese Werke hatten eine tausendjährige Geschichte. Ihre verstörende Schönheit weckte in London ein bisschen Neugier und keinerlei Bewunderung. Die Früchte aus dem afrikanischen Zoo interessierten nur ein paar exzentrische Sammler und die Museen, die primitiven Bräuchen gewidmet waren. Doch als Königin Victoria die Beute versteigern ließ, reichte das Geld aus, um alle Kosten der Militärexpedition zu bezahlen.

So finanzierte die Kunst von Benin die Verwüstung des Königreichs, wo diese Kunst geboren und gewesen war.

Erste Musik

Es klang wie Moskitos im Sommer, obwohl gar nicht Sommer war.

An jenem Abend im Jahre 1964 konnten Arno Penzias und Robert Wilson nicht in Ruhe arbeiten. Von einem Kamm in den Appalachen aus versuchten die beiden Astronomen die Wellen einzufangen, die wer weiß welche weit entfernte Galaxis aussandte, doch die Antenne gab ihnen ein Summen zurück, das ihre Ohren schmerzen ließ.

Später fand man es heraus. Das Summen war das Echo der Explosion, die das Universum entstehen ließ. Jenes Vibrieren der Antenne kam nicht von den Moskitos, sondern von dem Knall, der Zeit und Raum begründet hatte und die Sterne und alles andere auch. Und vielleicht, meine ich, war das Echo immer noch da und klang in der Luft, weil es von uns gehört werden wollte, uns kleinen Erdenmenschen, die wir auch das Echo jenes weit entfernten Weinens des neugeborenen Universums sind.

Der Preis des Fortschritts

Apollo, Sonne der Griechen, war der Gott der Musik.

Er hatte die Leier erfunden, die die Flöten demütigte, und indem er die Leier schlug, verriet er den Sterblichen die Geheimnisse des Lebens und des Todes.

Eines Tages entdeckte der musikalischste seiner Söhne, dass die Saiten aus Ochsendarm besser klangen als die Saiten aus Flachs.

Allein mit seiner Leier probierte Apollo die Erfindung aus. Er schlug die neuen Saiten an und stellte fest: Sie waren besser.

Da bestrich sich der Gott den Mund mit Nektar und Ambrosia, hob seinen Kriegsbogen, trat hinaus auf die Wiesen des Olymp, zielte auf seinen Sohn und teilte ihm die Brust mit einem sicheren Schuss.

Flöten

Das Leben tanzen, sich durch das Leben nähren. Die Stadt Sibaris, im Süden dessen gelegen, was wir heute Italien nennen, war der Musik und den Tafelfreuden gewidmet.

Doch die Sibariten wollten Krieger sein, hatte Eroberungsträume; und Sibaris wurde vernichtet. Croton, die feindliche Stadt, löschte es vor zweitausendfünfhundert Jahren von der Landkarte.

Am Ufer des Golfes von Tarent kam es zur Entscheidungsschlacht.

Die Sibariten, in der Musik gebildet, wurden durch die Musik besiegt.

Als die Kavallerie von Sibaris zum Angriff überging, zogen die Soldaten von Croton ihre Flöten. Die Pferde erkannten die Melodie, hielten wie angewurzelt im Galopp inne, erhoben sich auf den Hinterbeinen und begannen zu tanzen. Es war zwar nicht der passendste Augenblick dafür, wenn man an die Umstände denkt, doch die Pferde tanzten weiter, folgten Geschmack und Gewohnheit, während ihre Reiter flohen und die Flöten nicht aufhörten zu klingen.

Der Tanz

Helena tanzte in einer Spieldose, in der die Damen im Reifrock und die Kavaliere mit Perücke sich drehten und Kratzfüße machten und sich weiter drehten. Jene Porzellankreisel waren zwar ein bisschen lächerlich, aber lustig, und es machte Spaß, sich mit ihnen in der Spirale der Musik zu drehen, bis bei einer dieser Pirouetten Helena stolperte, fiel und zerbrach.

Der Schlag weckte sie. Ihr linker Fuß tat sehr weh. Sie wollte aufstehen, konnte aber nicht gehen. Ihr Knöchel war stark angeschwollen.

»Ich bin in einem anderen Land hingefallen«, gestand sie mir, »und in einer anderen Zeit.«

Doch dem Arzt sagte sie es nicht.

Trommeleien

Wie die Träume klingt auch die Trommel in der Nacht.

Überall auf dem amerikanischen Kontinent wurden die Sklavenrevolten am Tag mit Peitschenschlägen gesät und brachen nachts mit Trommelschlägen aus.

Als die Franzosen den Rebellen Makandal lebendig verbrannten, weil er die Schwarzen Haitis aufwiegelte, waren es die Trommeln, die verkündeten, dass er, in einen Moskito verwandelt, vom Scheiterhaufen geflohen war.

Die Sklavenbesitzer verstanden die Sprache der Rhythmen nicht, doch wussten sie wohl, dass diese Hexenklänge fähig waren, die verbotenen Nachrichten weiterzugeben und die geheimen Götter oder den Teufel persönlich herbeizurufen, der mit Rasseln an den Knöcheln zum Trommelrhythmus tanzte.

Die Herren wussten nicht, erfuhren nie, dass sich die Trommel in den Vollmondnächten selbst schlug, ohne irgendeine Hand. Und dann, wenn die Trommel die Trommel schlug, standen die Toten auf, um diesem Wunder zuzuhören.

Der Flügel

Als die Stadt Tarija von vierzehntausendneunhundertfünfzig Knechten und fünfzig Herren bevölkert wurde, war die einzige Herrin, die keinen Flügel besaß, Doña Beatriz Arce de Baldiviezo.

Ein besorgter Onkel schickte ihr aus Paris einen großen Steinway, damit sie ihre normale Farbe und Atmung wiedererlangte und nicht länger rot vor Neid und halb erstickt vor Seufzen war.

In eine riesige Kiste gesteckt reiste der Flügel mit dem Schiff, im Zug und schließlich auf Schultern. Vorsichtig wurde er ins tiefste Bolivien getragen: Vierzig Knechte kämpften sich durch die Berge, erfanden Brücken, Stiege, Wege, mit jenem unförmigen Klotz auf dem Rücken. Fünf Monate dauerte das fürchterliche Auf und Ab über Hänge und durch Schluchten, bis das Geschenk schließlich ohne einen Kratzer im Haus von Doña Beatriz ankam.

Dies war nicht irgendein Flügel. Jener Steinway, den die Hände von Franz Liszt getauft hatten, trug die Namen der Preise, die ihm mehrere Königshäuser Europas verliehen hatten.

Die Jahre und die Menschen vergingen. Mit der Zeit wuchs Tarija und veränderte sich.

Und eines Tages kam Doña María Nidi Baldiviezo, die den Flügel geerbt hatte, mit der Diagnose, dass sie Krebs hatte, vom Arzt zurück.

Vom Vermögen der Familie blieb nur noch dieser Flügel und die Nostalgie, und Doña María bot den Flügel zum Verkauf an, um die Reise nach Houston und die Behandlung dort bezahlen zu können.

Das erste Angebot erhielt sie aus Japan. Sie lehnte es ab. Das zweite Angebot kam aus den Vereinigten Staaten, und sie nahm es nicht an. Der dritte Kaufwillige meldete sich aus Deutschland, aber sie ging nicht darauf ein. Und dasselbe geschah mit den Interessenten, die aus Buenos Aires, La Paz und Santa Cruz kamen. Die Verkäuferin sagte nein zu den niedrigen Angeboten und den hohen Angeboten und zu den mittleren auch.

Von ihrem Krankenbett aus rief Doña María die Musikanten, Komödianten und anderen -anten von Tarija herbei und schlug ihnen vor:

»Gebt mir, was ihr habt, und der Steinway gehört euch.«

Doña María starb ohne Reise und ohne Behandlung.

Der Flügel wollte Tarija nicht verlassen. Dort hatte er Liebhaber gefunden, und dort leistet er immer noch seine unschätzbaren Dienste bei den Kulturveranstaltungen, bei hohen Feiertagen und bei allen Festakten der Stadt.

Das Harmonium

Hermógenes Cayo kam nach Buenos Aires, nachdem er aus den weit entfernten Bergen von Jujuy Tausende von Meilen gelaufen war. Die Reise unternahm er 1946, mit anderen Indios, die für das Recht auf ihr Land kämpften; und dabei machte er, so ganz nebenbei, einen kleinen Besuch in Luján, wo es eine Kathedrale geben sollte, die einem den Mund offen stehen ließ vor Staunen.

Als er nach Hause zurückgekehrt war, errichtete er eine Kathedrale von Luján, in einer Miniversion, vor dem Eingang seines Steinhauses. Mit Lehmziegeln baute er die gotischen Bögen und er setzte die bunten Bleiglasfenster aus den Stückchen zerbrochener Flaschen zusammen, in allen Farben, die er finden konnte. Die Kopie sah ganz genauso aus wie das Original, nur ein bisschen schöner. Jorge Prelorán hat sie auf Film festgehalten, für die Nachwelt.

Jahre später hörte Hermógenes in irgendeiner Kirche ein Harmonium.

Noch nie in seinem Leben hatte er ein Harmonium gehört, und er entdeckte, dass er ohne es nicht mehr leben konnte.

Doch wenig sind die Menschen und weit die Wege dort oben auf der Hochebene, und die Kirche lag mehrere Tagesmärsche entfernt. Und so blieb Hermógenes nichts anderes übrig, als den Pfarrer zu überzeugen, dass sein Harmonium nicht gut klang. Er gab sich als Experte aus und bot seine Dienste an, das Instrument zu stimmen. Er nahm es auseinander, zeichnete sorgfältig jedes einzelne Teil ab, und zu Hause machte er sich sein eigenes Harmonium, ganz aus der Karde-Pflanze geschnitzt.

Sein Harmonium schenkte ihm an jedem Tagesende Musik.

Der Elektriker

Mit dem Fahrrad, die Leiter über der Schulter, fuhr er über die Wege der Pampa.

Bautista Riolfo war Elektriker und Profibastler, ein Alleskönner, der Traktoren und Uhren reparierte, Mühlen, Radios und Schrotflinten. Der Buckel auf seinem Rücken war vom vielen Fummeln an Steckdosen, Getrieben und Raritäten entstanden.

René Favaloro, der einzige Arzt der Gegend, war auch ein Alleskönner. Mit den wenigen Instrumenten, die er besaß, und den Mitteln, die er fand, praktizierte er als Kardiologe, Chirurg, Geburtshelfer, Psychologe und Spezialist in allem, was Heilung brauchte.

Eines schönen Tages reiste René nach Bahía Blanca und brachte, als er wiederkam, eine Maschine mit, die man noch nie gesehen hatte in diesen wind- und staubbewohnten Einsamkeiten.

Dieser Plattenspieler hatte seine Tücken. Nach ein paar Monaten verweigerte er seinen Dienst.

Und so kam Bautista auf seinem Fahrrad. Setzte sich auf den Boden, kratzte sich den Bart, untersuchte, lötete ein paar Kabel, justierte ein paar Schrauben und Zahnräder:

»Mal sehen, ob's jetzt funktioniert«, sagte er dann.

Um den Apparat auszuprobieren, wählte René die Neunte von Beethoven und setzte die Nadel auf seinen liebsten Satz.

Und die Musik drang durchs Haus und flog durchs offene Fenster, in die Nacht hinein, in das Niemandsland; und sie lebte weiter in der Luft, als die Platte sich zu drehen aufhörte.

René sagte etwas oder fragte etwas, doch Bautista antwortete nicht.

Bautista hielt sein Gesicht zwischen den Händen.

Eine lange Zeit verstrich, bis der Elektriker die Worte herausbrachte:

»Verzeihen Sie, Don René, aber so etwas hatte ich noch nie gehört. Ich wusste nicht, dass es diese ... diese Elektrizität auf der Welt gibt.«

Der Sänger

Als Alfredo Zitarrosa in Montevideo starb, fuhr sein Freund Juceca mit ihm zum Tor des Paradieses auf, um ihn nicht allein zu lassen bei diesen Formalitäten. Und als er zurückkam, erzählte uns Juceca, was er dort gehört hatte.

Der Heilige Petrus fragte nach dem Namen, dem Alter, dem Beruf.

»Sänger«, sagte Alfredo.

Der Wächter wollte wissen: Sänger von was?

»Milongas«, antwortete Alfredo.

Der Heilige Petrus kannte sie nicht. Neugierig geworden, befahl er:

»Singen Sie mal.«

Alfredo sang. Eine Milonga, zwei, hundert. Der Heilige Petrus wollte, dass es nie wieder aufhörte. Alfredos Stimme, die so sehr die Erde hatte erzittern lassen, ließ jetzt die Himmel erzittern.

Und Gott, der auch dort unterwegs war und Wolken hütete, spitzte die Ohren. Und Juceca erzählte, dies sei das einzige Mal gewesen, dass Gott nicht wusste, wer Gott war.

Die Sängerin

Liliana Villagra versuchte schon eine ganze Weile zu schlafen, aber es gelang ihr nicht, und nach langem Herumwälzen im Bett und langem Kampf mit dem Kopfkissen hörte sie die drei Schläge der Uhr und brauchte frische Luft: Sie stand auf und öffnete weit das Fenster.

Der Schnee aller Winter war auf Paris gefallen. Das Viertel, Pigalle, war sonst immer voller Lärm, hallte wieder vom Trubel und von Streitigkeiten, vom Kommen und Gehen der Huren und Transvestiten. Doch in dieser Nacht hatte sich Pigalle in eine weiße Wüste verwandelt, nur durchzogen von den Spuren verlorener Schritte.

Da stieg aus dem Schnee eine Stimme zu ihrem Fenster hinauf: Eine Vogelstimme zwitscherte irgendeine alte Melancholie. Während sie, an eine Wand gelehnt, auf Kunden wartete, sang eine Frau. Ein paar Schneeflocken fielen noch auf die Rue Houdon und auf den Pelzmantel vom Flohmarkt, den diese Frau öffnete, um ihren Körper auf der menschenleeren Straße anzubieten.

Aus dem Fenster gelehnt bot Liliana Kaffee an:

»Wollen Sie nicht reinkommen?«

»Danke, ich kann nicht. Ich muss arbeiten.«

»Schön, Ihr Lied«, sagte Liliana.

»Ich singe, um nicht einzuschlafen«, antwortete die Frau.

Das Lied

Prag war stumm.

An der Ecke, wo die Celetnà-Straße sich zum großen Platz der Altstadt weitet, zerriss plötzlich eine Stimme die Stille der Nacht.

Aus ihrem Rollstuhl, der unbeweglich auf dem Kopfsteinpflaster stand, sang eine Frau.

Ich hatte noch nie eine so wunderschöne und seltsame Stimme gehört, eine Stimme wie aus einer anderen Welt, und kniff mich in den Arm. Schlief ich etwa? In welcher Welt war ich?

Es antworteten mir ein paar junge Burschen, die hinter mir auftauchten: Sie machten sich lustig über die gelähmte Sängerin, machten sie nach und lachten dabei schallend, und sie, sie schwieg.

Noch ein Lied

Ren Weschler hat seine Geschichte aufgeschrieben. 1975 war Breyten Breytenbach der einzige weiße Gefangene unter den vielen zum Tode verurteilten Schwarzen im Gefängnis von Pretoria.

Am Ende jeder Nacht ging einer der Verurteilten zum Galgen. Bevor sich der Boden unter seinen Füßen öffnete, sang der Ausgewählte. In jedem Morgengrauen wurde Breyten von einem anderen Lied geweckt. Allein in seiner Zelle hörte er die Stimme dessen, der sterben sollte.

Breyten überlebte. Er hört sie immer noch.

Nixen

Don Julián lebte einsam und allein, auf der einsamsten der Inseln von Xochimilco, in einer Hütte aus Zweigen, die von Puppen und Hunden bewacht wurde.

Die kaputten Puppen, die er von der Müllhalde holte, hingen an den Bäumen. Sie schützten ihn vor bösen Geistern; und vier magere Köter schützten ihn vor den Menschen. Doch weder die Puppen noch die Hunde wussten, wie sie die Nixen vertreiben sollten.

Vom Grund des Wassers aus riefen sie ihn.

Don Julián hatte seine Beschwörungsformeln. Immer, wenn die Nixen ihn holen kamen und ihre Litaneien sangen, die seinen Namen wiederholten, warf er sie mit seinem Gegengesang hinaus:

»Ich sag's dir ins Gesicht, ich sag's dir ins Gesicht,
der Teufel soll mich holen, der liebe Gott soll mich holen,
aber du nicht, aber du nicht.«
Oder:
»Geh weg von hier, geh weg von hier,
gib jemand anderem deinen tödlichen Kuss,
aber nicht mir, aber nicht mir.«

Eines Nachmittags, nachdem er die Erde für die Kürbisaussaat vorbereitet hatte, ging Don Julián am Seeufer fischen. Er fing einen riesigen Fisch, den er kannte, weil er ihm schon zweimal entwischt war, und als er ihm den Angelhaken herauszog, hörte er Stimmen, die er auch kannte.

»Julián, Julián, Julián«, sangen die Stimmen wie immer. Und wie immer beugte sich Don Julián übers Wasser, wo sich rötlich der Widerschein der Verführerinnen kräuselte, und öffnete den Mund, um seine unfehlbaren Gegengesänge anzustimmen.

Aber es ging nicht. Diesmal ging es nicht.

Seine Leiche, von der Musik verlassen, wurde gefunden, wie sie zwischen den Inseln trieb.

Bänkellieder

In den Zeiten, als ein Tonbandgerät noch ein ganzes Pferd beanspruchte, zog Lauro Ayestarán über Land und sammelte die Erinnerung der Musik.

Auf der Suche nach vergessenen Bänkelliedern kam er an eine Hütte, die in den Weiten von Tacuarembó versteckt lag. Dort lebte ein Schwarzer, der einst Tänzer und Gitarrenspieler und gewandt im Verseduell gewesen war.

Jetzt war der Mann in die Jahre gekommen. Schon lang zog er nicht mehr von Dorf zu Dorf und von Fest zu Fest. Er lief selten und oft fiel er hin, und zum Aufstehen stützte er sich auf den Rücken eines seiner Hunde. Er konnte nicht mehr sehen. Er sang auch nicht mehr, sondern hauchte nur noch ein paar Worte, jedoch besaß er den Ruf, ein gutes Gedächtnis zu haben:

»Bei dem, was da drin ist, da fehlt nichts«, flüsterte er und klopfte sich mit einem Finger an den Kopf.

Mit der Gitarre in der Hand, die er nur ganz leicht anstrich, reimte, summte, trällerte der Alte. Durch die Abenddämmerung klangen leise die heiseren Worte, die die Erinnerung der frei laufenden Kühe und der freien Männer feierten.

Die Tonbandspulen drehten sich und drehten sich. Der blinde Bänkelsänger hörte das Surren ohne Bemerkung, bis er schließlich doch fragte, was dieses Geräusch sei.

»Das ist eine Maschine, die Stimmen aufbewahren kann«, erklärte Ayestarán. Er machte sich an dem Gerät zu schaffen und die eben gesungenen Verse erklangen noch einmal.

Zum ersten Mal in seinem Leben hörte der Alte seine eigene Stimme.

Diese Nachahmung da gefiel ihm kein bisschen.

Idol

An manchen Abenden gab es harten Wettstreit in den Cafés:

»Mich hat in meiner Kindheit mal ein Löwe angepinkelt«, sagte einer, ohne die Stimme zu heben, so, als sei die Tragödie nicht besonders wichtig.

»Was ich am liebsten tat, war an den Wänden hochzulaufen«, gestand ein anderer und beklagte sich, dass man ihm das zu Hause immer verbot.

Und noch einer:

»Ich hab als junger Mann immer Liebesgedichte geschrieben. Die habe ich mal im Zug vergessen. Wer hat sie gefunden? Neruda!«

Don Arnaldo, von Beruf Zahnarzt, ließ sich nicht einschüchtern. Die Ellenbogen auf die Theke gestützt, ließ er nur einen Namen fallen:

»Libertad Lamarque.«

Er wartete die Wirkung ab, um fortzufahren:

»Kommt euch der Name bekannt vor?«

Und dann beschwor er seine Begegnung mit der Braut von ganz Amerika herauf.

Don Arnaldo log nicht. Einst in tiefster Nacht, in den dreißiger Jahren, wurde Libertad Lamarque, die Sängerin und Schauspielerin, in einem Hotel von Santiago de Chile schwer misshandelt. Ihr Ehemann verpasste ihr eine Reihe Ohrfeigen, denn vorbeugen ist besser als heilen, und mitten unter den Schlägen schrie Libertad:

»Jetzt reicht's! Du hast es so gewollt!«

Und stürzte sich schnurstracks aus dem Fenster im vierten Stock. Sie prallte auf eine Markise und fiel von da auf den Zahnarzt, der von einem Besuch bei seiner Mutter kam und just in diesem Augenblick auf dem Gehsteig vorüberging. Libertad blieb unversehrt, und unversehrt blieb auch ihr Damast-Morgenrock mit den chinesischen Drachen; der niedergeschmetterte Don Arnaldo jedoch wurde mit dem Krankenwagen ins Hospital gebracht.

Als sich der Haufen Knochen einigermaßen erholt und man ihm seinen Mumienverband abgenommen hatte, begann Don Arnaldo die Geschichte zu erzählen, die er von da an immer wieder erzählen sollte, bis ans Ende seiner Tage, in den Kneipen und überall, wo ein Ohr ihm zuhörte: Vom Himmel, von der hohen Wolke, wo die Göttinnen des Äthers und des Rampenlichts wohnen, hatte sich diese Sternschnuppe auf die Erde fallen lassen, und unter Millionen hatte sie ihn gewählt, ja, ihn, und war in seine Arme gesunken, um nicht allein zu sterben.

Das Kino

Geraldine sollte in einem Film mitspielen, in irgendeinem Dorf in den Bergen der Türkei.

Am ersten Nachmittag machte sie einen Spaziergang. Niemand, fast niemand, war auf den Straßen zu sehen. Wenige Männer, Frauen gar keine. Doch hinter einer Ecke traf sie unvermittelt auf eine Schar junger Burschen.

Geraldine blickte seitwärts, blickte hinter sich: Sie war umzingelt, es gab keinen Ausweg. Ihre Kehle verweigerte den Schrei. Wortlos bot sie an, was sie dabei hatte: die Uhr, das Geld.

Die Burschen lachten. Nein, darum ging es nicht. Und in einer Sprache, die mehr oder weniger klang wie Englisch, fragten sie, ob sie die Tochter von Chaplin sei.

Geraldine nickte sprachlos. Und erst da bemerkte sie, dass die Burschen sich kleine schwarze Schnurrbärte gemalt hatten, und dass jeder einen Ast als Gehstock trug.

Und die Vorstellung begann.

Und alle waren er.

Das Publikum

Vor dem Eingang des Yara-Kinos in Havanna herrschte ordentlich Gedränge, und ein Polizist versuchte, die Schlange zu ordnen. Die Absicht war gut, vielleicht sogar heldenhaft, doch schien sie nicht besonders realistisch. Jedes Mal, wenn er die Leute gerade in Reih und Glied aufgestellt hatte, brach die Schlange wieder fröhlich lärmend auseinander.

Einsam und allein war die Staatsgewalt, machtlos angesichts der Leidenschaft fürs Kino und der Leidenschaft fürs Chaos, als plötzlich eine Stimme im Befehlston zu hören war:

»Zurück!« befahl der Polizist. »Meine Damen und Herren, bilden Sie die Schlange hinter der Mauer! Von der Mauer aus nach dort!«

»Welche Mauer?« fragte die Menge verwirrt.

Und der Hüter der Ordnung erklärte:

»Wenn keine Mauer da ist ... dann stellen Sie sich eben eine vor!«

Das Fernsehen

Ende 1999 weihte der Präsident von Uruguay in der Provinz Pinar Norte eine Schule ein.

Weil es sich um ein Wohnviertel armer, hart arbeitender Leute handelte, wollte der Präsident diesem Festakt mit seiner Gegenwart Bedeutung verleihen.

Der Präsident kam vom Himmel. Er landete im Hubschrauber, begleitet von den Kameras des Fernsehens.

In seiner Rede pries der Präsident die Kinder des Vaterlands, die unser wertvollstes Kapital darstellen und unterstrich, wie wichtig die Bildung sei, die profitabelste Investition in dieser Welt des Wettbewerbs. Anschließend stimmte man die Nationalhymne an und ließ farbige Luftballons steigen.

Dann, auf dem Höhepunkt der Zeremonie, schenkte der Präsident jedem Schüler ein Spielzeug.

Das Fernsehen übertrug alles direkt.

Als die Kameras ihre Arbeit beendet hatten, kehrte der Präsident in den Himmel zurück. Und die Schulleitung machte sich daran, die ausgeteilten Spielzeuge wieder einzusammeln. Es war nicht leicht, sie den Kinderhänden zu entreißen.

Das Theater

Aristophanes plauderte mit den Gemeinschaften in Chiapas und Anton Tschechow reiste mit den Personen seiner Stücke in die Wüste von San Luis Potosí.

Sie waren noch nie in diesen Gegenden gewesen.

Es waren die Schauspieler des Theaters *El Galpón*, die sie auf ihre Reisen quer durch Mexiko mitnahmen.

Das gesamte Ensemble des Theaters war in Mexiko im Exil. Es waren die Jahre der Unterdrückung und der Angst durch die Militärdiktatur in Uruguay, und in Montevideo war nur noch der Theatersaal übrig geblieben.

Nur noch der Theatersaal, aus eigener Anstrengung entstanden, ohne einen Centavo staatlicher Unterstützung; doch *El Galpón* war nicht da, und das Publikum auch nicht. Die Diktatur bot Aufführungen vor leeren Plätzen. Schatten ohne Körper, Körper ohne Seele: Niemand ging hin.

Im Parkett

Gonzalo Muñoz, dessen vergilbtes Foto mein Familienalbum ziert, war geboren worden, um nachts zu leben und am Tag zu schlafen.

Er verbrachte die Nächte wachend, bewachte Gespenster, doch tagsüber gab es immer viel zu tun, so dass ihm nichts anderes übrig blieb als stückchenweise zu schlafen. Er schlief jeden Augenblick ein, und wenn er aufwachte, wusste er oft nicht, wie spät es war, und manchmal, welcher Spezies er angehörte. Ab und zu krähte Don Gonzalo, der die Angewohnheiten eines Uhus besaß, wie ein Hahn, und begrüßte am hellllichten Nachmittag vom Balkon aus den Tagesanbruch. Solcherlei Verfehlungen kamen in der Nachbarschaft nicht gut an.

Eines Abends besuchte er die Uraufführung eines Dramas im Solís-Theater von Montevideo. Es war eine Gala-Aufführung mit einem europäischen Ensemble. Im zweiten Akt schlief er ein. Er schlief genau in dem Moment ein, als sich der Hauptdarsteller, ein übelgelaunter Ehemann, mit der Pistole in der Hand hinter einen Wandschirm duckte. Wenig später, als die untreue Ehefrau auf die Bühne kam, sprang der Ehemann aus seinem Versteck und schoss. Die Schüsse streckten die Sünderin nieder und weckten Don Gonzalo, der sich mitten im Parkett von seinem Platz erhob und mit ausgebreiteten Armen rief:

»Beruhigen Sie sich, meine Herrschaften, beruhigen Sie sich! Erschrecken Sie nicht, laufen Sie nicht weg! Keiner verlässt den Raum!«

Seine Frau, die neben ihm saß, verschwand auf ewig in den Tiefen ihres Sitzes.

Der Schauspieler

Horacio Tubo hatte sich im Tal *El Bolsón* ein Haus gebaut.

Das Haus hatte keinen elektrischen Strom. Er war aus Kalifornien gekommen und hatte seinen modernen Krempel mitgebracht; doch der Computer, das Faxgerät, der Fernsehapparat und die Waschmaschine weigerten sich, mit Kerzenlicht zu funktionieren.

Horacio wurde im zuständigen Büro vorstellig. Ein Ingenieur kümmerte sich um ihn. Der Ingenieur schaute auf ein paar geheimnisvollen Karten nach und gab ihm dann die Auskunft, die Versorgung mit Elektrizität funktioniere schon in dem Gebiet.

»Ja, das stimmt«, bestätigte Horacio. »Sie funktioniert, vor allem im Wald. Die Bäume sind ganz glücklich darüber.«

Der Ingenieur war sauer und erwiderte:

»Wissen Sie, was Ihr Problem ist? Ihre Arroganz. Mit dieser Arroganz werden Sie es nie zu etwas bringen im Leben.«

Und wies ihm die Tür.

Horacio ging, schloss hinter sich die Tür.

Doch gleich darauf hörte der Ingenieur: tock-tock.

Da kniete Horacio mit gesenktem Kopf:

»Sie, Herr Ingenieur, der Sie das Glück hatten studieren zu können ...«

»Stehen Sie auf, stehen Sie auf!«

»Sie, der Sie einen akademischen Titel tragen ...«

»So stehen Sie doch auf, bitte!«

»Verstehen Sie meine Situation, Herr Ingenieur. Ich möchte lesen lernen ...«

Horacio ließ nicht ab von seiner Litanei, bis er zu Hause elektrischen Strom hatte.

Die Schauspielerin

Vor mehr als einem halben Jahrhundert brachte das Nationaltheater *Bluthochzeit* in die Provinz von Salto.

Dieses Stück von Federico García Lorca stammte auch aus einer Provinz, nämlich der weit entfernten Provinz Andalusiens. Es war eine Tragödie über verfeindete Familien: eine verunglückte Hochzeit, eine geraubte Braut, zwei Männer, die wegen einer Frau mit dem Messer aufeinander losgehen. Die Mutter von einem der Toten fordert von der Nachbarin:

»Bist du endlich still?! Ich will kein Geheule in diesem Haus! Deine Tränen sind Krokodilstränen, sonst nichts.«

Margarita Xirgu war auf der Bühne diese stolze, leidende Mutter.

Als der Beifall verebbte, näherte sich ein Tagelöhner Margarita und sagte, den Hut in der Hand, den Kopf gebeugt:

»Ich fühle mit Ihnen. Ich habe auch einen Sohn verloren.«

Dieser Beifall

Seit García Lorca, von einer Salve niedergemäht, zu Beginn des spanischen Bürgerkriegs gefallen war, wurde *La zapatera prodigiosa* nicht mehr auf den Bühnen seiner Heimat gespielt. Viele Jahre waren vergangen, als die Theaterleute aus Uruguay mit diesem Stück nach Madrid kamen.

Sie spielten mit ganzer Seele.

Am Schluss bekamen sie keinen Beifall. Das Publikum begann, wie wild auf den Boden zu trampeln; und die Schauspieler verstanden gar nichts mehr.

China Zorrilla hat davon erzählt:

»Wir waren total verblüfft. Ein Desaster, man hätte heulen mögen.«

Doch dann brach rauschender Beifall los. Lange, dankbar. Und die Schauspieler verstanden noch viel weniger.

Vielleicht war jener erste Beifall mit den Füßen, jener Donner auf der Erde, für den Autor gewesen. Für den Autor, erschossen, weil er ein Roter, weil er ein Schwuler, weil er anders war. Vielleicht war dies eine Art und Weise gewesen, um ihm zu sagen: »Damit du weißt, Federico, wie lebendig du bist.«

Die Komödie der fünf Jahrhunderte

HEUTE VORSTELLUNG HEUTE: Ganz groß feierte Portugal den fünfhundertsten Geburtstag der Landung von Bartolomé Dias an der Küste Südafrikas. In ein großes Theater imperialer Nostalgie verwandelt, inszenierte das Land den kühnen Seefahrer, der im Jahre 1487 ans Kap der Guten Hoffnung gelangt war, in einer Ära großen Ruhms, als Portugal von Gott die Hälfte der Welt geschenkt bekommen hatte.

Schauspieler, die nach der Mode jener Zeit gekleidet waren, in Samt und Seide, mit zierlichen Degen und federgeschmückten Hüten, bevölkerten eine genaue Kopie des Schiffes von Bartolomé Dias, das in See stach und Kurs auf Afrika nahm.

Am Strand Südafrikas, so war es vorgesehen, sollte eine Menge aus Schwarzen warten und Luftsprünge vollführen vor Freude und Dankbarkeit über die Seefahrer, die fünf Jahrhunderte zuvor gekommen waren, um ihnen den Gefallen zu tun, sie zu entdecken. Doch dieser Strand war 1987 nur für Weiße bestimmt. Den Schwarzen war der Zutritt verboten, wegen der Sache mit der Apartheid.

Eine jubelnde Menge von Weißen, als Schwarze angemalt, empfing die Portugiesen.

Die Komödie des Jahrhunderts

Im Jahre 1889 feierte Paris mit einer großen Weltausstellung den hundertsten Geburtstag der französischen Revolution.

Argentinien beteiligte sich mit einer bunten Sammlung der Erzeugnisse des Landes. Unter anderem schickte man eine Indiofamilie aus Feuerland. Es waren elf Ona-Indios, seltene Exemplare einer aussterbenden Art: Die letzten Onas wurden in jenen Jahren mit der Winchester-Büchse ausgerottet.

Von den elf Onas, die geschickt wurden, starben zwei auf der Reise. Die Überlebenden wurden in einem Eisenkäfig ausgestellt. *Südamerikanische Menschenfresser*, warnte ein Schild. Während der ersten Tage gab man ihnen nichts zu essen. Die Indios heulten vor Hunger. Da begann man, ihnen Stücke rohes Fleisch hinzuwerfen. Es war Rindfleisch; doch niemand wollte das schaurige Schauspiel verpassen. Das Publikum, das Eintritt bezahlt hatte, drängte sich um den Käfig, in dem sich die wilden Kannibalen um ihr Essen balgten.

So feierte man die ersten hundert Jahre der Erklärung der Menschenrechte.

Die Komödie des halben Jahrhunderts

Der fünfzigste Jahrestag der Atombombenexplosionen, die Hiroshima und Nagasaki ausgelöscht hatten, stand vor der Tür.

Das *Smithsonian Institute* in Washington kündigte eine große Ausstellung an.

Die Sammlung sollte viele Dokumentationen und zahlreiche Zeugnisse von Wissenschaftlern, Historikern und militärischen Experten enthalten. Und sie sollte Berichte der Beteiligten bieten, vom Oberst, der die Bomber befehligte und dem die Sache nie den Schlaf geraubt hatte, bis zu einigen japanischen Überlebenden, die den Schlaf und alles andere verloren hatten.

Die Besucher der Ausstellung liefen Gefahr zu erfahren, dass die Menschenmasse, die vom Himmel aus ermordet worden war, in ihrer Mehrheit aus Frauen und Kindern bestand. Und schlimmer noch: Die ausführliche hier versammelte Dokumentation konnte ihnen zeigen, dass die Bomben nicht abgeworfen worden waren, um den Krieg zu gewinnen, denn der Krieg war schon gewonnen worden, sondern um die Sowjetunion einzuschüchtern, die der kommende Feind war.

Um diese großen Gefahren zu vermeiden, wurde die Ausstellung zwar angekündigt, fand aber nicht statt. Alles beschränkte sich schließlich darauf, die *Enola Gay* zu zeigen, das Flugzeug, das die Bomben abgeladen hatte, damit die eifrigen Patrioten es auf die Nase küssen konnten.

Der Schneider

Er schwor, dass er fliegen würde. Schwor es bei allen Knopflöchern, die er geschnitten, allen Knöpfen, die er angenäht, und den zahllosen Anzügen und Kleidern und Mänteln, die er angemessen, zugeschnitten, zusammengeheftet und fertiggenäht hatte, Stich für Stich, Tag für Tag seines Lebens.

Und von da an widmete Reichelt, der Schneider, seine ganze Zeit dem Schneidern von ein Paar riesigen Fledermausflügeln. Die Flügel waren klappbar, damit sie in den Verschlag passten, wo er seine Werkstatt und seine Wohnung hatte.

Nach langer Arbeit war das komplizierte Gestell aus Rohren und Metallstäben, ganz mit Stoff bezogen, schließlich fertig.

Schlaflos verbrachte der Schneider die Nacht und bat Gott, er möge ihm einen windigen Tag schenken. Und am folgenden Morgen, einem stürmischen Morgen im Jahre 1912, stieg er bis zur Spitze des Eiffelturms, breitete seine Flügel und flog in den Tod.

Das Flugzeug

Hoch flatterten die Fahnen im Wind.

Der Gemeindediener verscheuchte die Kühe, die auf der Landebahn weideten.

Niemand fehlte. Das ganze Dorf Lorica wartete schon seit Stunden. Spitzen, Schleifchen, Schlipse: Gestärkt wie für eine Hochzeit oder eine Taufe, die Augen angestrengt zum Himmel gerichtet, brieten alle klaglos in der Sonne.

Von weitem sahen sie es kommen. Und schluckten trocken. Und als das Erwartete den Boden berührte, lösten das Kriegsgetöse und das Windgepeitsche in der Zuschauermenge erstmal Panik aus.

Nie zuvor hatte man im Dorf Lorica ein Flugzeug gesehen.

Die Menge schaute von weitem, mit offen stehenden Mündern. In der Ferne ahnte man ein Glänzen, eingehüllt in einen Nebel aus rötlichem Staub. Jetzt hatten die Propeller schon aufgehört sich zu drehen. Ein besonders Mutiger löste sich aus der Menge, lief zu dem Niegesehenen hin und kam mit der Nachricht zurück, es röche nach Seife.

Als die Musik losbrach, zwei Orchester, die gleichzeitig die Nationalhymne und ein Potpourri aus Vallenato-Stücken spielte, gab's kein Halten mehr. Die Passagiere wurden auf die Schultern gehoben und der Pilot ertrank in einem Meer aus Blumen. Zur Feier des vom Himmel Gekommenen floss der Schnaps und ein endloses rauschendes Fest begann in den Straßen des Dorfes.

Das Flugzeug hatte nur eine Zwischenlandung gemacht, einen Stopp auf dem Weg woanders hin, aber es konnte nicht wieder starten.

»Das war die erste Flugzeugentführung in der Geschichte Kolumbiens«, erzählt David Sánchez-Juliao, der Jüngste der Entführer.

Flug ohne Karte

Sie war das Flugzeug. Ausgestreckt in der Nacht flog sie.

Plötzlich wurde sie gewahr, dass sie die Richtung verloren hatte und nicht einmal mehr wusste, wohin sie flog.

Die Passagiere, die Passagiere, die in ihrem Körper waren, kümmerten sich nicht um dieses Problem. Alle waren sehr beschäftigt damit zu trinken, zu essen, zu rauchen, zu reden und zu tanzen, denn im Flugzeug ihres Körpers gab es mehr Platz als genug, gute Musik erklang und nichts war verboten.

Auch sie machte sich keine Sorgen. Ihr Ziel hatte sie vergessen, doch ihre Flügel, ihre ausgebreiteten Arme, streiften den Mond und zogen zwischen den Sternen ihre Bahn, schlugen Schleifen am Himmel, und es machte großen Spaß, so ziellos durch die Nacht zu fliegen.

Helena erwachte im Bett, auf dem Flughafen.

Anleitung zum Fliegen

Der Arzt, Oriol Vall, reiste ab. Eine ziemlich lange Zeit war er dort gewesen, im Dorf Ajoya, in den Bergen verloren, hatte mit den Menschen Arbeit und Tage geteilt, und jetzt war die Stunde des Abschieds gekommen.

Er ging von Haus zu Haus, um *Auf Wiedersehen* zu sagen. Und im winzigen Dorfladen hielt er an und erklärte die Geschichte María del Carmen, die ihm so sehr geholfen hatte.

»Ich gehe nach Spanien zurück, Doña María.«

»Ist das weit weg, Spanien?«

Sie war noch nie in ihrem Leben über den Río Gavilanes hinausgekommen. Oriol kritzelte eine Landkarte hin, damit sie eine Vorstellung bekam. Man musste über das Meer reisen, das ganze, große Meer.

»Das muss aber ein großes Schiff sein, bei soviel Wasser!«

Er versuchte zu erklären, mit Worten und Händen. Und María del Carmen, die noch nie, nicht einmal von weitem, ein Flugzeug gesehen hatte, unterbrach ihn:

»Ja, ja, ich verstehe schon. Was Sie mir sagen wollen, ist, dass Sie im Schlaf mit dem Wind reisen werden.«

Der Zug

»Er ist sehr stark«, kündigte der Vater an. »Wie zweihundert Zugochsen.«

Der Sohn, Simón de Pava, sah eine große Rauchsäule sich am Horizont erheben.

Nach einem Weilchen tauchte die mächtige Bestie auf. Von weitem kommend wurde sie immer größer. Sie brüllte. Sie heulte.

Als das Kind sie nahen sah, wollte es flüchten vor Schreck, aber der Vater ließ seine Hand nicht los.

Ein Quietschen der Bremsen, ein langes Ächzen, und der Zug hielt.

Simón und sein Vater fuhren vom Tal Ibagué zur Hochebene von Bogotá hinauf, von der Hitze ins Frische und vom Frischen in die Kälte.

Die Reise wollte und wollte nicht enden.

Keuchend trank der Zug, halbtot vor Durst, an jeder Station Ströme von Wasser. Dann setzte er, stöhnend und Dampf aus dem Bauch schwitzend, seine rumpelnde Fahrt bergan fort.

Erschöpft und bedeckt mit Staub und Ruß erreichten die Fahrgäste ihr Ziel.

Während der Vater die Koffer einsammelte, traute sich Simón zur Lokomotive.

Sie keuchte. Dankbar klopfte er ihr aufs heiße Hinterteil.

Die Fahrgäste

Durch Felder und Zeiten fuhr der Zug von Sevilla Richtung Morón de la Frontera. Durchs Fenster betrachtete der Dichter Julio Vélez mit müden Augen Baumreihen und Häuser, die wie Windstöße flohen, während seine Erinnerung durch die Landschaften und Jahre wanderte.

Julio gegenüber saß ein Tourist. Der Tourist wollte sein spärliches Spanisch ausprobieren, doch Julio war wer weiß wo, suchte eine Gewissheit, die vergangen war, ein Wort oder eine Frau, die er verloren hatte.

»Sind Sie aus Andalusien?«, fragte der Tourist.

Julio nickte abwesend.

Und der Tourist beharrte neugierig:

»Aber wenn Sie aus Andalusien sind, warum sind Sie dann traurig?«

Hörst du mich?

Zwei englische Züge stoßen zusammen, beim Verlassen des Bahnhofs von Paddington.

Ein Feuerwehrmann macht mit der Axt den Weg frei und betritt einen umgestürzten Waggon. Durch den Rauch, der den Nebel noch nebliger macht, kann er die Fahrgäste sehen, die durcheinander liegen, zerbrochene Puppen zwischen zersplittertem Holz und verbogenem Eisen. Die Lampe schweift über diese Trümmerlandschaft, sucht vergeblich ein Lebenszeichen.

Nicht mal ein Wimmern ist zu hören. Nur eines durchbricht die Stille: das Klingeln der Handys, die von den Toten her rufen und rufen und rufen.

Verkehrsunfall

Bis weit ins 20. Jahrhundert hinein kümmerten sich auf der Insel Lanzarote die Kamele um den Transport von Menschen und Dingen.

Die Station, der Kamel-Liegeplatz, lag mitten im Zentrum des Hafens Arrecife. Als Kind kam Leandro Perdomo auf seinem Schulweg immer hier vorbei. Und sah viele Kamele, die dort lagen oder standen. An einem Morgen zählte er vierzig, doch war er nicht besonders gut im Rechnen.

In jenen Tagen trieb die Insel außerhalb der Zeit, Welt vor der Welt, und die Menschen hatten die Zeit, Zeit zu verlieren.

Die Kamele kamen und gingen gemächlichen Schritts durch die unermessliche Wüste aus schwarzer Lava. Es gab keine genauen Abfahrts- oder Ankunftszeiten für sie, doch gingen sie los und kamen an. Und niemals gab es Unfälle. Niemals, bis ein Kamel einen plötzlichen Hysterieanfall erlitt und seine Passagierin durch die Luft schleuderte. Die Unglückliche schlug sich den Kopf an einem Stein auf.

Das Kamel ging durch, weil es unterwegs einem komischen Ding begegnete, das hustete, Rauch ausstieß und sich ohne Beine bewegte.

Das erste Automobil war auf die Insel gekommen.

Rot, gelb, grün

Über Nacht geschah es: Ein paar Stangen mit drei Augen tauchten an den Ecken der Hauptstraße auf. Nie hatte man im Dorf Quaraí etwas Ähnliches gesehen, noch in dieser ganzen Gegend an der Grenze.

Zu Pferde kamen die Neugierigen von weit her. Banden die Pferde weiter draußen an, um den Verkehr nicht zu behindern, und setzten sich, die Neuheit zu betrachten. Den Mate-Tee in der Hand, die Thermosflasche unter dem Arm, so warteten sie auf den Abend, denn am Abend waren die Lichter noch heller, und es machte Spaß, sitzen zu bleiben und zuzuschauen, so als ob man den Sternen zuschaute, die am Himmel aufgehen. Die Lichter gingen immer im selben Rhythmus an und aus und wiederholten immer die gleichen drei Farben, eine nach der anderen; doch diese Männer vom Land, gleichmütig gegenüber den vorbeikommenden Autos und Passanten, wurden des Schauspiels nicht müde.

»Das da drüben an der Ecke ist noch schöner«, riet einer.

»Dieses hier dauert länger«, meinte ein anderer.

Soweit man weiß, fragte keiner je, wozu diese magischen Augen dienten, die blinkten, ohne je müde zu werden.

Werbung

Wagner Adoum schaute beim Autofahren immer genau geradeaus, ohne jemals einen einzigen Blick auf die Tafeln zu werfen, die an den Rändern der Straßen von Quito und der anderen Straßen des Landes ihre Befehle gaben.

»Ich hab' nie jemanden überfahren«, sagte er. »Und wenn ich so alt geworden bin und immer noch lebe, dann deshalb, weil ich nie diese Tafeln beachtet habe.«

Dank dessen, erklärte er, war er dem Tod durch Ertrinken, Verstopfung, innere Blutungen oder Ersticken entronnen. Er hatte keinen Ozean voll Coca-Cola getrunken, hatte keinen Berg Hamburger gegessen, hatte sich kein Loch in den Bauch fressen lassen, indem er Millionen Aspirin schluckte und hatte vermieden, dass die Kreditkarten ihn bis über die Ohren im Schuldensumpf versinken ließen.

Die Straße

Wieviel Millionen Menschen passen in eine einzige Straße?

An jenem Nachmittag liefen alle Einwohner von Buenos Aires durch die Florida-Straße, die einzige Straße der Stadt, auf der man noch gehen kann. Das war eine riesige Menge von Urbanoiden, die ihren Gehäusen entflohen waren, ein Durcheinander aus Beinen, die es sehr eilig hatten, so als würde dieses Stück Exil im Reich der Motoren nicht lange anhalten.

Inmitten dieser Menschenmenge bemerkte Rogelio García Lupo, dass sich ein Herr mühsam mit den Ellenbogen einen Weg zu ihm hin bahnte. Der Herr, der respektierlich wirkte, breitete die Arme aus; und Rogelio, dem keine Zeit blieb, lange zu überlegen, wurde umarmt und umarmte seinerseits. Das Gesicht jenes Herrn kam ihm irgendwie bekannt vor. Rogelio schaffte gerade noch zu fragen:

»Wer sind wir?«

Weltkarte

Ich versuchte gerade den Lärm der Vögel in den Bäumen bei der Stanford University zu entschlüsseln, als sich mir ein alter Professor näherte. Der Professor, ein weiser Mann, Experte in irgendeiner wissenschaftlichen Sparte, hatte viel Unterhaltung nachzuholen. Von seinem Fach wusste er alles. Ich, der davon gar nichts wusste, verstand auch nichts; doch er war sympathisch, redete leise und es war angenehm, ihm zuzuhören.

Nach einer Weile zwickte ihn die Neugier, und er fragte mich, aus welchem Land ich käme. Ich antwortete ihm, und an seinen verblüfften Augen konnte ich erkennen, dass der Name Uruguay ihm nicht besonders bekannt vorkam. Daran war ich schon gewöhnt, aber der Professor war höflich und machte eine Bemerkung über die typischen Kleider meines Landes. Es war offensichtlich, dass der Professor Uruguay mit Guatemala verwechselte, das in jenen Tagen, als wundersame Ausnahme, auf den Titelseiten der Zeitungen gestanden hatte. Ich erwiderte seine Freundlichkeit, indem ich mich augenblicklich und ohne mit der Wimper zu zucken in einen Guatemalteken verwandelte und irgendetwas über die bewegte Geschichte Zentralamerikas sagte.

»Central America«, wiederholte er.

Ich wollte glauben, dass er verstanden hatte. Um sicher zu gehen, fragte ich lieber nicht nach.

Ich wusste nur zu gut, dass viele seiner Landsleute meinen, im Zentrum von Amerika liege Kansas City.

Entfernungen

Rafael Gallo, Meister der Arena, hatte einen großen Kampf in der Stierkampfarena von Albacete bestanden und als Trophäen die Ohren und den Schwanz bekommen.

Während er sich das Torero-Kleid auszog, beschloss der Matador:

»Noch heute abend kehren wir nach Sevilla zurück.«

Sein Bursche erklärte ihm, das ginge nicht, es sei schon zu spät.

»Und so weit, wie Sevilla weg ist ...«

Rafael reckte sich hoch auf, knüllte seinen Mantel in der Faust und befahl:

»Ruuuhe!«

Und zu einem Blitz aus Wut geworden, stellte er die Dinge richtig:

»Was sagst du da, was sagst du? Sevilla ist, wo es immer ist. Was weit weg ist, ist das hier!«

Erdkunde

In Chicago gibt es niemand, der nicht schwarz ist. Mitten im Winter brät die Sonne in New York die Steine. In Brooklyn haben die Menschen, die es schaffen, dreißig zu werden, ein Denkmal verdient. Die besten Häuser in Miami sind aus Müll gemacht. Von den Ratten verfolgt, flieht Mickey aus Hollywood.

Chicago, New York, Brooklyn, Miami und Hollywood sind Namen einiger Viertel von Cité Soleil, dem ärmsten Armenviertel der Hauptstadt Haitis.

Der Erdkundelehrer

»Der Titicaca-See. Kennen Sie den?«

»Kenne ich.«

»Früher lag der Titicaca-See hier.«

»Wo?«

»Na hier.«

Und er wies mit dem Arm über die riesige Steppe.

Wir befanden uns in der Tamarugal-Wüste, einer Landschaft durchglühter, rissiger Erde, die sich von Horizont zu Horizont erstreckte, nur ab und zu durchquert von einer Eidechse. Doch war ich nicht derjenige, der einem Kenner widersprach.

Mich zwickte die wissenschaftliche Neugier. Und der Mann besaß die Freundlichkeit, mir zu erklären, wie es gekommen war, dass der See so weit weggezogen war.

»Wann das war, weiß ich nicht. Ich war damals noch nicht auf der Welt. Die Reiher haben ihn mitgenommen.«

In einem langen, harten Winter war der See zugefroren. Ohne Ankündigung war er plötzlich zu Eis geworden, und die Reiher waren mit den Füßen gefangen. Nach vielen, vielen Tagen und Nächten unermüdlichen Flügelschlagens hatten es die gefangenen Reiher schließlich geschafft, sich in die Luft zu erheben, aber mitsamt dem See. Sie nahmen den gefrorenen See mit und flogen mit ihm durch den Himmel. Als der See taute, fiel er herunter. Und dort, weit weg, blieb er dann liegen.

Ich betrachtete die Wolken. Vermutlich sah ich nicht allzu überzeugt aus dabei, denn der Mann fragte, ein wenig gereizt:

»Wenn es fliegende Untertassen gibt, weshalb sollte es dann nicht auch fliegende Seen geben? Oder?«

Der Albatros

Er lebt im Wind. Immer fliegt er, schläft im Flug.

Der Wind ermüdet und erschöpft ihn nicht. Er hat ein langes Leben: Mit sechzig zieht er immer noch seine Runden um die Welt.

Der Wind verrät ihm, woher das Unwetter kommt, und sagt ihm, wo die Küste liegt. Er verirrt sich nie und vergisst auch nicht den Ort, wo er geboren wurde; doch ist er nicht fürs Land gemacht, genauso wenig wie fürs Meer. Am Boden laufen seine kurzen Beine schlecht und im Wasser langweilt er sich.

Wenn der Wind ihn verlässt, wartet er. Manchmal lässt der Wind sich Zeit, doch kehrt er immer wieder: sucht ihn, ruft ihn, nimmt ihn mit. Und er, er lässt sich tragen, lässt sich fliegen, treibt mit seinen riesigen Flügeln in der Luft.

Sonnenhändler

Von der Grenze rief mich Gustavo de Mello an:

»Komm her«, sagte er.

Don Félix war da. Kam gerade oder ging gerade, das konnte man nie wissen.

Auch sein Alter wusste keiner. Während wir eine Flasche Rotwein teilten, gestand er mir neunzig Jahre. Ein paar Jährchen machte er sich jünger, wie Gustavo sagte; doch Félix Peyrallo Carbajal besaß keine Papiere.

»Hab ich nie gehabt. Damit ich sie nicht verliere«, sagte er, während er sich eine Zigarette anzündete und ein paar Rauchringe blies.

Ohne Papiere und nur mit den Kleidern, die er auf dem Leib trug, war er von Land zu Land, von Stadt zu Stadt gezogen, so lang das Jahrhundert und so weit die Welt war.

Don Félix ließ auf seiner Reise Sonnenuhren hinter sich. Dieser seltsame Mann aus Uruguay, der nicht pensioniert war noch es je sein wollte, lebte davon: Er machte Sonnenuhren, Uhren ohne Uhrwerk, und bot sie auf den Marktplätzen feil. Nicht um die Zeit zu messen – eine Angewohnheit, die ihm beleidigend erschien –, sondern aus reiner Lust daran, den Gang der Sonne auf der Erde zu begleiten.

Als wir uns begegneten, in der Stadt Rivera, begann sich Don Félix schon sehr gut zu fühlen. Das machte ihm zu schaffen. Die Versuchung zu bleiben gab ihm den Befehl zu gehen:

»Das Neue, das Neue, das Neue!« kreischte er und schlug mit seinen Kinderhänden auf den Tisch.

An diesem Ort, wie an allen Orten, war er auf der Durchreise. Er kam immer nur, um wieder fort zu gehen. Er kam aus hundert Ländern und von zweihundert Sonnenuhren, und er ging, wenn er sich zu verlieben begann, flüchtete vor der Gefahr, Wurzeln zu schlagen in einem Bett oder einer Behausung.

Für die Abreise bevorzugte er das Morgengrauen. Wenn die Sonne kam, ging er. Kaum öffneten sich die Tore der Bahnhöfe oder Busstationen, warf Don Félix die paar Scheine auf den Schalter, die er zusammengekratzt hatte, und gebot:

»So weit, wie das Geld reicht.«

Der Hafen

Großmutter Raquel war blind, als sie starb. Doch lange danach, in Helenas Traum, sah die Großmutter.

Im Traum war die Großmutter nicht uralt noch eine Handvoll müder Knochen: Sie war jung, war ein kleines Mädchen von vier Jahren, das gerade seine lange Reise übers Meer beendete, von dem fernen Bessarabien her, eine Emigrantin unter vielen anderen Emigranten. An Deck des Schiffs bat die Großmutter Helena, sie solle sie hochheben, denn das Schiff kam an und sie wollte den Hafen von Buenos Aires sehen.

So sah im Traum und auf dem Arm der Enkelin die blinde Großmutter den Hafen des unbekannten Landes, wo sie ihr ganzes Leben leben sollte.

Die Emigranten vor einem Jahrhundert

Eine Haarlocke,
ein alter Schlüssel, der seine Tür verloren hatte,
eine Pfeife, die ihren Mund verloren hatte,
der Name von irgend jemand, in ein Taschentuch gestickt,
das Bild von irgend jemand in ovalem Rahmen,
eine Decke, die geteilt worden war
und andere große und kleine Dinge reisten, zwischen den Kleidern verstaut, im Gepäck der Verbannten mit. Es war nicht viel, was in jeden Koffer passte, doch in jeden einzelnen passte eine ganze Welt. Schief und abgewetzt, mit Schnüren zusammengehalten oder schlecht verschlossen mit quietschenden Schlössern war jeder Koffer so wie alle anderen, ähnelte jedoch keinem.

Die Männer und Frauen, die von weit her gekommen waren, ließen sich von Schlange zu Schlange treiben, wie ihre Koffer, drängten sich wie sie und warteten. Sie kamen aus Dörfern, die auf keiner Landkarte zu sehen waren, und am Ende ihrer langen Überfahrt waren sie auf Ellis Island gelandet, nur einen Steinwurf von der Freiheitsstatue entfernt, die kurze Zeit vor ihnen im Hafen von New York angekommen war.

Auf dieser Insel war das Sieb installiert. Die Türwächter des Gelobten Landes verhörten und klassifizierten die Immigranten, hörten ihnen Herz und Lunge ab, untersuchten Augenlider, Münder und Zehen, wogen sie und maßen ihren Blutdruck, die Temperatur, die Körpergröße und Intelligenz.

Die Intelligenztests waren das Schwierigste. Viele der eben Angekommenen konnten nicht schreiben und schafften es kaum, ein paar unverständliche Worte in unbekannten Sprachen zu stammeln. Um ihren Intelligenzquotienten zu bestimmen mussten sie, unter anderen, die Frage beantworten, wie man eine Treppe kehrt: Kehrte man sie nach oben, nach unten oder nach den Seiten? Ein polnisches Mädchen antwortete:

»Ich bin nicht in dieses Land gekommen, um Treppen zu kehren.«

Der Flug der Jahre

Wenn der Herbst kommt, beginnen Millionen und Abermillionen Schmetterlinge ihre Reise nach Süden, von den kalten Gegenden Nordamerikas aus.

Ein langer Fluss fließt dann über den Himmel: Sein sanftes Fließen, Flut der Flügel, läßt beim Vorbeiziehen einen orangeroten Schein in der Höhe. Die Schmetterlinge fliegen über Berge und Ebenen und Küsten und Städte und Wüsten.

Sie wiegen wenig mehr als die Luft. Während der viertausend Kilometer langen Reise fallen einige durch Müdigkeit, Wind oder Regen zu Boden; doch die vielen, die aushalten, landen schließlich in den Wäldern Zentral-Mexikos.

Dort entdecken sie dieses nie gesehene Reich, das sie von weitem rief.

Zum Fliegen sind sie geboren: zum Fliegen dieses Fluges. Dann kehren sie nach Hause zurück. Und dort im Norden sterben sie.

Im nächsten Jahr, wenn der Herbst kommt, beginnen Millionen und Abermillionen Schmetterlinge ihre lange Reise ...

Die Emigranten heute

Von jeher fliehen die Schmetterlinge und Schwalben und Flamingos vor der Kälte, Jahr für Jahr, und schwimmen die Wale auf der Suche nach anderen Meeren und die Lachse und Forellen auf der Suche nach ihren Flüssen. Sie reisen Tausende von Meilen auf den freien Wegen der Luft und des Wassers.

Nicht so frei sind dagegen die Wege des menschlichen Exodus.

In endlosen Karawanen ziehen die Flüchtlinge auf der Flucht vor dem unmöglichen Leben.

Sie ziehen vom Süden nach dem Norden und von der aufgehenden zur untergehenden Sonne.

Ihren Platz auf Erden hat man ihnen geraubt. Arbeit und Land hat man ihnen weggenommen. Viele fliehen vor den Kriegen, doch noch viel mehr fliehen vor den Hungerlöhnen und den ausgelaugten Böden.

Die Schiffbrüchigen der Globalisierung pilgern und erfinden Wege, wollen ein Dach über dem Kopf, klopfen an Türen: Die Türen, die sich wunderbarerweise für das Geld öffnen, werden ihnen vor der Nase zugeschlagen. Manche schaffen es, hinein zu schlüpfen. Andere sind die Leichen, die das Meer an verbotene Küsten wirft, oder namenlose Körper, die unter der Erde dieser anderen Welt ruhen, in die sie zu gelangen suchten.

Sebastião Salgado hat sie fotografiert, in vierzig Ländern, mehrere Jahre lang. Von seiner langen Arbeit sind dreihundert Bilder übrig. Und die dreihundert Bilder dieses unermesslichen menschlichen Unglücks passen zusammen in eine Sekunde. Nur eine Sekunde währt zusammen alles Licht, das in die Kamera gedrungen ist, all diese Bilder über: Grad eben ein Zwinkern in den Augen der Sonne, nicht mehr als ein flüchtiger Augenblick in der Erinnerung der Zeit.

So hätte die Geschichte sein können

Christoph Kolumbus konnte Amerika nicht entdecken, weil er kein Visum hatte und nicht mal einen Pass.

Pedro Alvares Cabral durfte nicht in Brasilien an Land gehen, weil er die Pocken, die Masern, die Grippe und andere Seuchen einschleppen konnte, die im Land unbekannt waren.

Francisco Pizarro und Hernán Cortés mussten auf die Eroberung Perus und Mexikos verzichten, weil sie keine Arbeitserlaubnis besaßen.

Pedro de Alvarado flog aus Guatemala heraus und Pedro de Valdivia kam nicht nach Chile hinein, weil sie kein polizeiliches Führungszeugnis dabei hatten.

Die Pilgerväter der Mayflower wurden aufs Meer zurückgeschickt, weil es an der Küste von Massachusetts keine freien Einreisequoten gab.

Die Vertreibung

Im März des Jahres 2000 wagten sich sechzig Haitianer in einer altersschwachen Nussschale auf das karibische Meer hinaus.

Alle sechzig ertranken.

Weil es eine alltägliche Nachricht war, erfuhr niemand davon.

Die vom Wasser Verschluckten waren allesamt Reisbauern gewesen.

Aus Verzweiflung flohen sie.

In Haiti sind die Reisbauern *Boat People* oder Bettler geworden, seit der Internationale Währungsfonds die Zölle verbot, mit denen die Regierung den einheimischen Anbau schützte.

Jetzt kauft Haiti Reis in den Vereinigten Staaten, wo der Internationale Währungsfonds, der ziemlich zerstreut zu sein scheint, vergessen hat, die Zölle zu verbieten, mit denen die Regierung den einheimischen Anbau schützt.

Lebwohl

Als sei es ein Geburtstag, war es aber nicht. Unter Lichterketten, Blumengirlanden und Papierschlangen quollen Maisköstlichkeiten aus dampfenden Töpfen, in Strömen floss der Teufel in Flaschen und die Füße wirbelten Staub auf zum Klang der Gitarren und Quena-Flöten.

Als sich die Sonne zeigte, schnarchten einige der Gäste in den Ecken.

Diejenigen, die wach waren, verabschiedeten den, der fortging. Er ging mit dem, was er auf dem Leibe trug, und einem Pass der Republik Ecuador. Man schenkte ihm eine Decke, um die Reise zu erleichtern. Auf dem Maultier ritt er davon, und bald darauf verschwand er zwischen den Bergen.

Er war nicht der Erste.

Im Dorf blieben nur noch Kinder und alte Leute übrig.

Von denen, die gegangen waren, kehrte keiner je zurück.

Die Gäste blieben und lobten das Fest:

»Es war so schööööön! Was haben wir geweint!«

Der Abschied

Diese Frau geht nach Norden. Sie weiß, dass sie ertrinken kann, wenn sie den Fluss durchquert, und durch Kugeln, Durst oder Schlangenbisse umkommen kann, wenn sie die Wüste durchquert.

Sie sagt ihren Kindern Lebwohl und möchte *Bis bald* sagen.

Und als sie schon Oaxaca verlässt, kniet sie, bei einem Altärchen am Wegesrand, vor der Jungfrau von Guadalupe und erbittet das Wunder:

»Ich bitte dich nicht, dass du mir gibst. Ich bitte dich, mich dahin zu bringen, wo es was gibt.«

Die Ankunft

Ohne Papiere, ohne Geld, ohne gar nichts lief er in seinem Dorf in Sierra Leone los. Die Mutter besprengte seine Fußspur mit Wasser, um ihm Glück für die Reise zu bringen.

Von denen, die mit ihm gingen, kam keiner an. Einige wurden von der Polizei gefangen, andere wurden vom Sand oder vom Meer gefressen. Er jedoch hat es bis nach Barcelona geschafft. Zusammen mit anderen Überlebenden anderer Odysseen verbringt er die Nacht auf der Plaza Cataluña. Er liegt auf dem Steinboden, das Gesicht zum Himmel gewandt.

Am Himmel, der nicht gut zu sehen ist, sucht er seine Sterne. Hier sind sie nicht zu finden.

Er möchte schlafen, doch die Lichter der Stadt verlöschen nie. Hier ist auch die Nacht Tag.

Zeremonie

El Chato hatte schon viele Jahre hinter jener Theke verbracht. Er schenkte Getränke aus, manchmal erfand er auch welche. Meistens schwieg er, manchmal hörte er auch zu. Er kannte die Angewohnheiten und Kauzigkeiten jedes Einzelnen der Gäste, die Abend für Abend hereinkamen, um sich die Kehle zu befeuchten.

Da gab es einen Mann, der immer zur gleichen Zeit kam und zwei Glas trockenen Weißwein bestellte. Er bestellte beide gleichzeitig und trank sie allein, einen Schluck aus dem einen, einen Schluck aus dem anderen Glas. Ganz langsam, schweigend, leerte der Mann seine zwei Gläser, zahlte und ging.

El Chato hatte die Angewohnheit, nicht zu fragen. Doch eines Abends las der Mann den Anflug von Neugier in seinen Augen; und da, so als tue er es fast widerwillig, erzählte er. Er sagte, sein allerbester Freund, Freund seit einer Ewigkeit, sei fortgegangen. Des Hungerleidens müde, sei er weit weg aus Uruguay gegangen und lebe jetzt in Kanada.

»Es geht ihm sehr gut dort«, sagte er.

Und dann sagte er:

»Ich weiß nicht, ob es ihm dort gut geht.«

Seit sein Freund weggegangen war, trafen sich die beiden jeden Abend um Punkt acht montevideanischer Zeit, er hier in dieser Bar und sein Freund in einer Bar dort oben, und tranken ein Glas zusammen.

Und so verging die Zeit, Abend für Abend.

Bis einmal der Mann so pünktlich wie immer kam, doch nur ein einziges Glas bestellte. Und dieses Glas langsam, schweigend, vielleicht ein bisschen langsamer und schweigsamer als sonst, bis zum letzten Tropfen leerte.

Und als er gezahlt hatte und schon gehen wollte, tat *El Chato*, was er sonst nie tat: Er berührte ihn. Er streckte den Arm über die Theke und berührte ihn:

»Mein Beileid«, sagte er.

Exil

Leonardo Rossiello kam aus dem Norden der Welt. Die Reise von Stockholm nach Montevideo wurde kompliziert, es gab irgendein Problem mit den Anschlussflügen, und schließlich kam Leonardo spät abends mit einem Flugzeug an, auf das niemand mehr wartete.

Vor der Tür seines Elternhauses zögerte er:

»Soll ich sie aufwecken? Soll ich sie nicht aufwecken?«

Seit vielen Jahren lebte er weit weg, die Zeit des Exils, die blinden Jahre der Militärdiktatur, und er freute sich wahnsinnig darauf, seine Leute zu sehen. Doch er beschloss, dass es besser war zu warten.

So lief er den Gehsteig entlang, den Gehsteig seiner Kindheit, und spürte, wie die Pflastersteine seine Füße wiedererkannten. Sein Kopf füllte sich mit alten Neuigkeiten und schlechten Witzen, und alles schien ihm neu und ziemlich lustig. Es war eine kalte Winternacht, die Stadt war reifbedeckt, er jedoch war dankbar für die Tropenluft.

Leonardo brauchte lange, bis er merkte, dass er einen Koffer trug, und dass der Koffer schwerer war als ein ganzer Friedhof. Also überquerte er die Straße, lief durch ein leeres Grundstück und setzte sich, den Rücken an eine Wand gelehnt, auf seinen Koffer.

Die Kälte ließ ihn nicht schlafen. Als er aufstand, sah er im Mondlicht, dass diese Wand voller Narben war: Da gab es Kritzeleien und Worte, pfeildurchbohrte Herzen, Liebesschwüre und Flüche verschmähter Liebe und sogar die eine oder andere Verleumdung (*Maria hat Zellulitis*).

Und Leonardo konnte auch verschwommen ein paar Buchstaben entziffern, die fragten:

»Und da, wo warst du da? Welche Worte sagtest du? Mit wem hast du geredet?«

Exilierte

Seit dem Ende des Spanischen Bürgerkriegs waren schon eine ganze Reihe Jahre vergangen, doch die Besiegten führten ihn immer noch, wenn sie sich nachmittags in den Cafés von Montevideo trafen und lautstark diskutierten; und abends trösteten sie sich in den Weinstuben über die Niederlage hinweg, indem sie Arm in Arm ihre Lieder aus den Schützengräben sangen.

Einer der Exilierten, der von Anfang bis Ende auf republikanischer Seite gekämpft hatte, erzählte mir den Krieg, Schritt für Schritt, in der Küche seiner Wohnung. Die Schlachten fanden auf dem Tischtuch statt.

Die Löffelchen, die Zuckerdose und die Milchkaffeetassen markierten die Stellungen der Milizionäre und der Truppen Francos. Ein Messer senkte sich und feuerte einen Kanonenschuss, der das blutig rote Marmeladenglas umwarf. Die Gläser, die Panzer, rollten über die Toastscheiben, die krachend zerschmettert wurden. Hitlers Flugzeuge warfen Apfelsinen und Brötchen ab, die den Tisch erzittern ließen und die Zahnstocher ummähten, die die Infanterie darstellten. An jenem Frühstückstisch schmerzten mir die Ohren und die Seele vom Bombengewitter, vom Geschützdonner und von den gellenden Schreien der Opfer.

Der Plan der Zeit

Sie war fünf Jahre alt, als sie fortging.

Sie wuchs in einem anderen Land auf, sprach eine andere Sprache.

Als sie zurückkam, hatte sie schon ein langes Leben gelebt.

Felisa Ortega kam in Bilbao an, stieg auf den Artxanda-Berg und ging den Weg, den sie nie vergessen hatte, zu dem Haus hin, das einst ihr Haus gewesen war.

Alles kam ihr klein vor, durch die Jahre geschrumpft; und es war ihr peinlich, dass die Nachbarn die Paukenschläge hören könnten, die ihre Brust erschütterten.

Sie fand nicht ihr Dreirad noch die bunten Korbsessel noch den Küchentisch, an dem ihr ihre Mutter damals immer Märchen vorgelesen hatte und mit einem Schnitt der Schere den Wolf erledigte, der sie zum Weinen brachte. Auch den Balkon fand sie nicht, von dem aus sie die deutschen Flugzeuge gesehen hatte, die unterwegs waren, um Guernica zu bombardieren.

Nach einer Weile fassten sich die Nachbarn ein Herz und sagten es ihr: Nein, dies war nicht ihr Haus. Ihr Haus war zerstört worden. Dieses, das sie jetzt hier sah, war auf den Trümmern errichtet worden.

Da tauchte jemand aus den Tiefen der Zeit auf. Jemand, die sagte:

»Ich bin Elena.«

Sie umarmten sich fest und lange.

Gemeinsam waren sie durch die Alleen ihrer Kindheit gelaufen.

Dann sagte Elena:

»Ich hab' etwas für dich.«

Und sie brachte eine Schale aus weißem Porzellan mit blauem Muster.

Felisa kannte sie. In dieser Schale hatte ihre Mutter die Nussplätzchen angeboten, die sie für alle buk.

Elena hatte sie unter den Trümmern gefunden, ohne einen Kratzer, und sie achtundfünfzig Jahre lang für sie aufgehoben.

Der Fuß

Viele kehrten nicht zurück. Viele Weltenbürger, die kamen, um für die spanische Republik zu kämpfen, blieben unter spanischer Erde.

Abe Osheroff von der Lincoln Brigade überlebte.

Ein Schuss hatte eines seiner Beine unbrauchbar gemacht. Mit einem gelähmten Fuß und einem, der laufen konnte, kehrte er nach Hause zurück.

Spanien war sein erster verlorener Krieg. Und von seinem wanderlustigen Fuß gezogen, hielt Abe von da an nichts mehr.

Trotz des Verrats und der Niederlagen, der Knüppel und Gefängnisse hielt er nicht mehr inne. Ein Fuß konnte nicht mehr, doch der andere wollte und machte weiter. Ein Fuß sagte: »Hier bleib ich jetzt«, doch der andere entschied: »Da geht's lang!« Und wieder und wieder zog es diesen Fuß, den Wanderfuß, auf den Weg hinaus, weil der Weg das Ziel ist.

Und dieser Fuß trug Abe quer durch die USA, von einem Ende zum anderen, und brachte ihn in Schwierigkeiten, eine Schlacht nach der anderen, gegen die Hexenjagd McCarthys und den Koreakrieg und die Rassentrennung und die Todesstrafe und den Putsch im Iran und die Verbrechen in Guatemala und das Menschenschlachten in Vietnam und das Blutbad in Indonesien und die Atombombenversuche und die Blockade Cubas und den Militärputsch in Chile und das Drangsalieren Nicaraguas und die Besetzung Panamas und die Bombardierung Iraks und Jugoslawiens und Afghanistans und noch einmal Iraks und ...

Abe war schon neunzig und immer noch ein Wanderer, als sein Freund Tony Geist ihn fragte, nur so nebenbei, wie es ihm gehe. Er hob seinen Kopf mit der weißen Löwenmähne und grinste von Ohr zu Ohr:

»Hier gehe ich, mit einem Bein steh ich im Grab und mit dem anderen tanze ich.«

Der Weg von Jesús

Nur an einer Hand festgenagelt, hing Jesus von Nazareth an den Resten einer verbrannten Wand. Der andere Jesús, der aus Cambre, hing an einem Gerüst.

Jesús Babío, im Dorf Cambre geboren, war Maurermeister, Zimmermeister, Klempnermeister und Lästermeister. Alles, was er machte, machte er gut, doch er war in der Welt herumgekommen und wusste nur zu gut, dass es auf der ganzen Welt niemanden gab, der besser war als er in der Kunst des Gotteslästerns, die wie die Mystik eine spanische Kunst ist. Und unter fürchterlichen Lästerungen war Jesús, der aus Cambre, auch dabei, die Kirche von Santa María de Vigo wieder aufzubauen, die in den Kriegsjahren von den Roten angezündet worden war, während Jesus, der aus Nazareth, schwarz vom Ruß, ohne mit der Wimper zu zucken, die Ehrungen über sich ergehen ließ:

»Ich scheiß' auf den Reliquienschrein und auf die Nägel von Christus und auf seine Wundmale und seine Dornenkrone und ich scheiß' auch auf die unbefleckte Mutter, die ihn zur Welt gebracht hat!«

Manchmal kam Ángel Vázquez de la Cruz auf seinem Pferd in die zerstörte Kirche. Von seinem Gerüst herab erzählte ihm Jesús, während er irgendeine Holzlatte anschlug, zwischen der einen und anderen Lästerung Geschichten von seinen weiten Reisen in die Welt. Dieser wandernde Arbeiter hatte in England gearbeitet, in Holland, Norwegen, Deutschland und sogar in Katalonien.

Seine Erzählungen endeten immer gleich. Mit dem Hammer wies er aus dem Fenster, durch das die Vögel hereinflogen, und dahinter auf den Weg in den Wald von Cambre. Niemand tauchte dort je auf, außer ab und zu ein Dorfbewohner, der auf seinem Esel eine Ladung Feuerholz beförderte. Der Weg war nichts weiter als ein staubiger Einschnitt zwischen den Bäumen.

»Sehen Sie ihn?« fragte er. Und entschied:

»Ich bin viele Wege gegangen. Ich scheiß' auf den Kreuzweg, auf den Pilgerweg nach Santiago und auf alle Autobahnen der Welt. Sie müssen nämlich wissen und sich richtig klarmachen, dass alles, was man auf dieser Welt sehen kann, und oben im Himmel auch, über diesen kleinen Weg geht.»

Ameisenroute

Die Wüstenameisen kommen aus der Tiefe und stürmen die Sandfläche.

Sie suchen nach Nahrung, suchen hier, suchen dort; und bei ihrem Suchen entfernen sie sich immer mehr von ihrem Bau.

Viel später kehren sie von weither zurück und schleppen mühsam das Futter, das sie gefunden haben, wo es nichts gab.

Die Wüste verspottet die Landkarten. Der Sand, vom Wind weggeweht, ist niemals dort, wo er einst war. In dieser glühenden Unendlichkeit verirrt sich jeder. Die Ameisen jedoch laufen auf kürzestem Weg nach Hause. Ohne zu zögern marschieren sie in grader Linie genau zum Ausgangspunkt und graben dort, bis sie das winzige Loch finden, das in ihre Behausung führt. Nie verlieren sie die Richtung noch kriechen sie in einen fremden Bau.

Niemand versteht, wie sie so viel wissen können, diese winzigen Hirne, die nur ein Milligramm wiegen.

Lachswanderung

Kurz nach ihrer Geburt verlassen die Lachse ihre Flüsse und schwimmen ins Meer.

In weit entfernten Gewässern verbringen sie ihr Leben, bis sie schließlich die lange Rückreise antreten.

Vom Meer aus steigen sie die Flüsse hinauf. Von irgendeinem geheimen Kompass geführt, schwimmen sie gegen den Strom, ohne je anzuhalten, springen über Wasserfälle und durch Stromschnellen. Nach vielen Meilen gelangen sie an den Ort, wo sie geboren wurden.

Sie kehren zurück, um zu gebären und zu sterben.

Im Salzwasser sind sie sehr groß geworden und haben die Farbe gewechselt. So kommen sie als riesige Fische zurück, die vom blassen Rosa zum rötlichen Orange übergegangen sind oder zum silbrigen Blau oder grünlichen Schwarz.

Die Zeit ist vergangen, und die Lachse sind nicht mehr die, die sie einst waren. Auch ihr alter Platz ist nicht mehr der, der er mal war. Die klaren Wasser des Reichs seiner Herkunft und Bestimmung sind immer weniger klar, immer weniger sieht man den felsigen Grund voller Kiesel. Die Lachse haben sich verändert, und auch ihr Platz hat sich verändert. Sie aber glauben seit Millionen Jahren, dass es die Rückkehr gibt, und dass die Hin- und die Rückreise nicht lügen.

Die Armut

Die Statistiken sagen, dass es viele Arme auf der Welt gibt, doch die Armen der Welt sind viel mehr als die vielen, die sie zu sein scheinen.

Die junge Forscherin Catalina Álvarez Insúa hat auf ein nützliches Kriterium hingewiesen, mit dem die Zahlen korrigiert werden können:

»Arm sind diejenigen, die ihre Tür verschlossen halten«, sagte sie.

Als sie ihre Definition formulierte, war sie drei Jahre alt. Das beste Alter, um die Welt zu betrachten und zu erkennen.

Die verschlossene Tür

Von den weit abgelegenen Gemeinschaften von El Gran Tunal reisten Pedro und sein Esel, *El Chaparro*, nach Mexiko-Stadt.

Pedro ging mehr zu Fuß, als dass er ritt. Nur für ein Weilchen saß er auf, um den müden Rücken von *El Chaparro* nicht zu quälen. Die beiden waren schon in die Jahre gekommen, und sie war lang, die Reise.

So wanderten sie die Tage und kamen, nach und nach, endlich auf den großen Platz, den *Zócalo*. Und hielten vor den Toren des Nationalpalastes, in dem die Macht wohnt.

Dort blieben sie und warteten darauf, dass man sie anhörte. Pedro und *El Chaparro* kamen zu erzählen, was geschah, und um Gerechtigkeit zu fordern: In Gegenden von Steinwüsten und Staubwolken verbannt, die ihnen nichts anderes zu essen gaben als Staub und Steine, kamen die Indios der Gemeinschaften von El Gran Tunal, offiziell ausgestorben, nicht mal in den Statistiken vor; dort war die Gerechtigkeit weiter entfernt als der Mond, denn den Mond, den sieht man wenigstens.

Sie waren nicht wegzubewegen. Man verwies sie des Platzes, doch sie kamen wieder. Nichts zu machen. Weder im Guten, noch im Schlechten. *El Chaparro* setzte ein Eselsgesicht auf, und Pedro ein Gesicht, das sagte, gib dir keine Mühe, wir sind schon seit fünf Jahrhunderten mit dieser Sache beschäftigt.

Ende 1997, mit siebenundachtzig Jahren, musste Pedro, fast tot vom Einatmen der vergifteten Luft von Mexiko-Stadt, die erste Spritze seines Lebens hinnehmen. Und dann campierte er weiter dort, als ob nichts gewesen wäre, während *El Chaparro* sich taub gegenüber den Verleumdungen in der Presse stellte, die ihn ein »Transportmittel« nannten.

Ein Jahr, zwei Monate und vierzehn Tage residierten Pedro und *El Chaparro* im Freien vor dem Nationalpalast. Dann machten sie sich auf den Heimweg.

Die Tür hatte sich nicht geöffnet, doch etwas hatten diese beiden Dickköpfe erreicht: Sie hatten erreicht, dass ihre Leute nicht mehr unsichtbar waren.

Kurz nach der Rückkehr und dem harten Marsch starb *El Chaparro*. Oder vielleicht ließ er sich sterben, aus Scham, weil er auf dieser Reise festgestellt hatte, dass die Macht ein größerer Esel war als er selbst. Seither teilt er sich dort oben im Himmel eine Wolke mit dem weißen Pferd von Emiliano Zapata.

Rechtsseminar

Sie stehen Schlange, die Armen absoluter Armut.

Das Gesetz wacht früh auf, schon gleich am Morgen hält der Doktor heute Sprechstunde.

Der Anwalt sieht, dass in der Schlange eine alte Frau wartet, mit einer Traube Kinder und einem Säugling auf dem Arm. Als sie an der Reihe ist, zeigt sie ihm ihre Papiere. Die Kinder sind keine Enkel: Diese Frau ist dreißig und Mutter von neun Kindern.

Sie kommt, weil sie Hilfe braucht. Sie hatte irgendwo in der Nähe des Montevideo-Hügels eine Hütte aus Wellblech und Holzlatten errichtet. Sie glaubte, sie sei auf Niemandsland, doch war es Jemandsland. Und jetzt will man sie von dort vertreiben, sie hat schon dieses Ding bekommen, das »Räumungsbefehl« heißt.

Der Anwalt hört ihr zu. Er blättert die Papiere durch, die sie mitgebracht hat.

»Man hat kein Recht dazu«, denkt der Rechtsdoktor. Er dreht den Kopf hin und her, braucht Zeit, bis er die Worte findet. Dann schluckt er trocken und sagt, wobei er auf den Boden schaut:

»Es tut mir leid, gute Frau, aber ... da ist nichts zu machen.«

Als er die Augen wieder hebt, sieht er, dass die älteste Tochter, ein Mädchen mit Gespenstergesicht, sich die Ohren mit den Händen zuhält.

Medizinvorlesung

Rubén Omar Sosa hörte die Lektion von Maximiliana in einem Kurs über Intensivmedizin in Buenos Aires. Es war das Wichtigste, was er während seines ganzen Studiums lernte.

Ein Professor schilderte den Fall. Doña Maximiliana, ziemlich mitgenommen vom Hin und Her eines langen Lebens ohne Sonntage, war schon einige Tage im Hospital, und jeden Tag bat sie aufs Neue:

»Bitte, Doktor, können Sie mir den Puls fühlen?«

Ein leichter Druck mit den Fingern auf das Handgelenk, und er sagte:

»Sehr gut. Achtundsechzig. Bestens.«

»Ja, Doktor, danke. Können Sie mir jetzt bitte noch einmal den Puls fühlen?«

Und er fühlte ihn noch einmal und erklärte ihr, genauso wie zuvor, dass alles gut war, besser ging es gar nicht.

Tag für Tag wiederholte sich die Szene. Immer wenn er am Bett von Doña Maximiliana vorbeikam, rief ihn diese heisere Stimme und hielt ihm diesen Arm hin, dieses Zweiglein, einmal, und noch einmal, und noch ein weiteres Mal.

Er gehorchte, denn ein guter Arzt muss geduldig sein mit seinen Patienten, aber er dachte: »Diese Alte nervt.« Und er dachte: »Die hat doch eine Schraube locker.«

Er brauchte Jahre, um zu begreifen, dass sie darum bat, von jemandem berührt zu werden.

Mutterschaft

Tertuliana Queiroz wartet irgendwo in Ceará.

Sie wartet, ihre Kinder warten.

Fünfzehn hat sie bekommen.

Ein Neugeborenes legte sie vor eine Kirchentür. Eine etwas ältere Tochter tauschte sie gegen eine Kuh.

Früher sprach sie lebhaft. Jetzt fällt ihr das schwer.

Ich hab noch acht, sagt sie.

Sie zählt mit den Fingern, flüstert Namen. Nein, sagt sie: sieben.

Die anderen starben, starben von selbst oder wurden getötet.

Sie sieht zum Himmel, mit Schlafwandleraugen.

Gott hat sie gerufen, sagt sie.

Sie ist es gewohnt.

Muttertag

Die Post bringt mir einen Prospekt mit Angeboten für diesen so besonderen Tag.

Dort gibt es das Beste, was man der aufopfernden Spenderin seines Lebens schenken kann. »Ruhige Nächte« verspricht der Prospekt, der zu erschwinglichen Preisen ferngesteuerte Alarmanlagen verkauft, Sirenen gegen Einbrecher, elektronische Sicherheitsschlösser, unbezwingbare Fenstergitter, Überwachungskameras, Infrarotsensoren mit drei Linsen und Magnetsensoren für Türen und für Tore.

Modische Kleider

Die Garderobe des neuen Jahrhunderts kann man im Zentrum für Haute Couture von Miguel Caballero in Bogotá bewundern.

Dieses junge Unternehmen, auf die neueste Mode spezialisiert, ist das erfolgreichste des Landes. Es verkauft gut, hier und im Ausland; und es bringt viel Geld und noch mehr Neid.

»In meinem Beruf gibt es kein Recht auf Irrtum«, erklärt der Unternehmer, während er ein neues Modell testet, indem er mit einer Pistole auf die Brust eines seiner Angestellten schießt.

Die Angst ist jetzt nicht mehr nackt . Im Dienst der öffentlichen Sicherheit und der privaten Eleganz stellt Caballero kugelsichere Kleidung her.

Seine unverwundbaren Modelle sind von einer synthetischen Faser geschützt, die fünfmal widerstandsfähiger ist als Stahl. Verschiedene Gewichte und Schnitte werden angeboten: Es gibt T-Shirts, die ein Kilo wiegen, Regenmäntel von vier Kilo; Leder- oder Kamelhaarmäntel; Abendanzüge, Sportkleidung, herzchengemusterte Westen ...

Indizien

Man weiß nicht, ob es vor Jahrhunderten geschah oder vor einer Weile oder niemals.

Als er zur Arbeit ging, entdeckte ein Holzfäller, dass ihm seine Axt fehlte. Er beobachtete seinen Nachbarn und kam zu dem Schluss, dass der das typische Aussehen eines Axtdiebes hatte: den Blick, die Gesten, die Art zu reden ...

Ein paar Tage später fand der Holzfäller die Axt, die irgendwo herumlag.

Und als er jetzt seinen Nachbarn betrachtete, kam er zu dem Schluss, dass der überhaupt nicht wie ein Axtdieb aussah, weder in seinem Blick, noch in den Gesten, noch in der Art zu reden.

Beweise

»Guten Abend«, grüßt die ernste Stimme, um dann das Schlimmste anzukündigen: »Angst, Verzweiflung, Hilflosigkeit …«

Das Fernsehen bringt seinen erfolgreichsten Cocktail aus Blut und Panik. Das Programm von *TV Globo*, das Millionen Brasilianer erschüttert, berichtet von den wüsten Taten der kriminellen Bestien gegen die wehrlose Bevölkerung.

August 1999: Diesmal ist Marcos Capeta an der Reihe, der Erbe der Cangaceiros, der Schrecken von Bahia.

Professionelle Schauspieler bringen Dramatik in die Vorstellung. Im Vordergrund sieht man die reglosen Gesichter der Polizisten. Die Bestie legt ihre Maschinenpistole an, die in einer Minute zweitausend Schuss schießt, mit dreifacher Schallgeschwindigkeit. Der Streifenwagen fliegt auseinander. Spezialeffekte fehlen nicht in der Inszenierung: Die Flammen der Explosion zeichnen das Gesicht des Mörders in die Luft, der zynisch grinst.

Das Fernsehen klagt ihn an und hält über ihn Gericht. Es verurteilt ihn, ohne ihn anzuhören, und gibt ihn zum Abschuss frei. Das wird nicht leicht werden. Marcos Capeta ist der Kopf einer vielköpfigen Bande.

Eine wilde Jagd bricht los. Um die Exekution kümmern sich die Ordnungskräfte.

In der nächsten Sendung seufzt das Millionenpublikum erleichtert auf und applaudiert. Die Mattscheiben stellen die Trophäe aus. Am Schluss eines langen Feuergefechts hat die Gesellschaft einen Feind weniger.

Nilo Batista macht sich die Mühe, die Gerichtsakten und den Polizeibericht zu lesen. Der Geächtete ist in einem einsamen Haus niedergemäht worden. Er hatte, weder jetzt noch je zuvor, eine Maschinenpistole, und seine vielköpfige Bande bestand aus einem vierzehnjährigen Knaben, der an seiner Seite starb.

Das Plädoyer

»Erklären Sie sich zu dem Vorfall«, gebot der Richter.

Der Gerichtssekretär, die Hände auf den Schreibmaschinentasten, hielt die Aussage des Angeklagten fest, bekannt mit dem Spitznamen *Der Bolzen*, wohnhaft in der Stadt Melo, volljährig, Familienstand: ledig, Beruf: arbeitslos.

Der Angeklagte stritt seine Verantwortung für das Delikt, das man ihm vorwarf, nicht ab. Ja, er hatte ein Huhn erwürgt, das nicht sein Eigentum war. Er verteidigte sich:

»Ich musste es töten. Mir knurrte schon so lange der Magen.«

Und er schloss mit den Worten:

»Es war Selbstverteidigung, Euer Ehren.«

Das Urteil

Wir saßen bei einem Glas Wein, ein paar *Empanadas* und lustigen Liedchen beisammen, mit dem Perro Santillán, dem Diablero Arias und anderen Freunden, als jemand den Petete einlud, der schon verschieden war, und der Petete kam und trank ein paar Gläschen mit uns.

Ich kannte ihn gar nicht, doch an diesem Nachmittag, beim gemeinsamen Trinken und Singen mit diesem kleinen Dicken, wurden wir Freunde. Und er erzählte mir, dass er gestorben war, weil er als armer Mann die absolut schlechte Idee hatte, krank zu werden. Die Diabetes überfiel ihn mitten in der Nacht, und im Hospital von Jujuy gab's kein Insulin.

Das Gefängnis

Im Jahre 1984 besuchte Luis Niño, von einer Menschenrechtsorganisation geschickt, das Gefängnis von Lurigancho in Lima.

Luis versank in jener geballten Einsamkeit. Mit Mühe bahnte er sich einen Weg zwischen den zerlumpten oder nackten Gefangenen.

Danach bat er um einen Termin beim Gefängnisdirektor. Der Direktor war nicht da. Der Leiter des medizinischen Dienstes empfing ihn.

Luis berichtete, er habe einige schwerkranke Gefangene gesehen, die Blut erbrachen, und viele andere, die im Fieber lagen und von Schwären zerfressen waren, und dass er keinen Arzt gesehen habe. Der Leiter erklärte ihm:

»Wir Ärzte werden nur aktiv, wenn die Krankenpfleger uns rufen.«

»Und wo sind dann die Krankenpfleger?«

»Wir haben nicht genügend Geld, um Krankenpfleger zu bezahlen.«

Die Hinrichtung

Der elektrische Stuhl wurde zum ersten Mal am 30. Juli 1888 ausprobiert.

An jenem Tag ließ die Stadt New York, Vorreiter weltweiten Fortschritts, den barbarischen Brauch des Galgens und des Henkers mit Kapuze hinter sich. Die Zivilisation eröffnete das Zeitalter des wissenschaftlichen Todes, sofort, sicher und schmerzlos.

Zahlreiche Gäste wohnten dem Ereignis bei.

Der Gefangene, geknebelt und mit dicken Stricken festgebunden, erhielt eine Ladung von dreihundert Volt. Er zuckte und winselte, doch starb er nicht.

Der Dynamo schickte vierhundert Volt in ihn. Er zuckte stärker, doch er blieb am Leben.

Als man ihm siebenhundert Volt gab, flog, mit einem Strom schaumigen Blutes, der Knebel weg, und man hörte ein heiseres, fernes Heulen.

Der vierte Angriff löschte ihn aus.

Der Hingerichtete war ein Hund mit Namen Dash.

Er war verurteilt worden, ohne Beweise, weil er auf der Straße zwei Menschen gebissen hatte.

Armenbegräbnis

Denjenigen nach, die Bescheid wissen, wurde Malverde grüner Bösewicht genannt, weil er sich im Grün versteckte und sich als Baum verkleidete, um die mexikanische Polizei in die Irre zu führen.

Manche sagen, dass es ihn nie gab, diesen Dieb, der verteilte, was er stahl; doch niemand streitet ab, dass es ihn gibt. Auch wenn er kein Heiliger des Vatikans ist, hat er seine eigene Kapelle in Culiacán, nur ein paar Schritte vom Gouverneurspalast entfernt, wo die Regierung regiert. Die Regierung verspricht Wunder. Malverde tut sie.

Von den Bergen und vom Meer kommen die Pilger, die in dieser Kapelle ihren Dank lassen: die ersten Maisblätter aus meiner Ernte, die erste Garnele, die ich diese Saison gefischt habe, die Kugel, die mich nicht getötet hat.

Auf dem Altar liegt eine Reihe Limonen. Jeder Gläubige nimmt eine mit. Einfach so gegessen, reinigen die Limonen den Mund. Gläubig gegessen, reinigen sie die Seele und bringen Glück.

Die Kapelle steht an dem Platz, wo Malverde, von den Schüssen getroffen, liegen blieb. Das war vor vielen Jahren. Man verbot, ihn zu bestatten; und da begann die Sache mit den Steinen. Von überall her kamen Leute und bewarfen ihn mit Steinen. Die Staatsgewalt freute sich, als sie sah, wie die Bevölkerung den Banditen steinigte. Eine hohe Pyramide aus Steinen bedeckte Malverde schon.

Indem es so tat, als strafe es ihn, gab das Volk ihm ein Dach über dem Kopf.

Luxusbegräbnis

Jorge Aguilar, Flugzeugpilot, bewohnt ein dreistöckiges Grab, das immer beleuchtet ist. Auf den Rauchglasscheiben sind als Dekoration zwei Adlerschwingen angebracht, die den Beruf und den Namen dieses Märtyrers des freien Handels ehren sollen.

Auch das Mausoleum von Lobito Retamoza kennt keine Dunkelheit, ein Parthenon mit sechs Säulen, das mit Sonnenenergie beleuchtet wird.

Doktor Antonio Fonseca, der mit seiner Ehefrau und allen Bodyguards in den Straßen von Guadalajara niedergemäht wurde, ruht in einer riesigen, phosphoreszierenden Krypta, umgeben von großen Fotos seiner Lieben und einem vierfarbigen Abbild von Jesus Christus in nachdenklicher Haltung.

Voller Licht, Marmorengeln und Plastikspielzeug ist das Grab der kleinen Kinder des Güero Palma, die, in einem Akt ungerechter Rache aus großer Höhe ins Leere geworfen wurden.

Die Drogenbarone und ihre Angehörigen bewohnen auf dem Friedhof von Culiacán ein Luxusviertel – die Gärten von Humaya . Alle ihre Grabmäler verfügen über Telefon – für den Fall, dass sie wieder auferstehen.

Die Geburtstage der Verstorbenen werden mehrere Tage und Nächte lang gefeiert, zur Begleitung des Gelages spielen ohne Unterlass Musikkapellen. Es sind friedliche Feste. Nur einmal hallten Schüsse, das war jedoch, weil einer der Musikanten Müdigkeit vorschützte und nicht mehr spielen wollte.

»Seither hat kein Philharmoniker mehr schlapp gemacht«, erklärt Ernesto Beltrán, Wächter und Totengräber, während er die Flaschen einsammelt.

Die Disziplin

Der britische Jurist und Philosoph Jeremy Bentham hatte eine Arithmetik der Moral erfunden, die es ihm ermöglichte, das Gute und das Böse zu messen.

Gegen das Böse schuf er im Jahre 1787 das perfekte Gefängnis. Er nannte es *Panoptikum*. Es bestand aus einem großen Zylinder von Zellen, die ringförmig um einen Turm in der Mitte angeordnet waren. Vom Turm aus wachte das Auge des Wächters, und die Bewachten konnten das Auge nicht sehen, das sie sah. Das Gefängnis-Modell konnte auch als Irrenhaus dienen, als Fabrik, Kaserne oder Schule.

In vielen Ländern der Welt wurde in den folgenden Jahren diese Architektur der Macht in die Praxis umgesetzt, die Bentham entwickelt hatte, »um die Unbelehrbaren zu bestrafen, die Verrückten zu kontrollieren, die Lasterhaften zu korrigieren, die Verdächtigen zu isolieren und die Faulen zum Arbeiten zu bringen.«

Als er starb, wurde sein letzter Wille erfüllt. Bentham wurde ausgestopft, wie er es gewünscht hatte: in seinem gewohnten Stuhl sitzend, schwarz gekleidet, mit der Hand auf dem Gehstock. Und so konnte dieser Bezähmer des Chaos in der Welt viele Jahre lang die Vorstandssitzungen des University College of London überwachen. »Anwesend, doch nicht abstimmend«, wie die Sitzungsprotokolle festhielten.

Das Böse

In Kolumbien nennen die Tagelöhner ihn Don Sata. Er schenkt ihnen Macheten, die das Zuckerrohr von selber schlagen, ohne dass die Hand arbeiten muss. Und er macht einen drauf mit ihnen, wenn sie sich's gut gehen lassen und weder den Schwefel riechen noch Angst haben, sich dabei zu verbrennen.

In Bolivien nennen die Minenarbeiter ihn den Onkel. Im Tausch gegen Zigaretten und Schnaps führt er sie durch die Eingeweide der Berge und zeigt ihnen die besten Erzadern.

In Argentinien gehört ihm, solange der Karneval dauert, der ganze Norden. Am Aschermittwoch entteufeln sich die vom Teufel Besessenen, begraben den Herrn des Festes, der niemals Wasser trinkt und verabschieden ihn unter Tränen bis zum nächsten Jahr.

In Brasilien rufen die Trommeln bei den Festen der Habenichtse diesen Ehrengast, den Rächer der Gedemütigten, berühmt-berüchtigtes Subjekt: Sie bitten ihn, er solle doch so böse sein und auf die Welt kommen, die so ist wie die Hölle, doch mit besserem Klima.

Das Gute

Er ist schon ein Heiliger, fast ein Engel, dieser José María Escrivá de Balaguer, der vom Himmel aus über uns wacht.

Zu Lebzeiten predigte dieser fromme Diener Gottes die Liebe zum Krieg, denunzierte die Roten und die Hemmungslosen, hasste die Homosexuellen und die Juden, verachtete die Frauen und gründete das Opus Dei.

Lange bevor der Papst ihn zum Heiligen machte, hatte der Generalissimus Franco ihn zum Marquis gemacht, als Belohnung für seine treuen Dienste. Während Franco die spanische Republik vernichtete und die Ketzer ausrottete, sang Escrivá Lobeshymnen auf ihn und wachte über seinen geistlichen Frieden.

Auf dem Weg der göttlichen Gnade tat er zahlreiche Wunder.

Seine erstaunlichsten Wunder geschahen 1996. Escrivá war schon gestorben und noch kein Heiliger, aber er war schon auf dem besten Weg dahin und kümmerte sich, vom Himmel aus, um die Opfer der öffentlichen Unsicherheit. In Guadalupe, Mexiko, flehte ein Gläubiger sein Bildchen um Hilfe an, und am nächsten Tag war sein Kombi wieder da, der ihm gestohlen worden war. Und wenig später beteten in Mailand, in Italien, ein paar fromme Menschen eine Novene für ihn, und sechs gestohlene Autos, neueste Modelle teurer Marken, gelangten wunderbarerweise wieder zu ihren Besitzern zurück.

Ein Profi

Er war das Fundament seines Hauses, Stütze seiner Mutter, Schutzschild seiner Schwestern.

Ganz hinten im Haus, am Ende eines langen Ganges, gab es einen Altar, der der Jungfrau geweiht war. Dort holte er seine Patronen ab, seine gesegneten Patronen, die im Weihwasserbecken lagen, und band sich das Skapulier um, bevor er loszog, einen Auftrag auszuführen. Und dort knieten, reglos vor dem Altar, die Mutter und die Schwestern. Stunde um Stunde ließen sie den Rosenkranz durch die Finger gleiten und baten die Wundertätige um Hilfe, damit die Arbeit des Jungen gut gelänge.

Seine Tätigkeit verschaffte ihm Respekt und Ansehen in den Straßen von Corinto und den anderen Dörfern und Städten des Cauca-Tals. In ganz Kolumbien allerdings nicht, weil die Konkurrenz so groß war.

Er lebte davon, die Leute voll Blei zu pumpen, und vollgepumpt mit Blei starb er selbst.

Außer den vier Schüssen auf seine Frau, die seine eigene Sache waren, tötete er immer auf Rechnung anderer. Er schoss im Auftrag von Unternehmern, Generälen, Erben und Ehemännern.

»Niemand soll schlecht von mir denken«, sagte er. »Ich mache es für Geld.«

Noch ein Profi

Der General Arturo Durazo, Chef der mexikanischen Polizei, strich jedes Monatsende den Sold von zweitausend Beamten ein, die tot oder nie geboren worden waren. Er strich auch eine Quote ein für jedes Gramm Kokain oder Heroin, das durch das Land kam, und wer Vergesslichkeit vorschützte, bezahlte mit der Ware oder mit dem Leben. Um seine Einkünfte abzurunden, verkaufte der Kopf der öffentlichen Ordnung außerdem Offiziersränge, ein Oberst zu anderthalb Millionen Pesos; den Hauptmannsrang schenkte er jedoch den Sängern, die ihm sehr gefielen.

Im Jahre 1982 erhielt er den Titel eines Doktors honoris causa, und die Zeitungen zeigten ihn mit Toga und Barett.

Um die Zeit hatte sich General Durazo schon mit den Ersparnissen eines ganzen Lebens harter Arbeit seinen Traum vom eigenen Haus erfüllen können. Nicht nur eines; er besaß ein paar davon in Mexiko und im Rest der Welt. Von seinen mexikanischen Anwesen war eins mit französischen Möbeln eingerichtet, ein anderes verfügte über einen englischen Rennplatz und eine Diskothek aus New York, ein weiteres war die Reproduktion eines Chalets aus den Alpen, und es durfte auch die genaue Nachbildung des Parthenon nicht fehlen, mit einem Schwimmbecken in der Mitte.

Er landete im Gefängnis, weil er's übertrieb.

Damit man es im Leben zu etwas bringt

Im Jahre 1999 arbeitete, der Zeitung *The Times of India* zufolge, eine neue Bildungseinrichtung erfolgreich in der Stadt Muzaffarnagar, im Westen des Staates Uttar Pradesh.

Dort bot man den Jugendlichen eine besondere Ausbildung. Einer der drei Direktoren, der Pädagoge Susheel Mooch, leitete den anspruchvollsten Kurs, bei dem es unter anderen um Entführungen, Erpressungen und Erschießungen ging. Die beiden anderen Direktoren kümmerten sich um herkömmlichere Inhalte. Alle Kurse schlossen praktische Aufgaben ein. Beim Lehrstoff Straßenraub auf Autobahnen und Landstraßen zum Beispiel warfen die geduckt lauernden Schüler einen metallischen Gegenstand auf das Auto ihrer Wahl; der Aufprall ließ den überraschten Fahrer anhalten, worauf man den Überfall ausführte, den der Lehrer überwachte.

Diese Schule war entstanden, um eine Antwort auf ein Bedürfnis des Marktes zu geben und um eine soziale Funktion zu erfüllen. Wie die Verantwortlichen der Einrichtung erklärten, erforderte der Markt einen immer höheren Grad der Spezialisierung auf dem Gebiet des Verbrechens, und die Ausbildung zum Kriminellen war die einzige Berufsausbildung, die den Jugendlichen eine gut bezahlte und dauerhafte Arbeit sichern konnte.

Die Nachricht hat mich beunruhigt. Seit ich sie las, denke ich über die Angelegenheit nach. Wieviele Lehrer aus den althergebrachten Schulen werden wohl einen Neustart machen und sich den Anforderungen des modernen Lebens stellen können?

Die Bettler

Um es im Leben zu etwas zu bringen, lernen auch die Bettler fleißig.

Wenn sie in Kneipen und Schaufenstern ein bisschen fernsehen können, bekommen die Bettler Lektionen von den Meistern ihres Faches. Auf dem Bildschirm nehmen sie am Unterricht der lateinamerikanischen Präsidenten teil, die auf internationalen Konferenzen den Hut herumgehen lassen und bei ihren regelmäßigen Pilgerfahrten nach Washington die Kunst des Anflehens praktizieren.

So wird den Bettlern klar, dass die Wahrheit nicht besonders zweckmäßig ist. Ein richtiger Profi bettelt nie um ein paar Münzen für einen Schoppen Wein. Nein, nein: Er streckt die Hand aus und bittet um Hilfe, um sein altes Mütterchen ins Krankenhaus bringen zu können oder um den Sarg für sein kleines Kind zu bezahlen, das gerade gestorben ist, während er mit der anderen Hand das Rezept für die Medizin oder den Totenschein hochhält.

Die Bettler lernen auch, dass man, im Tausch für die milde Gabe, etwas anbieten muss. Ihre Heimat ist die Straße, ihnen gehört kein Grundstück. Es gibt kein Land, keine Bodenschätze, keine öffentlichen Unternehmen, die sie hergeben könnten. Doch können sie sich für die Barmherzigkeit mit einem Plätzchen im Jenseits erkenntlich zeigen, und genau das tun sie:

»Zwingen Sie mich nicht zum Stehlen«, »Auch Jesus hat gebettelt, so steht es in der Bibel«, »Gott vergelt's«, »Gott sei Ihnen gnädig«, »Sie haben den Himmel verdient ...«

Arbeitskleidung

Hundertfünfunddreißig Jahre nach seinem Tod war Abraham Lincoln in den Straßen von Baltimore, Annapolis und anderen Städten von Maryland unterwegs.

Lincoln betrat irgendeinen Laden. Er tippte sich an den Rand seines Zylinders und machte dabei eine leichte Verbeugung. Mit seinen unverwechselbaren melancholischen Augen sah er in die Runde, während er sich den grauen Kinnbart kratzte, dann zog er aus seinem schwarzen Gehrock eine Pistole, eine Magnum 357. In seiner direkten Art eines Mannes, der gleich zur Sache kommt, sagte er:

»Geld oder Leben.«

Im Mai 2000 überfiel Kevin Gibson auf diese Art elf Geschäfte, immer als Abraham Lincoln verkleidet, bis die Polizei ihn fing und ins Gefängnis sperrte.

Seither sitzt Gibson im Knast. Er hat noch lange abzusitzen. Er fragt sich, warum. Verkleiden sich schließlich nicht auch die erfolgreichsten Politiker als Lincoln, um mehr oder weniger dasselbe zu tun?

Beraubter Räuber

In Lateinamerika verbrannten die Militärdiktaturen die subversiven Bücher. Jetzt, wo es Demokratie gibt, werden die Kassenbücher verbrannt. Die Militärdiktaturen ließen Menschen verschwinden. Die Finanzdiktaturen lassen Geld verschwinden.

Eines schönen Tages weigerten sich die argentinischen Banken, den Sparern ihr Geld zurückzugeben.

Norberto Roglich hatte seine Ersparnisse auf die Bank gebracht, damit sie nicht von den Mäusen gefressen oder den Dieben gestohlen wurden. Als er von der Bank überfallen wurde, war Norberto sehr krank, denn das Alter kostet seinen Preis, und die Rente reichte nicht, um die Medikamente zu bezahlen.

Also blieb ihm nichts anderes übrig: Voller Verzweiflung drang er in die Finanzfestung ein und bahnte sich, ohne um Erlaubnis zu fragen, einen Weg bis zum Filialleiter. In der Hand hielt er eine Granate:

»Entweder Sie geben mir mein Geld oder wir fliegen alle in die Luft!«

Die Granate war eine Spielzeugattrappe, doch sie tat das Wunder: Die Bank gab ihm seine Ersparnisse.

Anschließend wurde Norberto verhaftet. Der Staatsanwalt forderte acht bis sechzehn Jahre Gefängnis. Für ihn, nicht für die Bank.

Der Polizist soll in den Knast

Weil das Land der beste Schüler war, der, der seinen Pflichten am besten nachkam, hatte Argentinien sogar noch die Löwen aus dem Zoo und die Pflastersteine auf den Gehwegen verkauft und schuldete jedem Heiligen eine Kerze. Da schickten Anfang des Jahres 2003 der Internationale Währungsfonds und die Weltbank, die kräftig dazu beigetragen hatten, das Land auszuplündern, eine Kommission, die die Finanzen überprüfen sollte.

Eines der Mitglieder dieser Finanzpolizei, Jorge Baca Campodónico, sollte sich um das Problem der Steuerhinterziehung kümmern. Er war Experte in dem Thema. Er verstand eine Menge von Betrügereien, weil er gewohnt war, sie zu begehen. Kaum war er in Buenos Aires gelandet, da verhaftete ihn auch schon Interpol.

Dieser Beamte wurde mit Haftbefehl gesucht.

Seine Chefs nicht.

Wortdiebe

Dem Wörterbuch unserer Zeit nach haben »hohe Werte« nicht mehr mit dem großherzigen Verhalten von Menschen zu tun, sondern mit den guten Preisen von Aktien an der Börse, und die Börse ist auch der Ort, wo sich »Wertkrisen« abspielen.

»Der Markt« ist heute nicht mehr jener freundliche Ort im Viertel, wo man Obst und Gemüse einkauft. Jetzt heißt »Markt« ein furchteinflößender Herr ohne Gesicht, der behauptet, ewig zu sein und der uns bewacht und bestraft. Seine Sprecher verkünden: »Der Markt ist nervös«, und sie warnen: »Man darf den Markt nicht verprellen«.

»Internationale Gemeinschaft« ist der Name der großen Banker und Kriegsherren. Ihre »Hilfspläne« verkaufen Ländern, die sie ertrinken lassen, Rettungsringe aus Blei, und ihre »Friedensmissionen« befrieden die Toten.

In den Vereinigten Staaten heißt das Angriffsministerium »Verteidigungsministerium«, und »humanitäre Bombardierungen« heißt sein Regen aus Raketen gegen die Welt.

An einer Wand lese ich von jemand geschrieben, von allen geschrieben: »Mir schmerzt die Stimme.«

Klauen und Stehlen

Die Worte verlieren ihren Sinn, während das grüne Meer und der blaue Himmel ihre Farbe verlieren, mit der sie von den Algen angemalt wurden, die so liebenswürdig waren, drei Milliarden Jahre lang Sauerstoff zu produzieren.

Und die Nacht verliert ihre Sterne. Es gibt schon Protestplakate in den großen Städten der Welt:

» Man lässt uns nicht die Sterne sehen.«

Unterschrift: »Die Menschen«.

Und am Firmament sind bereits zahlreiche Plakate aufgetaucht, die klagen:

»Man lässt uns nicht die Menschen sehen.«

Unterschrift: »Die Sterne«.

Ein ganz normaler Fall

In ihrem Alter war Doña Chila Monti schon auf der Grenze zwischen der Erde und dem Himmel, der Harfe näher als der Gitarre.

Ihr Sohn Horacio wusste das, doch erschrak er dennoch, als er sie besuchen kam: Ihre Augen waren verdreht, ihr Herz raste, ihre Hände zitterten. Mit dem bisschen Luft, das sie noch hatte, konnte Doña Chila gerade noch flüstern:

»Man hat mich bestohlen.«

Als Horacio fragte, welche Sachen man ihr gestohlen hatte, bekam sie ihre Sehkraft, ihre Atmung und ihren Puls sofort wieder in den Griff. Und die Sprache auch. Empört sagte sie:

»Sachen? Du weißt doch genau, dass ich nichts habe. Was soll man mir stehlen? Wenn Gott mich ruft, gehe ich mit dem, was ich auf dem Leib trage.«

Und dann setzte sie das Tüpfelchen aufs i:

»Keine Sachen. Die haben mir meine Ideen gestohlen!«

Die gestohlene Erinnerung

Im Jahre 1921 traten die Tagelöhner Patagoniens in den Streik. Da riefen die Viehzüchter den britischen Botschafter an, der den argentinischen Präsidenten anrief, der die Armee rief.

Mit Mauser-Gewehrschüssen machte die Armee Schluss mit dem Streik und mit den Streikenden auch. Die Arbeiter wurden in Massengräber geworfen, die man auf den Gütern ausgehoben hatte; und bei der nächsten Schafschur gab es niemanden mehr, der wusste, wie man ein Schaf schert.

Der Hauptmann Pedro Viñas Ibarra befehligte eine dieser Operationen. Ein halbes Jahrhundert später, als der Hauptmann ein pensionierter Oberst geworden war, sprach Osvaldo Bayer mit ihm. Er hörte die offizielle Geschichte:

»Ach ja«, erinnerte sich der Soldat. »Das Gut Anita. Und das Gefecht dort.«

Bayer wollte wissen, weshalb jenes Gefecht sechshundert tote Arbeiter und keinen einzigen toten oder verwundeten, nicht einmal leicht verletzten Soldaten zurückgelassen hatte.

Und der bewaffnete Arm des Gesetzes erklärte freundlich:

»Der Wind. Wir schossen mit dem Wind. Deshalb gingen unsere Kugeln nicht fehl. Die Kugeln, die sie gegen den Wind schossen, gingen alle daneben.«

Die gekaufte Erinnerung

Im Jahre 1839 kaufte der nordamerikanische Botschafter in Honduras, John Lloyd Stephens, für fünfzig Dollar die Maya-Stadt Copán, mit Göttern und allem drum und dran.

Im Jahre 1892 verkaufte ein Irokesenhäuptling in der Nähe von New York die vier heiligen Gurte, die seine Gemeinschaft von jeher aufbewahrt hatte. Wie die unkrautüberwucherten Ruinen von Copán erzählten diese Muschelschnüre die Geschichte der Gemeinschaft. Der General Henry B. Carrington kaufte sie für fünfundsiebzig Dollar.

Um die Dominikanische Republik weißer zu machen, ermordete der General Rafael Leónidas Trujillo im Jahre 1937 achtzehntausend Schwarze. Sie waren alle Haitianer, wie seine eigene Großmutter. Trujillo zahlte der haitianischen Regierung eine Entschädigung von neunundzwanzig Dollar für jeden Toten.

Im Jahre 2001 zahlte der chilenische General Augusto Pinochet, nach mehreren Prozessen wegen seiner Verbrechen, eine Strafe von 3.500 Dollar. Ein Dollar für jeden Toten.

Die verbrannte Erinnerung

Im Jahre 1499 warf in Granada der Erzbischof Cisneros die Bücher in die Flammen, die von acht Jahrhunderten islamischer Kultur in Spanien erzählten, während dreizehn Jahrhunderte jüdischer Kultur auf den Scheiterhaufen der Inquisition verbrannten.

Im Jahre 1562 schickte in Yucatán der Mönch Diego de Landa acht Jahrhunderte Maya-Literatur auf den Scheiterhaufen.

Andere Brände gab es schon vorher auf der Welt, ins Feuer geworfene Erinnerungen, und viele gab es auch danach.

Im Jahr 2003, als die Invasionstruppen die Eroberung des Irak beendeten, umzingelten die Sieger mit Panzern und Soldaten die Erdölquellen, die Erdölreserven und das Erdölministerium. Dagegen schauten die Soldaten weg und pfiffen sich eins, als alle Museen ausgeräumt und alle Tontafeln geraubt wurden, die die ersten Legenden, die ersten Geschichten und die ersten geschriebenen Gesetze der Welt enthielten.

Gleich darauf verbrannten die Bücher aus Papier. Es brannte die Nationalbibliothek in Bagdad, und mehr als eine halbe Million Bücher wurde zu Asche. Viele der ersten in arabischer und persischer Sprache gedruckten Bücher kamen dabei um.

Traditionen

Er war das schwarze Schaf der Familie, der schlechteste Schüler seiner Klasse. Die peinliche Situation schien unabänderlich zu sein, bis der Vater dem Lehrer ein Bankett ausrichtete. Nach einem langen Abend der Bewirtung und Beweihräucherung, Erquickungen des Ohrs und des Auges, ging der Lehrer, beladen mit Geschenken, nach Hause zurück. Am nächsten Morgen verwandelte sich der schlechteste Schüler in den Klassenprimus.

Diese Geschichte, mehr oder weniger so erzählt vor viertausend Jahren, beweist, dass die Bestechung einer der ältesten Bräuche der Menschheit ist.

Sie wurde am Ufer des Euphrat entdeckt. Erzählt hatten sie die Sumerer, mit Zeichen, die wie Vogelspuren aussahen und mit angespitzten Röhrchen auf eine der Tausenden von Tontafeln gemalt wurden, die aus dem Museum von Bagdad verschwanden.

Der Pionier

Große Erfindungen der Menschheit: Man weiß nicht, wer das Rad erfand, das die Karren und die Maschinen bewegt, doch ist wohl bekannt, wer das Rad erfand, das die Wirtschaft bewegt. Es war Marcus Licinius Crasus, geboren im Jahre 115 vor Christus.

Er entdeckte, dass die Lebenskraft des Marktes vom gegenseitigen Spannungsverhältnis zwischen Angebot und Nachfrage bei Gütern und Dienstleistungen abhängt.

Um dieses Gesetz des wirtschaftlichen Kreislaufs in Gang zu setzen, gründete er in Rom ein Unternehmen.

So entstand die erste private Feuerwehr.

Sie hatte großen Erfolg.

Marcus Licinius ließ erst die Brände legen und sich dann für das Löschen bezahlen.

Noch ein Pionier

Pepe Arias gründete das erste virtuelle Unternehmen. Ein halbes Jahrhundert, bevor die *Online*-Firmen und der Nasdaq-Index entstanden, bot er mitten im Zentrum von Buenos Aires ein viertausend Quadratmeter großes Grundstück zum Verkauf an.

Pepe empfing die Interessierten mit dem unterzeichnungsreifen Vertrag in der Hand. Er empfing sie stehend, denn der Platz reichte nicht einmal für einen Stuhl.

»Wo ist das Grundstück denn?«, fragten sie.

»Hier.«

»Hier?«

»Ja, mein Herr«, erklärte Pepe und hob die Arme gen Himmel. »Es sind viertausend Quadratmeter, aber in die Höhe.«

Vorbilder

Als das Ende des Jahrtausends nahte, verbreitete die Presse Uruguays die Biografie eines erfolgreichen Landsmanns, der wie ein einsamer Stern am Firmament des Internet leuchtete. Allerdings war der Glanz unseres Stars des Cyberspace eher der schnell vergängliche einer Sternschnuppe; doch so lange er anhielt, ermahnte der Präsident unseres Landes uns alle, seinem Beispiel zu folgen.

Dieser vorbildliche Unternehmer war ein Wunderkind gewesen. Mit sechs Jahren vermietete er schon den anderen Kindern des Viertels sein Spielzeug, zu Stunden- oder Tagestarifen. Und mit zehn Jahren hatte er schon ein Versicherungsunternehmen und eine Bank gegründet: Er versicherte Schulutensilien gegen Diebstahl und Unfälle und verlieh, zu einem moderaten Zinssatz, Geld an seine Klassenkameraden.

Spitzentechnologie

Es ist fast ein halbes Jahrhundert her, dass Levi Freisztav nach Patagonien kam.

Er kam aus Zufall oder als Zaungast. Lief durch dieses Land, durch diese Luft und entdeckte, dass sich seine Eltern auf der Landkarte geirrt hatten. Und blieb für immer.

Er war eben erst angekommen, als er in einem Projekt für Hydrokultur Arbeit fand. Ein Doktor aus der Gegend hatte in irgendeiner Zeitschrift über diese Neuheit gelesen und beschlossen, sie in die Praxis umzusetzen.

Levi grub, klopfte, schwitzte, während er Tag für Tag die komplizierte Anlage aus Glas, Eisen und Kanalröhren baute, die notwendig war, um Salatköpfe im Wasser großzuziehen. Wenn man das in den USA so macht, dann muss das seinen Grund haben, sagte der Doktor, ein todsicheres Geschäft, kann gar nicht schief gehen, diese Leute stehen an der Spitze der Zivilisation, die Technologie ist der Schlüssel des Reichtums, wir hier sind ein paar Jahrhunderte zurück, wir müssen uns beeilen, damit wir das jetzt aufholen.

Zu jener Zeit war Levi noch ein Asphalttier, einer von denen, die glauben, dass Tomaten auf dem Teller wachsen und die zu schielen anfangen, wenn sie ein Huhn sehen, das roh ist und herumspaziert. Doch eines Tages, als er die Unendlichkeit Patagoniens betrachtete, fiel ihm ein zu fragen:

»Hören Sie mal, Doktor, lohnt sich das denn? Lohnt sich das denn, bei so viel Land ringsum?«

Er verlor den Job.

Angebote

Er sah aus wie Carlos Gardel, doch nach dessen Flugzeugabsturz. Er hustete und rückte sich den Knoten seines Halstuchs zurecht, das seine Kehle schützte. Das Halstuch war irgendwann mal weiß gewesen.

»Ich verkaufe nichts!«, schrie er heiser.

Er stand auf einem Bänkchen vor dem Rentenamt in Montevideo. In den Händen hielt er einen Pappkarton; der Karton war mit Bändern verschnürt, die so zerzaust aussahen wie er.

Ein paar Neugierige kamen näher, alle alt oder steinalt. Auch Pepe Barrientos, der immer in der Stadt herumstrich, steckte seine Nase ins Gewühl. Nach und nach wuchsen die Neugierigen zur Menge.

»Ich verkaufe nichts!«,

wiederholte der Mann.

Und als der Augenblick gekommen war, hob er mit theatralischer Geste den Karton und bot ihn dem Himmel dar.

»Ich verkaufe nichts, meine Damen und Herren! Denn das hier … das hier hat keinen Preis!«

Die Alten drängten sich begierig, während seine knochigen Finger ganz langsam, so gemächlich wie ein Liebhaber, der den Genuss hinauszögert, die Bänder löste, die das Geheimnis verschnürt hielten.

Und der Karton öffnete sich.

Darin lagen bunte Schmetterlinge aus Zellophan. Jeder Zellophanschmetterling war ein neues Leben. Es gab grüne, blaue, violette, rote, gelbe neue Leben …

»Wer will noch mal, wer hat noch nicht?!«, rief heiser der Straßenhändler. »Zahlen Sie, was Sie können, und nehmen Sie ein neues Leben mit. Das ist doch geschenkt, meine Damen und Herren! Eine Flasche Wein, die Gift, Gefängnis, Irrenhaus enthält, kostet viel mehr …«

Marketing

Salim Harari hatte immer eine Tüte Pfeffer in Reichweite, die unfehlbare Waffe des Orients, die den Dieben in die Augen geworfen wird; doch nicht einmal die Diebe kamen zu ihm herein. Sein Laden *La Lindalinda*, die Wunderschöne, war so leer wie die Mägen seiner neun Kinder.

Salim war von weit her gekommen, aus Damaskus, um in der Stadt Rafaela Stoffe zu verkaufen. Niemals gab er sich geschlagen: Wenn der Limonenbaum keine Früchte trug, dann band er eben welche an die Zweige; wenn kein Kunde auftauchte, dann warf er meterweise Stoffe auf die Straße.

»Hier gibt's alles umsonst!«

Er hörte, dass auf dem Río Paraná ein Schiff untergegangen war; da besprengte er seinen Satin, Perkal und Taft mit Wasser und bot lauthals an:

»Die aus dem Schiffbruch geretteten Stoffe!«

Doch nicht einmal so wollte es klappen. Die Leute gingen vorbei, keiner kam herein.

Lang war die Zeit des Pechs. Jeder Tag war schlechter als der vorige und besser als der folgende, bis eines abends Salim eine alte Lampe rieb und einen Kobold zu Besuch bekam, der aus seinem Heimatland stammte. Und der Kobold verriet ihm die Zauberformel: Man musste Eintritt nehmen.

Und da änderte sich alles. Die ganze Stadt stand Schlange.

Der vorbildliche Bankier

John Piermont Morgan Junior war der Besitzer der mächtigsten Bank der Welt und weiterer achtundachtzig Unternehmen. Weil er immer sehr beschäftigt war, hatte er vergessen, seine Steuern zu bezahlen.

Drei Jahre hatte er nicht mehr bezahlt, seit dem Ausbruch der Weltwirtschaftskrise von 1929. Als es herauskam, kochten die vom Schwarzen Freitag ruinierten Massen und es gab im ganzen Lande Aufruhr.

Um seinen Ruf als gieriger Bankier zu verbessern, heuerte der Unternehmer einen Public-Relations-Experten vom Zirkus Ringling Brothers an.

Der Experte empfahl ihm, Lya Graf anzuheuern, eine dreißigjährige Frau, die nur achtundsechzig Zentimeter groß war, doch weder den Körper noch das Gesicht einer Zwergin besaß.

So wurde eine riesige Werbekampagne gestartet, in deren Mittelpunkt ein Foto stand. Das Foto zeigte den Bankier auf seinem Thron, mit dem Gesicht eines gütigen Vaters und dieser Miniaturausgabe eines Menschen auf dem Schoß. Ein Symbol, wie die Finanzmacht die Bevölkerung schützt, die die Krise schrumpfen lassen hat; das war jedenfalls die Idee.

Sie funktionierte nicht.

Unterricht in Volkswirtschaft

Der Klang der Drehorgel verkündete, dass der Waffelverkäufer ins Viertel kam. Sie waren aus Weizen und aus Luft gemacht, und aus Musik dazu, diese knusprigen Waffeln, die uns das Wasser im Munde zusammenlaufen ließen.

Wieviele Waffeln man bekam, das hing vom Glück ab. Im Tausch für eine Münze stieß man ein Rad an, bis eine Nadel einem seine Glückszahl zeigte: Von null bis zwanzig, wenn ich mich nicht irre, bekam man gar nichts, wenig, viel oder ein Festmahl.

Nie werde ich das erste Mal vergessen. Ich zahlte meine Münze, stellte mich auf Zehenspitzen und brachte das Rad in Schwung. Als das Rad still stand, konnte ich sehen, dass die Nadel auf die zwanzig zeigen wollte. Da hielt der Waffelhändler seinen Finger hin und bestimmte:

»Null.«

Umsonst protestierte ich.

Ich konnte schon mit Hilfe beider Hände bis zwanzig zählen, aber ich begriff noch gar nichts von Volkswirtschaft.

Dies war meine erste Lektion.

Der vorbildliche Arbeiter

Der Zaubertrank »Z« ist keine technologische Neuheit der globalisierten Arbeitswelt, sondern ein uraltes Geheimnis haitianischer Traditionen.

So wird er angewandt:

In der Nacht senken Bienen, die mit den Zaubertrank gefüttert wurden, ihre Stachel in den Körper eines Schlafenden.

Am nächsten Morgen schafft es der so Geimpfte nicht mehr aufzustehen.

Um die Mittagszeit verlischt er wie eine Kerze.

Am Abend trägt ihn seine Familie auf der Bahre zum Friedhof.

Um Mitternacht öffnet der Verstorbene sein Grab und kehrt in die Welt zurück.

Der Zurückgekommene, zum Zombi geworden, hat Leidenschaft und Erinnerung verloren. Jetzt arbeitet er ohne Pause und ohne Lohn, schlägt Zuckerrohr, zieht Wände hoch oder holt Feuerholz, der Blick abwesend, der Mund geschlossen: Niemals beschwert er sich noch fordert etwas, bittet nicht einmal.

Die vorbildliche Frau

Ihr Leben lang gehorchte sie dem biblischen Gebot und der geschichtlichen Tradition.

Sie fegte, putzte, polierte, wusch, bügelte, nähte und kochte.

Pünktlich um acht Uhr morgens servierte sie das Frühstück, mit einem Löffel Honig für das ewige Sodbrennen ihres Ehemanns. Pünktlich um zwölf servierte sie das Mittagessen, Suppe, Kartoffelbrei, gekochtes Huhn, Pfirsich in Sirup, und pünktlich um acht Uhr das Abendessen, mit der gleichen Speisenfolge.

Nie kam sie zu spät damit, niemals zu früh. Ihr Essen aß sie schweigend, denn sie war keine Frau, die Meinungen sagte oder Fragen stellte, während der Ehemann mit alten oder neuen Heldentaten prahlte.

Nach dem Abendessen trödelte sie beim Tellerwaschen und bat, wenn sie ins Bett ging, Gott darum, dass er – ihr Mann – schon schlafen möge.

Zu der Zeit war die Waschmaschine schon bekannt, der Staubsauger und der weibliche Orgasmus auch, erfunden kurz nach dem Penicillin; sie jedoch erfuhr nichts von diesen Neuheiten.

Nur Radiohörspiele hörte sie, und selten mal verließ sie die friedliche Zufluchtsstätte, in der sie lebte, geschützt vor der gewalttätigen Welt.

Eines Nachmittags ging sie aus und besuchte ihre kranke Schwester.

Als sie am Abend nach Hause kam, fand sie den Ehemann tot daliegen.

Einige Jahre später gestand die Opferbereite, dass die Geschichte nicht genau so endete.

Das andere Ende erzählte sie einem Nachbarn namens Gerardo Mendive, der es einem anderen Nachbarn erzählte, der es einem weiteren Nachbarn erzählte, der es noch einem erzählte.

Als sie vom Haus der Schwester zurückkehrte, fand sie den Ehemann am Boden liegend, keuchend, mit verdrehten Augen, das Gesicht tomatenrot, und ging an ihm vorbei bis in die Küche, bereitete ein unvergessliches Festmahl aus Tintenfischen im eigenen Saft und Seehecht nach Baskenart, mit Obst und Eis als Nachtisch, alles begleitet von einem guten, alten Wein, den sie versteckt hielt, und pünktlich um acht Uhr servierte sie, wie es ihre Pflicht war, das Abendessen, aß und trank ausgiebig, bis sie satt war, versicherte sich, dass er endgültig reglos auf dem Boden lag, bekreuzigte sich, zog schwarze Kleider an und rief den Arzt.

Der vorbildliche Athlet

Zwei Fußballweltmeisterschaften wurden 2002 in Asien ausgetragen. Bei einer davon spielten Sportler aus Fleisch und Blut. Bei der anderen spielten zur selben Zeit die Roboter.

Jedes Jahr gibt es, an jeweils unterschiedlichen Orten, ein solches Roboter-Turnier. Die Organisatoren hegen die Hoffnung, irgendwann einmal gegen Mannschaften aus Menschen anzutreten. Immerhin hat, so sagen sie, schon einmal ein Computer den Großmeister Gary Kasparow auf dem Schachbrett besiegt, und es fällt ihnen nicht allzu schwer, sich vorzustellen, dass die mechanischen Athleten eine ähnliche Heldentat auf dem Fußballplatz vollbringen könnten.

Die von den Ingenieuren programmierten Roboter sind stark in der Verteidigung und schnell im Angriff. Sie ermüden nicht und klagen nie, und tändeln auch nicht lange mit dem Ball herum: Ohne mit der Wimper zu zucken, führen sie die Befehle des Trainers aus, und keinen Augenblick lang begehen sie den Wahnsinn zu glauben, dass die Spieler zum Spielen da sind. Und niemals lachen sie.

Krönung

Nicht zwei, drei waren es: Im Jahr 2002 gab es noch eine dritte Weltmeisterschaft.

Sie bestand aus einem einzigen Spiel, das auf den Höhen des Himalaya ausgetragen wurde, am selben Tag, als in Tokio Brasilien Weltmeister wurde.

Niemand bekam es mit.

Es maßen sich die beiden schlechtesten Mannschaften des Planeten, die letzte und die vorletzte im internationalen Ranking: das Königreich Bhutan und die karibische Insel Monserrat.

Die Trophäe war eine große versilberte Schale, die am Spielfeldrand wartete.

Die Spieler, allesamt unbekannt, kein einziger berühmt, amüsierten sich königlich, hatten keine weitere Pflicht als ihren Spaß zu haben. Und als die beiden Mannschaften das Spiel beendeten, wurde die Schale, die in der Mitte zusammengeklebt war, in zwei Teile geteilt und beiden überreicht.

Bhutan hatte gewonnen und Monserrat verloren, doch diese Kleinigkeit hatte nicht die geringste Bedeutung.

Der vorbildliche Trauernde

Irgendwie sind sie sich ähnlich. In Brasilien, wie überall, haben die beliebtesten Politiker, die berüchtigtsten Millionäre, die Fußballidole, die Fernsehstars und die Musikgenies alle etwas gemeinsam: Alle sind sie sterblich.

Jaime Sabino hatte sich die Sache genau angesehen. Und jedes Mal, wenn das Schicksal einen Berühmten traf, war er der Erste, der davon erfuhr und der Erste, der vor Ort auftauchte. Aus dem Vorort von Rio de Janeiro, wo er ein einfacher Angestellter in einem staatlichen Büro war, kam Jaime mit Lichtgeschwindigkeit zum Begräbnis des oder der Verstorbenen, wo immer dies auch war.

»Ich komme in Vertretung der zweihunderttausend Einwohner von Nilópolis«, sagte er und kam so problemlos durch alle Kontrollen und Sicherheitssperren, denn eine einzelne Person kann jeder aufhalten, doch niemand ist in der Lage, zweihunderttausend den Zutritt zu verweigern.

Sofort nahm Jaime dann genau den richtigen Platz im genau richtigen Moment ein.

Im gleichen Augenblick, wie die Kameras des Fernsehens und die Blitzlichter der Fotografen aufleuchteten, trug er schon auf den Schultern den Sarg mit dem Stolz der Nation, der eine unersetzliche Lücke hinterlassen hatte, oder er erschien, auf Zehenspitzen und mit gerecktem Hals, zwischen den nächsten Angehörigen und engsten Freunden. Seine Leidensmiene fehlte nie in den Nachrichtensendungen und Zeitungen.

Die Reporter nannten ihn *Paparazzi-Pirat*. Aus Neid.

Die wundersame Verstorbene

Leben ist eine tödliche Angewohnheit, dagegen kann niemand etwas machen, und auch Doña Asunción Gutiérrez starb nach Vollendung eines langen Jahrhunderts.

Verwandte und Nachbarn hielten in ihrem Haus in Managua die Totenwache. Schon seit einer Weile waren sie vom Weinen zum Feiern übergegangen, die Tränen waren schon dem Rum und dem Gelächter gewichen, als sich, im schönsten Moment des Abends, Doña Asunción im Sarg aufrichtete.

»Holt mich hier raus, ihr Trottel«, befahl sie.

Dann setzte sie sich hin und aß einen Maiskuchen, ohne sich um irgendjemanden zu kümmern.

Still gingen die Trauernden von dannen. Die Geschichten hatten niemanden mehr, der sie erzählen konnte, die Spielkarten niemanden, der sie spielte, der Rum hatte seinen Vorwand verloren. Totenwache ohne Tote, da fehlt der Reiz. Die Leute verschwanden auf den festgetretenen Wegen zwischen den Häusern, ohne zu wissen, was sie mit dem Rest der Nacht anfangen sollten.

Einer der Urenkel meinte empört:

»Das ist das dritte Mal, dass die Alte uns das antut.«

Die Inflation

Lebendig war er immer schlank gewesen, doch im Tod war er ein Ballon.

Um den Sarg zuzunageln, musste sich die ganze Verwandtschaft auf den Deckel setzen. Und es gab unterschiedliche Meinungen über diese plötzliche Gewichtszunahme:

»Der Tod schwemmt auf.«

»Es ist das Kohlendioxyd.«

»Es ist einfach Pech.«

»Es ist die Seele«, schluchzte die Witwe. »Die Seele, die den Anzug verlassen will.«

Der Anzug, aus feinem englischen Tweed, war der einzige Luxus im Leben des Verstorbenen gewesen. Er hatte sich ihn für seine Beerdigung maßschneidern lassen, als die Eulen schon um ihn her flatterten und er sah, dass das Ende kurz bevor stand.

Erbschaft hinterließ er keine. Nichts. Die Familie, die immer in Armut gelebt hatte, merkte den Unterschied gar nicht.

Viele Jahre später nahm Nicola Di Sábato an der Exhumierung seines Onkels teil.

Wenig war vom Verstorbenen übrig geblieben: Die Knochen und der zu Lumpen zerfallene Anzug.

Der Anzug war voller Geld.

Die Scheine, viele Tausend Geldscheine, waren nichts mehr wert.

Der vorbildliche Kandidat

Er erinnerte nicht unter Tränen an seine schwere Kindheit, küsste keine kleinen Kinder, schrieb keine Autogramme und ließ sich nicht mit Behinderten fotografieren. Er versprach nichts. Er quälte seine Wähler nicht mit endlosen Reden. Er hatte weder ein rechtes noch ein linkes Programm, aber auch keines der Mitte. Er war unbestechlich, verachtete das Geld, leckte sich allerdings die Lippen angesichts von Blumensträußen.

In den Wahlen von 1996 führte er die Umfragen an. Er war der aussichtsreichste Kandidat für den Posten des Bürgermeisters im Ort Pilar, und sein Ruf wuchs von Tag zu Tag im gesamten Nordosten Brasiliens. Die Leute, der Politiker müde, die sogar noch lügen, wenn sie die Wahrheit sagen, vertrauten auf diesen jungen Vertreter der Familie der wiederkäuenden Paarhufer, gemeinhin Ziegenbock genannt, von weißer Farbe und dazu passendem Bart. Bei seinen öffentlichen Auftritten tanzte Federico auf zwei Beinen und machte überzeugende Kapriolen im Rhythmus der Kapelle, die ihn durch die Stadtviertel begleitete.

Kurz vor seinem Sieg fand man ihn tot. Sein Bart war rot von trockenem Blut. Man hatte ihn vergiftet.

Wahl und Veto

Es war das Jahr 1916, ein Wahljahr in Argentinien.

Im Dorf Campana wählte man im Hinterzimmer des Gemischtwarenladens.

José Gelman, von Beruf Zimmermann, kam als erster. Zum ersten Mal in seinem Leben ging er wählen, und die Staatsbürgerpflicht ließ ihm die Brust schwellen. An jenem Morgen sollte er in die Demokratie eintreten, dieser Einwanderer von der anderen Seite der Welt, der nichts anderes kennen gelernt hatte als den militärischen Despotismus der weit entfernten Ukraine.

Als José seinen Stimmzettel in die Urne tun wollte, eine Stimme für die Radikale Partei, lähmte eine heisere Stimme seine Hand:

»Du hast dich im Stimmzettel geirrt«, wies ihn die Stimme zurecht.

Durch die Gitter vor dem Fenster lugte der Lauf einer Schrotflinte. Der Lauf zeigte auf den richtigen Stapel Stimmzettel, den der Konservativen Partei.

Der Preis der Demokratie

Doris Haddock, eine ehemalige Arbeiterin, lief zu Fuß von Los Angeles bis Washington: Eine Schildkröte durchquerte die Vereinigten Staaten, von Küste zu Küste.

Sie machte sich auf den Weg, um den Ausverkauf der Demokratie durch die Millionäre anzuklagen, die die Kampagnen der Politiker bezahlen; und auf ihrem Weg klärte sie, Etappe für Etappe, die Menschen auf.

Mehr als ein Jahr war sie schon unterwegs, gebraten von der Sonne, gefroren von der Kälte, weggeweht vom Wind, als sie der Schnee zum Stillstand brachte. Ein furchtbarer Blizzard entlud sich über den Bergen West-Virginias.

Im kleinen Ort Cumberland feierte Doris ihren Geburtstag. Neunzig Kerzen. Und dann setzte sie ihre Reise auf Skiern fort.

Auf Skiern fuhr sie den ganzen letzten Monat durch den Schnee.

Als das 21. Jahrhundert begann, kam sie in Washington an. Eine Menschenmenge begleitete sie zum Kapitol. Dort arbeiteten die Abgeordneten, die politischen Mitarbeiter der großen Unternehmen, die ihre Dienste bezahlen.

Von den Stufen des Kapitols herunter hielt Doris eine lakonische Rede. Indem sie auf den Säulengang des Kapitols zeigte, sagte sie:

»Dies wird mehr und mehr zu einem Puff.«

Dann ging sie.

Zivilisation und Barbarei

Während die Götter schlafen oder so tun, als ob sie schlafen, wandern die Menschen. Es ist Markttag in diesem verlorenen Dorf in der Nähe von Totonicapán und viel Betrieb. Aus anderen Weilern kommen die Frauen mit Lasten auf dem Rücken über die grünen Wege. Sie treffen sich auf dem Markt, heute hier oder morgen dort, in diesem Dorf oder in einem anderen, wie Zähne, die zum Mund gehen, und plaudernd erzählen sie sich langsam Neuigkeiten, während sie nach und nach das eine oder andere verkaufen.

Eine alte Frau breitet ihr Tuch auf den Boden und legt das ihre darauf: Räucherwerk aus Kopal-Harz, Färbemittel aus Indigo und Koschenillelaus, ein paar sehr scharfe Pfefferschoten, würzig riechende Kräuter, einen Topf wilden Honig; eine Puppe aus Stoff und eine aus bemaltem Ton; Gürtel, Schärpen, Bänder; Halsketten aus Fruchtkernen, Kämme aus Knochen, Spiegelchen …

Ein Tourist, der gerade in Guatemala angekommen ist, will ihr alles abkaufen.

Weil sie ihn nicht versteht, erklärt er ihr mit den Händen: alles. Sie lehnt kopfschüttelnd ab. Er beharrt: Du sagst mir, wieviel du verlangst, ich sage dir, was ich zahle. Und er wiederholt: Ich kaufe alles. Immer lauter spricht er. Schreit. Sie, sitzende Statue, schweigt.

Der Tourist hat genug und geht. Er denkt: »Dieses Land wird es nie zu etwas bringen.«

Sie sieht ihm nach, wie er sich entfernt. Sie denkt: »Meine Sachen wollen nicht mit dir gehen.«

Der globale Markt

Zimtfarbene Büsche, goldfarbene Früchte.

Mahagonihände wickeln die weißen Kerne in große Pakete grüner Blätter.

Die Kerne gären in der Sonne. Dann, wieder ausgewickelt, trocknet die Sonne sie im Freien und färbt sie langsam kupferfarben.

Dann beginnt der Kakao seine Reise über das blaue Meer.

Von den Händen, die ihn anbauen, bis zu den Mündern, die ihn essen, wird der Kakao in den Fabriken von Cadbury, Mars, Nestlé oder Hershey verarbeitet und in den Supermärkten dieser Welt verkauft: Von jedem Dollar, der in die Kassen fließt, gelangen dreieinhalb Cent in die Dörfer, aus denen der Kakao kommt.

Ein Journalist aus Toronto, Richard Swift, war in einem dieser Dörfer, in den Bergen Ghanas.

Er besuchte die Plantagen.

Als er sich zum Ausruhen setzte, holte er aus seinem Rucksack eine Tafel Schokolade. Vor dem ersten Bissen sah er sich von neugierigen Kindern umringt.

Sie hatten das noch nie probiert. Es schmeckte ihnen herrlich.

Die globale Regierung

In der Dämmerung des 20. Jahrhunderts und seines eigenen Lebens unterhielt sich Julius Nyerere mit der internationalen Gemeinschaft. Das heißt: Die Chefs der Weltbank empfingen ihn in Washington.

Nyerere war der erste Präsident Tansanias gewesen, nach langem Kampf gegen die Kolonialmacht; er hatte an die Unabhängigkeit geglaubt und hatte gewollt, dass sie viel mehr sei als einfach nur ein Fahnengruß.

»Weshalb sind Sie gescheitert?«, fragten ihn die hohen internationalen Beamten.

Nyerere antwortete:

»Das britische Imperium hinterließ uns ein Land, in dem fast alle Analphabeten waren und es nur zwei Ingenieure und zwölf Ärzte gab. Am Schluss meiner Regierungszeit gab es fast keinen Analphabetismus und wir hatten Tausende Ingenieure und Ärzte. Ich habe die Regierung 1985 abgegeben. Dreizehn Jahre sind seither vergangen. Heute haben wir viel weniger Kinder in den Schulen, ein Drittel weniger, und das Gesundheits- und Sozialwesen liegt am Boden. In diesen dreizehn Jahren hat Tansania alles getan, was Weltbank und Internationaler Währungsfonds gefordert haben, um das Land zu modernisieren.«

Und Julius Nyerere gab die Frage zurück:

»Weshalb seid ihr gescheitert?«

Die Last des weißen Mannes

Hauptmann Léon Rom sammelte Schmetterlinge und Menschenköpfe. Die Schmetterlinge steckte er mit Nadeln an die Wand. Die Köpfe zierten seinen Garten. Ein anderer Offizier der Kolonialtruppen, Guillaume van Kerckhoven, wetteiferte mit ihm und sagte, er sei der größte Experte im Kopfabschlagen.

Der Kongo, hundert Mal größer als Belgien, war Privateigentum von König Leopold: eine wunderbare Quelle von Kautschuk und Elfenbein, eine endlose Landschaft voller angeketteter, ausgepeitschter, verstümmelter, ermordeter Sklaven.

Im Jahr 1900 wurde der englische Diplomat Roger Casement zum Essen in den königlichen Palast in Brüssel eingeladen. Zwischen den Gängen sprach König Leopold über die kolossalen Schwierigkeiten, auf die seine zivilisatorische Mission bei jedem Schritt stieß. Es war eine wahre Heldentat, einer niederen Rasse Disziplin beizubringen, die überhaupt keine Arbeitskultur kannte, unter jener afrikanischen Sonne, die selbst die Steine noch zum Schmelzen brachte.

Der König gab zu, dass seine Männer, Männer guten Willens, manchmal Misshandlungen begingen. Daran war das Klima schuld:

»Die unerträgliche Hitze macht sie wahnsinnig.«

Wunderbare Wissenschaft

Mit sechsundzwanzig kam er zum ersten Mal in den Operationssaal.

Von da an lebte er zwischen dem Operationssaal und der Bühne.

Welche Farbe hat der Gipfel der Welt? Die Farbe des Schnees. Um König der Könige zu sein, der Größte unter den Großen, wechselte er die Haut, die Nase, die Lippen, die Augenbrauen und das Haar. Er färbte seine schwarze Haut weiß, machte seine breite Nase, seine dicken Lippen und seine buschigen Augenbrauen schmal und ließ sich glattes Haar auf den Kopf pflanzen.

Dank der Chemieindustrie und den Künsten der Chirurgie war sein Aussehen, von Spritze zu Spritze, von Operation zu Operation, nach zwanzig Jahren vom afrikanischen Fluch gereinigt. Er hatte nicht einen einzigen Fleck mehr. Die Wissenschaft hatte die Natur besiegt.

Inzwischen hatte seine Haut die Farbe der Toten, seine oft geschundene Nase war zu einer Narbe mit zwei Löchern geworden, sein Mund ein rot gefärbter Schnitt und seine Brauen eine Schreckenszeichnung, und er bedeckte sich den Kopf mit Perücken.

Nichts war von ihm übrig. Nur der Name. Er hieß immer noch Michael Jackson.

Wunderbare Bürokratie

Sonia Pie de Dandré steht ganz früh am Morgen auf, weil die Arbeit ruft und auch, weil es schön ist, den Tag zu atmen, wenn er gerade geboren ist und noch nach Säugling riecht.

An jenem Morgen ging sie, leise singend, durch die Straßen von Santo Domingo, feucht vom frischen Licht, und war unter den ersten in der Schlange vor dem Schalter, wo die Pässe ausgegeben werden. Als sie den ihren erhielt, sah sie, dass unter den Daten auch die Hautfarbe vermerkt war. *Bräunlich*, stand da in dem Dokument.

Sonia ist schwarz, und das kommt ihr gar nicht schlecht vor. Sie bat, dass der Irrtum berichtigt würde. Irrtum?

»In diesem Lande gibt es keine Schwarzen«, erklärte der Beamte ihr, ein Schwarzer, der die Formulare ausgefüllt hatte.

Beschwörungen

Alexandra Schjelderup kam aus der Kälte zurück.

Fünfzehn Jahre hatte sie weit weg gewohnt.

Das Erste, was sie tat, nachdem sie ankam, war das Radio anzustellen. Sie wollte die Neuigkeiten und die Stimmen ihres Landes hören. Panama, ein Land, das seinen Indios die Maiskuchen schuldet, die ihm den Mund wässrig machen, die Hängematten, in denen es luftige Siesta hält, und auch die Farben, mit denen es sich schmückt, und die Erinnerung, die es verbirgt.

Das Radio brachte gerade Werbung. Man hörte die Bruchstücke eines Telefongesprächs, nichts als unverständliche Laute, eine Frau, die wütend fragte: »Wer ist denn dieser Indio, der mich da anruft?«, und eine lehrerhafte Stimme, die riet: »Wenn Sie nicht wollen, dass man Sie für einen Indio hält, dann kaufen Sie ein Handy von Cable & Wireless.«

Das Christuslein

Sie schlief wenig oder gar nicht, die alte Jungfer Maria. Vom ersten Strahl des Lichts zwischen den Bergen bis zum Ende jeden Abends kniete die Jungfer Maria vor dem Altar und flüsterte Gebete.

In der Mitte des Altars herrschte ein kleiner, brauner Christus. Das Christuslein, vom Rauch der Kerzen schwarz geworden, trug Menschenhaar, das schwarze Haar der Menschen, die hier lebten. Die Campesinos aus dem Conlara-Tal besuchten ihn sehr oft, diesen Sohn Gottes, der ihnen so ähnlich sah.

Die Jungfer Maria kam nicht mehr gut zurecht, sie starrte schon vor Dreck, doch jeden Tag wusch sie das Christuslein mit Quellwasser, bedeckte ihn mit Blumen aus dem Tal und zündete die Kerzen an, die ihn umgaben. Sie hatte nie geheiratet. In ihren Jugendjahren hatte sie sich um ihre zwei taubstummen Brüder gekümmert; und danach hatte sie ihr Leben dem Christuslein geweiht. Sie verbrachte ihre Tage damit, sein Haus in Ordnung zu halten. Und nachts bewachte sie seinen Schlaf.

Im Tausch gegen all das hatte die Jungfer Maria nie etwas erbeten.

Als sie hundertdrei Jahre alt war, äußerte sie eine Bitte: Sie sagte nie, welche, doch sie verriet das Gelübde:

»Wenn das Christuslein mir hilft«, so sagte sie, »dann färbe ich es blond.«

Heilige Hand

Der Arzt hatte keine Sprechstundenhilfe und ich glaube, er hatte nicht mal Telefon. Die Praxis, ohne Hintergrundmusik, Teppichboden und Gauguin-Reproduktionen an den Wänden, besaß nicht mehr als eine Liege, zwei Stühle, einen Tisch und ein Zeugnis von der medizinischen Fakultät.

Er verstand es, der wundertätigste Heiler des Boca-Viertels zu sein. Dieser Wissenschaftler heilte ohne Pillen, ohne Kräuter, ohne gar nichts. Wie für zu Hause gekleidet, fing er zu fragen an:

»Und Sie, welche Krankheit wollen Sie haben?«

Heiliges Heilmittel

Vor zwei Jahrhunderten riefen in der Stadt Salvador da Bahia die betuchten Familien so viele Ärzte ans Bett eines Todkranken, wie sie bezahlen konnten.

Familienangehörige und Nachbarn drängten sich im Schlafzimmer, um den Medizinern zuzuhören. Nachdem er den Kranken untersucht hatte, hielt jeder Doktor einen Vortrag über den Fall. Das waren feierliche Reden, die das Publikum lauthals kommentierte:

»Richtig!«

»Nein, nein!«

»Sehr gut!«

»Der Doktor irrt sich!«

»Einverstanden!«

»Welch ein Unsinn!«

Wenn die erste Runde vorüber war, legten die Ärzte ihre Standpunkte in weiteren Reden dar.

Die Diskussion zog sich in die Länge. Nicht allzu sehr: Noch die Kranken, die partout nicht sterben wollten, beeilten sich, ihr Leben auszuhauchen, auch wenn es nicht manierlich war, die Arbeit der Wissenschaft zu unterbrechen.

Noch ein heiliges Heilmittel

In Amerika wurde die Kokospalme von niemandem gepflanzt. Sie pflanzte sich selbst. Von irgendeinem Baum in Malaysia gefallen, rollte die Kokosnuss über den Sandstrand und ließ sich vom Wasser mitnehmen. Im Weltmeer treibend kam die seefahrende Nuss an die Küsten Amerikas. Diese Strände gefielen ihr, und seither bietet sie uns ihre heilende Milch.

Andrea Díaz lief eines Nachmittags am Ufer des Pazifik, als ihr die Knie weg knickten, ihren Halt verloren. Im Hafen Quepos gab man ihr Kokosmilch zu trinken.

»Trinken Sie das hier«, sagte ein guter Mann, der sie auf dem Weg mitgenommen hatte.

Und er erklärte, dass es kein besseres Mittel gebe:

»Adam und Eva tranken nichts als dies und wurden niemals krank.«

Sie gehorchte, konnte jedoch nicht ihren Mund halten:

»Woher wissen Sie das denn?«

Der Mann sah sie voll Mitleid an:

»Aber mein Kind, das steht doch in der Bibel! Wissen Sie denn nicht, dass es im Paradies keinen Doktor gab? Die Krankheiten kamen erst nach den Ärzten.«

Die Wunder

Im hintersten Winkel der Rue Mouffetard in Paris fand ich die Saint-Medardo-Kirche.

Ich öffnete die Tür und trat ein. Es war ein Sonntag, Mittag schon vorüber. Die Kirche war jetzt leer, die letzten Gebete längst verklungen. Eine Putzfrau fegte nach der Messe, staubte die Heiligen ab, sonst niemand.

Ich ging von vorn bis hinten durch die Kirche. Im Halbdunkel suchte ich die königliche Order von 1732: »Auf Befehl des Königs wird Gott verboten, an diesem Orte Wunder zu tun.«

Carlitos Machado hatte mir erzählt, dass dieses Verbot in einen Stein gemeißelt stand, am Eingang einer Kirche, die einem allzu wundertätigen Heiligen geweiht war. Ich suchte es, ich fand es nicht:

»Oh nein, mein Herr! Aber nein doch, nein!«, empörte sich die Putzfrau, während sie, bewaffnet mit ihrem Besen, von Lockenwicklern gekrönt, weiter ihrer Arbeit nachging, ohne mich anzuschauen.

»Aber dieser Befehl des Königs … war der nie da?«

Die Putzfrau sah mich an:

»Irgendwann mal, ja. Aber jetzt nicht mehr.«

Auf den Knauf des Besenstiels legte sie die Hände, und auf die Hände das Kinn:

»So etwas war kein guter Ton gegenüber den Gläubigen. Sie wissen, was ich meine.«

Danke für das Wunder

In den mexikanischen Kirchen häufen sich neben dem Altar die Votivbildchen. Bilder und Buchstaben, auf Blechstückchen gemalt; sie sagen »Dank der Jungfrau von Guadalupe, weil die Soldaten von Pancho Villa meine Schwester vergewaltigt haben und mich nicht«;

»Dank dem Heiligen Kindlein von Atocha, weil ich drei Schwestern habe und ich bin die hässlichste und habe als erste geheiratet«;

»Dank der schmerzensreichen Jungfrau, weil meine Frau vorgestern Nacht mit meinem Gevatter Anselmo durchgebrannt ist, und damit hat er mir alles bezahlt, was er mir je geschuldet hat«;

»Dank dem Göttlichen Antlitz von Acapulco, weil ich meinen Mann umgebracht habe und mir ist nichts passiert«;

So war es. Und so ist es immer noch. Aber es gibt auch Neuerungen, neue Votivbildchen. Sie sagen »Dank unserem Herrn Jesus Christus, weil ich über den Fluss bin und in die Staaten bin und nicht ertrunken bin und sie mich auch nicht getötet haben«.

Alfredo Vilchis, den man Leonardo da Vilchis nennt, malt im Markt La Lagunilla. Votivbildchen auf Bestellung. Seine Christusfiguren tragen alle sein Gesicht. Und oft malt er auch, zur Umrahmung der Dankesworte, Erzengel, die wie Fußballspieler angezogen sind. Viele seiner Kunden haben sich vor entscheidenden Spielen dem Himmel anvertraut, und die göttliche Macht hat ihrem geliebten Verein oder der mexikanischen Nationalmannschaft die Gnade der Tore gegeben.

Das Jenseits

Am Ende des Sommers 1996 schoss José Luis Chilavert in Buenos Aires ein historisches Tor. Der Torhüter Paraguays, der Tore hielt und auch welche machte, schoss aus großer Entfernung, fast von der Mitte des Spielfelds aus: Der Ball flog zum Himmel empor, durchstieß die Wolken, fiel plötzlich wie ein Stein grade auf das gegnerische Tor herunter und ins Netz hinein.

Die Reporter wollten das Geheimnis seines Schusses wissen. Wie hatte der Ball diesen unglaublichen Weg genommen? Warum war er direkt von oben herabgefallen?

»Weil er mit einem Engel zusammenstieß«, erklärte Chilavert.

Doch niemand kam darauf nachzusehen, ob der Ball blutverschmiert war. Niemand schaute nach. Und so verpassten wir die Gelegenheit zu erfahren, ob die Engel uns irgendwie ähnlich sind, wenigstens darin.

Die Jungfrau

Die Vergangenheit als Großtat von harten Männern: Es gibt keine Frauen in der offiziellen Geschichte der Kanarischen Inseln.

Keine? Es gibt eine.

Vor Jahrhunderten, lange bevor Spanien die Inseln eroberte, gelangte sie an die Küste von Teneriffa.

Sie kam auf dem Wasser treibend, im Schaum schlafend, und wurde von den Fischern geborgen. Als sie mit ihr sprachen, antwortete sie nicht. Die Fischer brachten sie zum König der Insel. Auch vor dem Monarchen blieb sie stumm. Und als die Prinzen um sie stritten und sich beim Streit gegenseitig umbrachten, wohnte sie dem Schauspiel bei, ohne mit der Wimper zu zucken.

Die einzige Frau der Geschichte dieser Inseln ist immer noch da. Sie heißt Maria, und man nennt sie *La Candelaria* wegen der Kerzen, die sie erleuchten. Sie ist Jungfrau, und sie ist aus Holz. Die Männer beten sie auf Knien an.

Die anderen

Dem Matthäus-Evangelium nach besaß Jesus sechsundvierzig Vorfahren: einundvierzig Männer und fünf Frauen.

Eine der fünf Frauen, Maria, empfing ohne Sünde, wie wohl bekannt ist. Doch die anderen, die im Stammbaum stehen, sind:

Tamar, die sich als Prostituierte verkleidete, um mit dem Schwiegervater ein Kind zu machen;

Rahab, die diesen gleichen Beruf in der Stadt Jericho ausübte;

Bathseba, die mit einem anderen verheiratet war, als sie im Bett König Davids Salomo empfing;

und Ruth, die nicht zur auserwählten Rasse gehörte und deshalb des Glaubens des israelitischen Volkes nicht würdig war.

Drei Sünderinnen und eine Geächtete: Verflucht auf Erden waren sie gewesen, die Großmütter des Himmelssohns.

Heilig Abend

Spanien, 24. auf 25. Dezember 1939:

»Es ist Heilig Abend. Irgendein Geschenk wird man uns geben«, sagte Javier und lachte vor sich hin.

Javier und Antón, Gefangene der Truppen Francos, fuhren mit auf dem Rücken gefesselten Händen. Das Rütteln des Lastwagens ließ sie gegeneinander stoßen, und ab und zu stachen sie die Soldaten mit dem Bayonett.

Javier redete ohne Unterlass. Antón schwieg.

»Wo bringt man uns wohl hin?«, fragte Javier und fragte eigentlich, weshalb denn ich, ich bin doch gar kein Roter oder sonst was, ich hab mich mein ganzes Leben lang nirgendwo eingemischt, hab nie mit Politik zu tun gehabt, niemals, ich nie, ich nichts.

Bei einem der Stöße des Weges saßen sie sich plötzlich genau gegenüber, Aug' in Aug', und da presste Javier die Lider zusammen und murmelte:

»Hör zu, Antón. Ich war's.«

Doch man hörte nichts. Der Lärm des Lastwagens ließ nicht zu, dass man etwas hörte. Fast schreiend wiederholte Javier, ich war's, ich war's:

»Ich hab' sie hergebracht. Ich bin's gewesen.«

Antón sah abwesend auf den Wegrand hinaus. Kein Mond schien, doch die Wälder von Asturias leuchteten. Und Javier sagte, sie hätten ihn gezwungen, hätten seine ganze Familie auf die Knie gezwungen, hätten sie umbringen wollen, die Kinder, alle, und Antón sah weiter in die Wälder, die in der schwarzen Nacht mit eigenem Licht leuchteten, dieser Glanz, der auf den Lastwagen zukam.

Javier schwieg.

Nur das Husten des Motors war zu hören und die Stöße des Weges.

Nach einer Weile wiederholte Javier:

»Es ist Heilig Abend.«

Und dann:

»Wie kalt es ist.«

Wenig später kamen sie an die Wand, an die sie gestellt wurden.

Ostersonntag

1973, Montevideo, 9. Kavalleriekaserne: beschissene Nacht. Lastwagenlärm, Gewehrsalven, die Gefangenen am Boden, den Kopf nach unten, die Hände im Nacken, ein Lauf auf jedem Rücken, Schreie, Fußtritte, Kolbenstöße, Drohungen …

Am nächsten Morgen erinnerte sich einer der Gefangenen, der den Kalender noch nicht vergessen hatte:

»Heute ist Ostersonntag.«

Es war verboten, sich zu versammeln.

Doch es geschah. In der Mitte der Baracke geschah es.

Es halfen die, die keine Christen waren. Einige passten an den Gittertüren auf und beobachteten die Wachsoldaten. Andere bildeten einen Ring aus Leuten, die hin- und hergingen, wie unabsichtlich umherschlenderten, rings um die Feiernden.

Miguel Brun flüsterte ein paar Worte. Erinnerte an die Auferstehung Jesu, die die Erlösung aller Gefangenen ankündigte. Jesus war verfolgt worden, eingesperrt, gefoltert und ermordet, doch an einem Sonntag wie diesem hatte er die Mauern bersten lassen, hatte sie einstürzen lassen, damit alle Gefängnisse befreit würden und alle Einsamkeit Begegnung fände.

Die Gefangenen hatten nichts. Kein Brot, keinen Wein, nicht einmal Gläser. Es war die Kommunion der leeren Hände.

Miguel gab den, der sich gegeben hatte:

»Esst«, flüsterte er. »Dies ist sein Leib.«

Und die Christen führten die Hand zum Mund und aßen das unsichtbare Brot.

»Trinkt. Dies ist sein Blut.«

Und sie hoben keinen Kelch und tranken den unsichtbaren Wein.

Geschichte der Angst

Der Mond wollte der Erde etwas sagen und schickte einen Käfer.

Der Käfer war schon ein paar Millionen Jahre unterwegs, als er im Himmel einen Hasen traf.

»Bei diesem Tempo kommst du nie an«, meinte der Hase und bot sich an, die Nachricht zu überbringen.

Der Käfer übertrug den Auftrag: Er sollte den Frauen und den Männern sagen, dass das Leben neu geboren wird, so wie der Mond neu geboren wird.

Und der Hase raste los, zur Erde.

Wie der Blitz landete er in den Urwäldern Südafrikas, wo zu jener Zeit die Menschen lebten, und ohne Luft zu holen, gab er ihnen die Worte des Mondes weiter. Der Hase, der immer wegläuft, ohne angekommen zu sein, redete auf seine atemlose Art. Und die Frauen und Männer verstanden, dass er ihnen sagte:

»Der Mond wird neu geboren, aber ihr nicht.«

Seit dieser Zeit haben wir Angst davor zu sterben, was die Mutter aller Ängste ist.

Die Kunst des Befehlens

Ein chinesischer Kaiser, man weiß weder seinen Namen noch seine Dynastie noch seine Zeit, rief eines Nachts seinen engsten Ratgeber und vertraute ihm die Sorge an, die ihn nicht schlafen ließ:

»Niemand fürchtet mich«, sagte er.

Weil seine Untertanen ihn nicht fürchteten, achteten sie ihn auch nicht. Weil sie ihn nicht achteten, gehorchten sie ihm auch nicht.

»Es fehlt ihnen Strafe«, meinte der Ratgeber.

Der Kaiser sagte, er ließe doch die auspeitschen, die keine Abgaben zahlten, er ließe doch die foltern, die sich bei seinem Vorübergehen nicht verneigten, und er ließe auch die hinrichten, die seine Taten zu kritisieren wagten.

»Aber das sind die, die Schuld haben«, sagte der Ratgeber. Und er erklärte:

»Macht ohne Angst fällt zusammen wie eine Lunge ohne Luft. Wenn man nur die Schuldigen bestraft, dann haben nur die Schuldigen auch Angst.«

Der Kaiser dachte lange schweigend nach, dann sagte er: »Ich verstehe.«

Und er befahl dem Henker, dem Ratgeber den Kopf abzuschlagen, und verfügte, dass das ganze Volk von Peking dem Schauspiel auf dem Platz der Himmlischen Macht zusehen musste.

Der Ratgeber war der Erste einer langen Liste.

Anatomie der Angst

Der Tag bricht an, berührt von den Fingern der Sonne.

In den Weilern und Dörfern von El Salvador entzünden die Frauen das Herdfeuer und beginnen ihr Tagewerk.

»Wie hast du angefangen?«, fragen sie, denn wie der Tag, so fangen auch sie an.

An ihrem Körper spüren sie, was der neue Tag bringen wird.

In den Kriegsjahren war bei Tagesanbruch jeder Frauenkörper eine Landkarte der Angst. Wenn die Angst auf die Brust drückte, dann würde eins der Kinder nicht zurückkehren. Wenn sie in den Bauch stach, dann nahte die Armee. Und wenn sie die Nieren schmerzen ließ, dann würde es kein Wasser im Brunnen geben, und der, der welches holen ging, würde sein Leben riskieren.

Der Schreck

Fast hätte sie der Fluss verschluckt.

Eufrosina Martínez wusch Wäsche, als die Strömung sie ergriff und mit sich riss. Nach langem Kampf zwischen den Steinen rettete sie ihr Leben; doch sie verlor ihre Seele. Der Schreck nahm sie mit: Die Seele, halbtot vor Angst, schwamm mit dem Wasser fort.

Von da an konnte der seelenlose Körper Eufrosinas sich nicht mehr bewegen, hörte auf zu essen, konnte nicht mehr schlafen und wusste den Tag nicht von der Nacht zu unterscheiden.

Ein Heilkundiger aus den Bergen von Puebla machte sie gesund. Als die Seele aus der Angst zurückkam und ihren Körper wiederfand, stand Eufrosina auf und ging wieder über diese Erde, die dich manchmal umwirft wie ein wilder Fluss unter den Füßen.

Der Butzemann

Bei pausenlosem Spiel, jeder mit jedem, lebten die Kinder in fröhlichem Durcheinander mit den Viechern und den Pflanzen.

Doch eines schlechten Tages kam jemand, irgendein Reisender, zu diesem alten Bauernhof in den Feldern von Paysandú und brachte den Schrecken mit:

»Pass auf, da kommt der Butzemann!«

»Der Butzemann kommt dich gleich holen!«

»Der Butzemann wird dich gleich fressen!«

Olga Hughes bemerkte die ersten Anzeichen der Pest. Die Krankheit, der keine Apotheke gewachsen ist, hatte ihre vielen Kinder angegriffen. Da wählte sie, unter den vielen Hunden, den schmächtigsten aus, den harmlosesten und anhänglichsten, und gab ihm den Namen Butzemann.

Die Zauberflöte

Durch die Straßen zog der Arzt, der die Instrumente heilt, die nicht mehr scharf oder ganz stumpf geworden waren.

Der Fuß des Scherenschleifers drehte das Rad, das einen Funkenregen von den Messerschneiden und den Scheren sprühen ließ. Wir Kinder aus dem Viertel, ein Schwarm Bewunderer, waren das Publikum bei diesem Schauspiel.

So wie die Drehorgel den Waffelmann ankündigte, so war die Flöte der Herold des Scherenschleifers.

Die Nachbarn sagten, wenn man an etwas dachte und den Klang der Flöte hörte, dann ändere man sofort die Meinung.

Jetzt gibt es kaum noch Scherenschleifer in den Straßen, der Flötenklang dringt nicht mehr in die Fenster. Andere Klänge klingen, Musik der Angst, und groß ist die Zahl der Leute, die im Handumdrehen ihre Meinung ändern.

Die Pest

Das Schiff fuhr auf ruhiger See gen Süden, die schwedische Küste entlang.

Es war ein strahlender Sommermorgen. Die Passagiere saßen an Deck und genossen die Sonne und die leichte Brise, während sie auf das Frühstück warteten.

Plötzlich lief ein Mädchen zur Reeling und übergab sich.

Gleich darauf tat die Frau, die neben ihm gesessen war, das Gleiche. Sofort standen zwei Männer auf und taten es ihnen nach. Und einer nach dem anderen übergaben sich auch die restlichen Passagiere, die im Bug gesessen waren.

Jene, die am Heck saßen, lachten über das lächerliche Schauspiel; doch dann steckten sich auch einige von ihnen den Finger in den Hals und beugten sich über die ruhige See, und andere folgten ihnen.

Niemand konnte sich nicht übergeben.

Victor Klemperer saß in einem der letzten Liegestühle. Um sich vor dem allgemeinen Übergeben zu schützen, konzentrierte er sich in Gedanken auf das Frühstück: den Milchkaffee, die Orangenmarmelade …

Und dann waren auch die ganz hinten an der Reihe. Sie alle übergaben sich. Auch er.

Klemperer vergaß diese Geschichte. Sie fiel ihm Jahre später wieder ein, in Deutschland, als Hitler unaufhaltsam an die Macht kam.

Alarmstufe rot

Panische Angst vor einem Überfall hat das Land, das niemand überfällt und das die Angewohnheit hat, die anderen zu überfallen.

In den achtziger Jahren hieß die Gefahr Nicaragua. Präsident Ronald Reagan desinfizierte die öffentliche Meinung mit dem Gas der Angst. Während er im Fernsehen sprach und vor der Bedrohung warnte, färbte sich die Landkarte hinter ihm rot. Die Flut aus Blut und Kommunismus erfasste ganz Mittelamerika, stieg durch Mexiko hinauf und drängte über Texas in die USA.

Die Zuschauer hatten nicht die geringste Ahnung, wo Nicaragua lag. Und genauso wenig wussten sie, dass dieses barfüßige Land von einer fünfzigjährigen Diktatur, ausgeheckt in Washington, zerstört worden war, und von einem Erdbeben, das die halbe Hauptstadt Managua von der Landkarte getilgt hatte.

Die Quelle des Schreckens besaß alles in allem fünf Aufzüge und eine Rolltreppe, die nicht funktionierte.

Fabrikationsstätten

Es war das Jahr 1964 und der Drache des internationalen Kommunismus riss seine sieben Mäuler auf, um Chile zu verschlingen.

Die Propaganda bombardierte die Öffentlichkeit mit Bildern ausgebrannter Kirchen, von Konzentrationslagern, russischen Panzern, einer Berliner Mauer mitten in Santiago und bärtigen Guerilleros, die die Kinder mitnahmen.

Dann waren Wahlen.

Die Angst siegte. Salvador Allende unterlag. In diesen Tagen voller Schmerz fragte ich ihn, was ihm am meisten weh getan habe. Und Allende erzählte mir, was ganz in der Nähe geschehen war, im Haus nebenan, im Providencia-Viertel. Die Frau, die dort für einen Hungerlohn als Köchin, Wäscherin und Kinderfrau schuftete, hatte ihre ganzen Kleider in einen Plastiksack gesteckt und im Garten ihrer Herrschaft vergraben, damit die Feinde des Privateigentums sie ihr nicht wegnehmen konnten.

Der Vermummte

Sechs Jahre später gewann, gegen die Angst, die Linke die Wahlen in Chile.

»Wir können nicht zulassen …«, warnte Henry Kissinger.

Nach tausend Tagen bombardierte ein Putsch den Regierungssitz, stieß Salvador Allende in den Tod, erschoss noch viele andere mehr und rettete die Demokratie, indem er sie ermordete.

In Santiago de Chile wurde das Fußballstadion zum Gefängnis umfunktioniert.

Tausende von Gefangenen saßen auf den Tribünenstufen und warteten darauf, dass man über ihr Schicksal entschied.

Ein Vermummter lief über die Tribünen. Niemand konnte sein Gesicht sehen; er sah die Gesichter aller. Dieser Blick schoss Kugeln aus Blei: Der Vermummte, ein reuiger Sozialist, ging ein paar Schritt, blieb stehen, zeigte mit dem Finger. Die Männer, auf die er wies, ehemalige Kameraden, gingen in die Folter oder in den Tod.

Die Soldaten führten ihn gefesselt, mit einem Strick um den Hals.

»Dieser Vermummte sieht aus wie ein Hund«, sagten die Gefangenen.

»Aber er ist keiner«, sagten die Hunde.

Der Professor

Im Hof ein Lärm von Stiefeln mit Sporen. Aus der Höhe über diesen Stiefeln dröhnte die Stimme von Alcibíades Britez, Chef der Polizei von Paraguay, ein Diener seines Vaterlands, der die Gehälter und Rationen der verstorbenen Beamten einstrich.

Nackt, mit dem Gesicht in seinem eigenen Blut, erkannte der Gefangene die Stimme. Dies war nicht sein erster Aufenthalt in der Hölle. Man verhörte ihn, das heißt, man drehte ihn durch den Wolf, immer wenn die Studenten und die Bauern ohne Land aufmüpfig wurden und immer wenn die Hauptstadt Asunción sich mit Flugblättern füllte, die nicht besonders freundlich mit der Militärdiktatur umgingen.

Der Stiefel gab ihm einen Tritt, ließ ihn herumrollen. Und die Stimme des Polizeichefs bellte schneidend:

»Professor Bernal … Schämen solltest du dich! Sieh doch nur, welches Beispiel du den jungen Leuten gibst. Professoren sind nicht dazu da, Unruhe anzuzetteln. Professoren sind dazu da, Staatsbürger auszubilden.«

»Genau das tue ich«, würgte Bernal hervor.

Seine Antwort war ein Wunder. Er war nur noch ein Häufchen seiner selbst.

Die Mühle

Nelly Delluci kletterte über Zäune und durchquerte Weiden auf der Suche nach einem Konzentrationslager, das *Die kleine Schule* hieß, doch die argentinische Armee hatte keinen Stein auf dem anderen gelassen.

Den ganzen Nachmittag lang suchte sie umsonst. Und als sie sich völlig verlaufen hatte im Gelände und ohne einen Anhaltspunkt umherlief, sah sie die Mühle. Entdeckte sie von weitem. Als sie sich näherte, hörte sie das Quietschen der Mühle im Wind, und hatte keinen Zweifel:

»Hier ist es.«

Ringsum war nichts als Weide zu sehen, doch dieses war genau der Ort. Vor der Mühle stehend erkannte Nelly das Seufzen, das sie fünfzehn Jahre zuvor begleitet hatte, sie und die anderen Gefangenen, Tag für Tag, Nacht für Nacht, während sie unter der Folter zerbrochen wurden.

Und ihr fiel ein: Ein Oberst, der der Litanei der Mühle müde war, hatte sie fesseln lassen. Die Mühlenflügel wurden mit Riemen festgebunden. Die Mühle setzte ihr Klagelied fort.

Echos

Er ging fort, doch blieb er. Bruder Tito war frei, in Frankreich im Exil, doch immer noch in Brasilien gefangen. Seine Freunde sagten ihm das, was auch die Landkarten sagten, nämlich dass das Land seiner Henker fern war, auf der anderen Seite des Ozeans, doch es nützte nichts: Er war das Land, wo seine Henker lebten.

Er war verdammt zur täglichen Wiederholung seines Infernos. Alles, was geschehen war, geschah immer noch einmal. Mehr als drei Jahre lang gaben ihm seine Folterer keine Atempause. Wo immer er auch war, in den Klöstern von Paris oder Lyon oder auf dem Lande im Süden Frankreichs, gaben sie ihm Fußtritte in den Bauch und Kolbenhiebe gegen den Schädel, drückten auf seinem nackten Körper Zigaretten aus und legten Stromkabel an seine Ohren und an seinen Mund.

Und niemals schwiegen sie. Bruder Tito hatte die Stille verloren. Umsonst lief er umher und suchte einen Ort, irgendeine Ecke der Kirche oder der Erde, wo nicht die schrecklichen Schreie hallten, die ihn nicht schlafen ließen und ihn nicht die Gebete sprechen ließen, die früher seine Verbindung zu Gott waren.

Und dann konnte er nicht mehr. »Es ist besser zu sterben, als das Leben zu verlieren«, war das Letzte, was er schrieb.

Der Torwart

An den Landungsbrücken in Hamburg saßen um die Mittagszeit zwei Männer in einer Kneipe, tranken und redeten. Einer der beiden war Philip Agee, der einmal Chef der CIA in Uruguay gewesen war. Der andere war ich.

Die Sonne, die nicht so häufig scheint in jenen Breitengraden, tauchte den Tisch in Licht.

Zwischen zwei Bieren fragte ich ihn nach dem Brand. Ein paar Jahre zuvor war die Zeitung, bei der ich damals arbeitete, *Época*, in Flammen aufgegangen. Ich wollte wissen, ob das eine Nettigkeit der CIA gewesen war.

Nein, sagte Agee. Der Brand war ein Geschenk der göttlichen Vorsehung gewesen. Und er erzählte mir:

»Wir hatten eine phantastische Druckfarbe bekommen, um Druckmaschinen unbrauchbar zu machen, konnten sie jedoch nicht einsetzen.«

Die CIA hatte es nicht geschafft, einen Agenten in die Druckerei der Zeitung zu schleusen, und hatte auch keinen unserer Druckereiarbeiter rekrutieren können. Unser Druckereileiter ließ nichts und niemand durch. Er war ein starker Torwart, sagte Agee anerkennend: »A great goalkeeper.«

Ja, sagte ich. Das war er.

Gerardo Gatti, mit diesem unheilbar gutherzigen Gesicht, war ein starker Torwart. Und er konnte auch im Angriff spielen.

Als wir uns in Hamburg trafen, hatte Agee mit der CIA gebrochen, eine Militärdiktatur herrschte in Uruguay und Gerardo hatte man entführt, gefoltert, ermordet und verschwinden lassen.

Verluste

In Guatemala wurde während der schlimmsten Zeit der Militärdiktatur die Tochter von Don Francisco in den Chuacús-Bergen gefangen genommen. Im Morgengrauen schleifte sie ein Armeeoffizier zum Hause ihres Vaters.

Der Offizier herrschte Don Francisco an:

»Ist es schlecht, was die Guerilleros tun?«

»Ja, es ist schlecht.«

»Was muss man also mit ihnen machen?«

Don Francisco antwortete nicht.

»Muss man sie töten?«, fragte der Offizier.

Don Francisco schwieg weiter und sah zu Boden.

Seine Tochter kniete auf dem Boden, eine Kapuze über dem Kopf, die Hände gebunden, eine Pistole an der Schläfe.

»Muss man sie töten?«, fragte der Offizier noch einmal.

Und noch einmal. Und Don Francisco sagte gar nichts.

Bevor die Kugel den Kopf der jungen Frau wegriss, weinte sie. Unter der Kapuze weinte sie.

»Sie weinte um ihn«, erzählt Carlos Beristain.

Abwesenheiten

Tausend Farben trägt der Tod auf dem Friedhof von Chichicastenango. Vielleicht feiern die Farben auf den blühenden Gräbern das Ende des irdischen Alptraums: Diesen bösen Traum von Herren und Beherrschten, den der Tod beendet, wenn er uns mit einem Prankenhieb entblößt und gleich macht.

Doch gibt es auf dem Friedhof keine Grabsteine von 1982 oder 1983, der Zeit des großen Mordens in den indianischen Gemeinschaften in Guatemala. Die Armee warf diese Leichen ins Meer oder in die Krater der Vulkane oder verbrannte sie in wer weiß welchen Massengräbern.

Die fröhlichen Farben der Gräber in Chichicastenango grüßen den Tod, den Gleichmacher, der mit gleicher Höflichkeit den Bettler und den König behandelt. Doch jene, die starben, weil sie wollten, dass das Leben auch so sei, sind nicht auf dem Friedhof.

Begegnungen

Er war erst kurze Zeit in der Fabrik, als ihm eine Maschine in die Hand biss. Ein Faden war ihm weggerutscht; als er ihn fassen wollte, wurde Héctor erfasst.

Und lernte nichts dazu. Héctor Rodríguez verbrachte sein ganzes Leben damit, verlorene Fäden zu suchen, Gewerkschaften zu gründen, die Versprengten zu sammeln und die Hand und auch alles andere zu riskieren bei dem Handwerk, das zu verweben, was die Angst entwebte.

Unter der Strafe wachsend durchquerte er die Jahre der schwarzen Listen und die Gefängnisjahre und alles andere auch.

Als der letzte seiner Tage gekommen war, waren wir viele, die am Friedhofseingang auf ihn warteten. Héctor sollte auf dem Hügel begraben werden, der sich über dem Strand von Buceo erhebt. Wir warteten schon eine ganze Weile an jenem grauen, windigen Nachmittag, als ein paar Friedhofsangestellte mit einem Sarg auf den Schultern kamen, ohne Blumen und ohne Trauergäste. Und hinter diesem Sarg betraten als Trauerzug ein paar von uns den Friedhof, die wir auf Héctor warteten.

Ein Versehen? Hatten sie sich im Sarg geirrt? Wer weiß. Es war typisch für Héctor, dem Toten, der allein war, seine Freunde zu leihen.

Die Tür

Carlos Fasano hatte sechs Jahre damit zugebracht, sich mit einer Maus und der Tür der Zelle Nummer 282 zu unterhalten.

Die Maus war nicht sehr zuverlässig, sie entwischte durch die Ritzen und kam wieder, wenn sie wollte, doch die Tür war immer da.

Später wurde das Gefängnis zu einem der Shopping Center von Montevideo. Das Zuchthaus wurde zum Warenhaus, und seine Zellen schloss nicht mehr Leute weg, sondern Armani-Anzüge, Parfüm von Dior und Panasonic-Videogeräte.

Die Zellentüren kamen auf den Schrottplatz.

Dort fand Carlos seine Tür. Sie trug keine Nummer, doch erkannte er sie sofort. Dies waren die Linien, die er mit seinem Löffel geritzt hatte. Dort waren die Flecken, die alten Flecken im Holz, die Landkarten der geheimen Länder, in die er jeden Tag seiner Gefangenschaft gereist war.

Jetzt steht die Tür im Freien auf einem Hügel, wo es verboten ist, sie zu schließen.

Die Erinnerung

Er kämpfte, wurde verwundet, geriet in Gefangenschaft.

Man hatte ihn in der Folterkammer schon ziemlich umgebracht, als ihn ein Militärgericht verurteilte, ganz umgebracht zu werden.

Ihm wurde klar, dass er allein war. Was von ihm übrig war, hatten seine Genossen vergessen.

Von allen verlassen, wartete er darauf, dass der Tod seine Arbeit erledigte.

In der Einsamkeit des Kerkers begann er, mit der Wand zu sprechen.

Doch vor dem Tod kam das Ende des Krieges; und er wurde befreit.

Und auf den Straßen von San Salvador sprach er weiter mit den Wänden und verpasste ihnen Faustschläge und Kopfstöße, weil sie nicht antworteten.

Er landete im Irrenhaus. Dort hielt man ihn ans Bett gefesselt. Nicht einmal mit den Wänden sprach er jetzt mehr.

Norma, die vor Jahren mit ihm befreundet gewesen war, ging ihn besuchen. Man band ihn los. Sie gab ihm einen Apfel. Ohne ein Wort zu sagen, lag er da und sah auf den Apfel in seiner Hand, diese leuchtend rote Erdkugel, und nach einer Weile zerteilte er den Apfel mit den Zähnen und stand auf und verteilte die Stückchen, Bett für Bett, unter allen Insassen.

Da wusste Norma:

»Luis ist verrückt, doch er ist immer noch Luis.«

Tik

Im Sommer 1972 hörte Carlos Lenkersdorf dieses Wort zum ersten Mal.

Er war zu einer Versammlung der Tzeltales-Indios eingeladen worden, im Dorfe Bachajón, und verstand gar nichts. Er kannte die Sprache nicht, und die lebhafte Diskussion klang ihm wie verrückter Regen.

Der Ausdruck tik drang durch diesen Regen. Alle sagten ihn und wiederholten ihn, »*tik*«, »*tik*«, »*tik*«, und sein helles Ticken übertönte das Gewirr der Stimmen. Es war eine Versammlung in *Tik*-Dur.

Carlos war viel in der Welt herumgekommen und wusste, dass das Wort *ich* dasjenige ist, das in allen Sprachen am meisten gebraucht wird. *Tik*, das Wort, das im Mittelpunkt des Gesprochenen und Gelebten dieser Maya-Gemeinschaften leuchtet, bedeutet *wir*.

Der Kolibri

In manchen einsamen Weilern der Anden erinnern sich die, die sich gut erinnern, an die Zeit, als der Himmel beinahe auf der Erde lag.

Wir hatten den Himmel so dicht über uns, dass die Leute gebückt gehen mussten und sich nicht aufrichten konnten, ohne sich den Kopf zu stoßen. Die Vögel wollten losfliegen, und beim ersten Flügelschlag stießen sie gegen die Decke. Der Adler und der Kondor versuchten es mit aller Kraft, aber der Himmel tat, als merke er es überhaupt nicht.

Die Zeit des Plattdrückens der Erde ging zu Ende, als sich ein kleiner, flinker Blitz in dem bisschen Luft, das da war, Platz verschaffte. Der Kolibri stach dem Himmel seinen nadelspitzen Schnabel in den Hintern und zwang ihn mit seinen Stichen, höher und höher zu steigen, bis dahin, wo er heute ist.

Der Adler und der Kondor, mächtige Vögel, symbolisieren Kraft und Flug. Doch es war der Kleinste aller Vögel, der die Erde von der Last des Himmels befreite.

Sexsymbol

Der Floh hat es nicht nötig anzugeben. Er richtet keine hohen Masten, Türme, Obelisken oder Wolkenkratzer auf. Auch baut er keine langen Gewehre, Kanonen und Raketen.

Der Floh, Liebhaber des Floh-Weibchens, braucht kein Phallussymbol zu erfinden, weil er es schon besitzt: Es misst nicht weniger als ein Drittel seines Körpers, die eindrucksvollste Größe des ganzen, großen Reiches dieser Welt, und ist mit Federchen geschmückt.

Die menschlichen Männchen, Schinder und Schläger, verheimlichen seit Tausenden von Jahren diese beschämende Information.

Der Löwe und die Hyäne

Der Löwe, Symbol von Mut und Edelmut, er klingt in den Hymnen, flattert auf Fahnen und schützt Burgen und Städte. Die Hyäne, Symbol von Feigheit und Grausamkeit, klingt nicht und flattert nicht und schützt auch nichts. Der Löwe gibt Königen und Plebejern seinen Namen, doch ist nie bekannt geworden, dass sich je jemand Hyäne genannt hat oder nennt.

Der Löwe ist ein fleischfressendes Säugetier aus der Familie der Raubkatzen. Das Männchen brüllt vorwiegend. Seine Weibchen jagen unterdessen einen Hirsch, ein Zebra oder irgendein anderes schutzloses oder unaufmerksames Tier, während das Männchen wartet. Wenn das Essen fertig ist, bedient sich das Männchen zuerst. Von dem, was übrig bleibt, fressen die Weibchen. Und am Schluss, wenn noch was da ist, fressen die Jungen. Wenn nichts mehr da ist, gehen sie leer aus.

Die Hyäne, fleischfressendes Raubtier aus der Familie der Hyäniden, hat andere Gewohnheiten. Es ist der Herr, der hier das Fressen holt; und er frisst zuletzt, nachdem die Kinder und die Damen sich bedient haben.

Um jemanden zu loben sagen wir: »Er ist ein Löwe.« Und um zu beleidigen: »Er ist eine Hyäne.« Die Hyäne lacht. Warum wohl?

Die Fledermaus

Graf Dracula verschaffte ihr einen schlechten Ruf.

Obwohl Batman versuchte, ihr Bild aufzubessern, verursacht die Fledermaus immer noch mehr Abscheu als Dankbarkeit.

Doch das Symbol des Reichs der Dunkelheit fliegt nicht auf der Suche nach menschlichen Hälsen durch die Nacht. Tatsächlich tut uns die Fledermaus den Gefallen, die Malaria zu bekämpfen, indem sie jede Stunde tausend Moskitos erlegt, und sie ist so freundlich, die Insekten zu verschlingen, die die Pflanzen töten.

Trotz unserer Verleumdungen verursacht dieses wirksame Pestizid keinen Krebs bei uns, noch verlangt es etwas für seine Dienste.

Der Hai

Im Film und in der Literatur schwimmt dieses schlaue, blutrünstige Monster durch die Weltmeere, mit immer aufgerissenem Rachen und seinem Gebiss aus tausend Dolchen: Es denkt an uns und leckt dabei die Lefzen.

Außerhalb des Films und der Literatur zeigt der Hai nicht das geringste Interesse an Menschenfleisch. Nur selten greift er uns an, höchstens aus Selbstverteidigung oder aus Irrtum. Wenn ein sehr kurzsichtiger Hai uns mal mit einem Delphin oder einem Seehund verwechselt, nimmt er einen Bissen und spuckt angewidert aus: Wir sind aus vielen Knochen und aus wenig Fleisch, und unser weniges Fleisch hat einen schrecklichen Geschmack.

Die Gefährlichen sind wir, und das wissen die Haie nur allzu gut; doch drehen sie keine Filme und schreiben auch keine Romane.

Der Hahn

Der berühmte Hahn von Morón war weder Vorbote noch Symbol des neuen Tags.

Er war, so heißt es, Richter oder Steuereintreiber oder Gesandter des Königs. Er hieß *Gallo*, Hahn, mit Nachnamen und, das Volk tretend, sagte er:

»Wo dieser Hahn kräht, schweigen die anderen.«

Speichellecker und Erniedriger, der er war, leckte er nach oben und nach unten spuckte er.

Jahrelang schwiegen die Schweigenden, bis sie eines schönen Tages den Palast stürmten, wo geschunden wurde, fingen den Schinder, rissen ihm die Kleider herunter und jagten ihn nackt mit Steinwürfen durch die Straßen.

Das geschah, so heißt es, vor ungefähr fünf Jahrhunderten, in Morón de la Frontera, doch jeder, der die Stadt besucht, kann diesen Hahn, gerupft und in Bronze gegossen, immer noch laufen sehen. Es gilt als Warnung: Damit du aufpasst, du, der dir vor Macht oder Mächtchen schwindlig ist, sonst geht's dir am Ende wie dem Hahn von Morón, gackernd und federlos, läufst du bei der besten Gelegenheit davon.

Das Huhn

Wenn man die Daten der Organisation *Tierärzte ohne Grenzen* und der Luftwaffe der USA vergleicht, kommt man zu dem Schluss, dass das Huhn und der Langstreckenbomber nicht viel gemeinsam haben:

Das Huhn hat die Form eines Huhns und heißt Huhn, und der Langstreckenbomber B-2A hat die Form einer Fledermaus und heißt *Spirit*;

das Huhn kostet nicht mehr als fünf bis sechs Dollar, das Flugzeug kostet zwei komma zwei Milliarden;

das Huhn kann, wenn es in Form ist, einen Kilometer zurücklegen, das Flugzeug fliegt doppelt so schnell wie der Schall und zwölftausendachthundert Kilometer weit ohne zu tanken; das Huhn fliegt nicht mal eine Handbreit über dem Boden, das Flugzeug steigt mehr als fünfzehntausend Meter hoch; das Huhn legt ein Ei pro Tag, das Flugzeug legt achtzehn Tonnen Bomben, die von Satelliten gesteuert sind.

Die Tauben

Sylvia Murninkas lief Rollschuh auf der Strandpromenade von Montevideo, an einem ruhigen, hellen Abend, wolkenloser Himmel, windlose Luft, als sie Kriegslärm hörte.

Die Schlacht wurde im *Hotel Rambla* geschlagen. Das Erdgeschoss des Hotels, das gerade umgebaut wurde, lag in Trümmern, und auf den Haufen Bauschutt lag ein Teppich weißer Federn.

Sylvia wich entsetzt zurück. Die Symbole des Friedens brachten sich gegenseitig mit Schnäbelhieben um: stürzten sich wieder und wieder aufeinander, verknäulten sich in der Luft, schlugen gegen die großen Fensterscheiben und gingen blutüberströmt von neuem aufeinander los.

Helden

Aus der Ferne befehlen Präsidenten und Generäle zu töten.

Sie selbst kämpfen nirgends, außer bei Ehestreitigkeiten.

Vergießen kein Blut, außer durch einen Schnitt beim Rasieren.

Atmen kein Giftgas ein, außer den Abgasen des Autos.

Versinken nicht im Schlamm, soviel es auch in ihrem Garten regnet.

Erbrechen sich nicht vom Geruch der Leichen, die in der Sonne verwesen, sondern höchstens wegen einer Hamburger-Vergiftung.

Haben keinen dröhnenden Schädel von Explosionen, die Menschen und Städte zerfetzen, sondern von Feuerwerksraketen, die den Sieg feiern.

Lassen sich nicht von den Augen ihrer Opfer den Schlaf rauben.

Der Krieger

Im Jahre 1991 besetzten die USA, die gerade Panama besetzt hatten, den Irak, weil der Irak Kuweit besetzt hatte.

Timothy McVeigh wurde zum Töten abgerichtet und für diesen Krieg programmiert. In den Kasernen bildete man ihn aus. Die Handbücher befahlen ihm zu schreien:

»Das Blut lässt den Rasen wachsen!«

Mit diesem umweltfreundlichen Ziel wurde die Landkarte Iraks in Blut getaucht. Die Flugzeuge warfen soviel Bomben wie auf fünf Hiroshimas, und danach begruben Panzer die Verwundeten bei lebendigem Leib. Sergeant McVeigh metzelte seinen Teil in jener Wüste nieder. Feinde in Uniform, Feinde ohne:

»Das sind Kolateralschäden«, sagte man ihm, solle er sagen.

Und zeichnete ihn mit dem Bronzestern aus.

Nach seiner Rückkehr wurde er nicht abgeschaltet. In Oklahoma erledigte er 168. Unter seinen Opfern waren Frauen und Kinder:

»Das sind Kolateralschäden«, sagte er.

Doch gab man ihm nicht noch mal einen Orden. Man gab ihm eine Spritze in den Arm. Und schaltete ihn aus.

Brennende Erde

Im Morgengrauen des 13. Februar 1991 zerstörten zwei intelligente Bomben einen unterirdischen Militärstützpunkt in Bagdad.

Aber der Militärstützpunkt war kein Militärstützpunkt. Er war ein Luftschutzbunker, voller schlafender Menschen. In wenigen Sekunden verwandelte er sich in ein Flammenmeer. Vierhundertacht Zivilisten kamen um, verkohlten. Unter ihnen zweiundfünfzig Kinder und zwölf Säuglinge.

Der ganze Körper von Khaled Mohamed war eine brennende Wunde. Er glaubte, er sei tot, doch nein. Er tastete sich vorwärts und schaffte es nach draußen. Er sah nichts mehr. Das Feuer hatte seine Augenlider zugeschweißt.

Auch die Welt sah nichts. Das Fernsehen war damit beschäftigt, die neuen Tötungsmaschinen vorzuführen, die dieser Krieg gerade auf den Markt brachte.

Dröhnender Himmel

Nach dem Irak kam Jugoslawien.

Von weit her, aus Mexiko, hörte Aleksander durch das Telefon das Tosen des Kriegs über Belgrad. Wenn die Telefone funktionierten, manchmal ja, manchmal nein, empfing er die Stimme von Slava Lalicki, seiner Mutter, die man kaum hören konnte unter dem Getöse der Bomben und dem Heulen der Sirenen.

Die Raketen regneten auf Belgrad, und jede Explosion wiederholte sich viele Male in Slavas Kopf.

Nacht für Nacht, achtundsiebzig Nächte im Frühjahr 1999, konnte sie nicht schlafen.

Als der Krieg zu Ende war, genauso wenig:

»Das ist die Stille«, sagte sie. »Diese unerträgliche Stille.«

Die anderen Krieger

Während die Raketen von Jugoslawien erlitten, vom Fernsehen gefeiert und von den Spielwarenläden der Welt verkauft wurden, erfüllten sich zwei junge Burschen den Traum vom eigenen Krieg.

Aus Mangel an Feinden wählten sie das, was ihnen am nächsten war. In der Cafeteria ihrer Schule, der Columbine-Schule, töteten Eric Harris und Dylan Klebold dreizehn Menschen und ließen einen Haufen Verwundete zurück. Das war in Littleton, einer Stadt, die von der Raketenfabrik der Firma Lockheed lebt. Eric und Dylan nahmen keine Raketen. Sie nahmen Pistolen, Gewehre und Munition, die sie im Supermarkt gekauft hatten. Und nach dem Töten töteten sie sich selbst.

Die Zeitungen schrieben, sie hätten außerdem zwei Propangasbomben vorbereitet, um die ganze Schule mit allen Anwesenden in die Luft zu jagen, die Bomben explodierten jedoch nicht.

Die Zeitungen erwähnten kaum den anderen Plan der zwei, weil er allzu absurd war: Diese in den Tod verliebten Burschen hatten überlegt, ein Flugzeug zu entführen und es in die Zwillingstürme in New York rasen zu lassen.

Herzlich willkommen im neuen Jahrtausend

Zweieinhalb Jahre nach dieser Schießerei in der Schule fielen die Zwillingstürme in New York in sich zusammen wie trockene Sandburgen.

Dieser terroristische Angriff tötete dreitausend Menschen, die ihrer Arbeit nachgingen.

Präsident George W. Bush bekam so die Erlaubnis zum Töten. Er erklärte den endlosen Krieg, den Weltkrieg gegen den Terrorismus, und nach einem Weilchen marschierte er in Afghanistan ein.

Dieser andere terroristische Angriff tötete dreitausend Bauern.

Bombenblitze, Explosionen, Schreie, Flüche: Die Fernsehschirme zerplatzten nahezu. Tagtäglich wiederholten sie die Tragödie der beiden Türme, sie mengte sich mit dem Lärm der Bomben, die auf Afghanistan fielen.

In einem einsamen Dorf, weit weg vom Irrenhaus der Welt, saß Naúl Ojeda auf dem Boden, mit seinem dreijährigen Enkelkind. Das Kind sagte:

»Die Welt weiß nicht, wo sie zuhause ist.«

Sie waren dabei, Landkarten zu betrachten.

Sie hätten auch die Nachrichten anschauen können.

Nachrichtensendung

Die Unterhaltungsindustrie lebt vom Markt der Einsamkeit.

Die Tröstungsindustrie lebt vom Markt der allgemeinen Existenzangst.

Die Sicherheitsindustrie lebt vom Markt der Angst.

Die Lügenindustrie lebt vom Markt der Dummheit.

Wo messen sie ihren Erfolg? An der Börse.

Die Waffenindustrie genauso. Ihr Aktienkurs ist die beste Nachricht jedes Krieges.

Die globale Information

Ein paar Monate nach dem Einsturz der Türme bombardierte Israel Jenin.

Von diesem palästinensischen Flüchtlingslager blieb nur noch ein riesiges Loch, voller Toter unter den Ruinen.

Das Loch von Jenin war genauso groß wie das der Türme in New York.

Doch wie viele sahen es, außer den Überlebenden, die die Trümmer umdrehten, auf der Suche nach ihren Angehörigen?

Der unendliche Krieg

Wie es seine Art war, argumentierte der Präsident des Planeten.

Er argumentierte so:

Um mit den Waldbränden Schluss zu machen, müssen die Wälder abgeholzt werden;

Um mit den Kopfschmerzen Schluss zu machen, muss der Patient enthauptet werden;

Um die Iraker zu befreien, bombardieren wir sie, bis sie Brei sind.

Und so war, nach Afghanistan, die Reihe am Irak.

Wieder einmal Irak.

Das Wort *Erdöl* erwähnte niemand.

Die objektive Information

Irak war eine Gefahr für die Menschheit. Saddam Hussein war schuld, dass die Türme eingestürzt waren, und jeden Augenblick konnte dieser terroristische Tyrann an deiner Straßenecke eine Atombombe zünden.

So sagten sie. Dann erfuhr man es: Die einzigen Massenvernichtungswaffen waren die Reden, die deren Existenz erfunden hatten.

Es logen diese Reden, es logen das Fernsehen, die Zeitungen und Radiosender.

Dagegen logen nicht die intelligenten Bomben, die so dumm erscheinen. Indem sie unbewaffnete Zivilisten zerfetzten, die auf den Feldern und den Straßen des besetzten Landes in Stücke gerissen wurden, sagten die intelligenten Bomben die Wahrheit über diesen Krieg.

Befehle

Es geschah am 11. September 2001, als das von den Terroristen entführte Flugzeug in den zweiten Turm in New York flog.

Als der Turm zu krachen begann, flohen die Menschen die Treppen hinunter.

Mitten in dieser Massenflucht erschollen plötzlich Lautsprecher.

Die Lautsprecher befahlen den Angestellten, an ihren Arbeitsplatz zurückzukehren.

Es überlebten die, die nicht gehorchten.

Der Schütze

Der Ministerpräsident von Israel fällt die Entscheidung. Sein Verteidigungsminister gab sie weiter. Der Chef des Generalstabs erklärte, er werde Chemotherapie gegen die Palästinenser anwenden, die eine Krebskrankheit darstellten. Der Brigadegeneral erklärte den Ausnahmezustand. Der Oberst befahl die Verwüstung der kleinen Dörfer und bestellten Felder. Der Divisionskommandant schickte die Panzer und verbot den Krankenwagen die Zufahrt. Der Hauptmann gab Befehl zu schießen. Der Leutnant befahl dem Schützen, die erste Rakete abzuschießen.

Doch der Schütze, dieser Schütze, war nicht da. Yigal Bronner, letztes Glied in der Befehlskette, war ins Gefängnis geworfen worden, weil er sich weigerte, am Massaker teilzunehmen.

Noch ein Schütze

Seit seiner Kindheit war er Maurer gewesen. Als er achtzehn wurde, zwang ihn der Militärdienst, seine Arbeit zu unterbrechen.

Er wurde zur Artillerie geschickt. Eines Tages befahl man ihm bei einer Schießübung an der Kanone, auf ein leeres Haus zu schießen.

Es war ein ganz beliebiges Haus, mitten auf dem Feld. Er hatte zielen gelernt und alles andere auch; aber er konnte es nicht tun. Mit Schreien wiederholte man den Befehl; doch nein. Es ging nicht. Er schoss einfach nicht.

Viele Häuser wie dieses hier hatte er gebaut. Er hätte erklären können, dass ein Haus Beine besitzt, die in der Erde wurzeln, und ein Gesicht, wie auf den Kinderzeichnungen, Augen in den Fenstern, Mund in der Tür, und im Innern eine Seele, die ihm die ließen, die es bauten, und eine Erinnerung derer, die es lebten.

Das hätte er erklären können, doch er sagte nichts. Hätte er es gesagt, dann hätte man ihn als Idioten erschossen. So stand er stramm und hielt den Mund; und wurde in den Bau geschickt.

An einem Lagerfeuer in den Bergen Argentiniens erzählt Carlo Barbaresi im Freundeskreis diese Geschichte seines Vaters. Sie geschah in Italien, zu Zeiten Mussolinis.

Und noch einer

Dies war nicht irgendein Sonntagnachmittag des Jahres 1967.

Dies war ein Klassikernachmittag. Der Verein Santafé spielte gegen Millonarios, und ganz Bogotá war auf den Rängen des Stadions. Außerhalb des Stadions war niemand, der nicht blind oder lahm war.

Es schien schon so, als werde das Spiel unentschieden ausgehen, als Omar Lorenzo Devanni, der Torjäger von Santafé, der Knipser, im Strafraum fiel. Der Schiedsrichter pfiff Strafstoß.

Devanni war verblüfft: Es handelte sich um einen Irrtum, niemand hatte ihn berührt, er war über sich selbst gestolpert. Er wollte es dem Schiedsrichter sagen, aber die Spieler von Santafé hoben ihn hoch und trugen ihn zum Elfmeterpunkt. Es gab kein Zurück mehr: Das Stadion tobte, wollte schier bersten.

Zwischen den drei Pfosten, Galgenpfählen, wartete der Torwart.

Da legte Devanni den Ball auf den weißen Punkt.

Er wusste genau, was er tun würde, und was der Preis war, den er dafür zahlen würde. Er wählte seinen Ruin, er wählte seinen Ruhm: Er nahm Anlauf und schoss mit aller Kraft nach draußen, weit am Tor vorbei.

Die Schwere der Zeit

Vor viereinhalb Jahrhunderten wurde in Genf Miguel Cervet auf grünem Holz lebendig verbrannt. Auf der Flucht vor der Inquisition war er dort hingelangt, doch Calvin schickte ihn auf den Scheiterhaufen.

Servet glaubte, niemand sollte getauft werden, bevor er erwachsen sei, er hatte seine Zweifel über das Mysterium der heiligen Dreieinigkeit und beharrte dickköpfig darauf, in seinen Medizinvorlesungen zu zeigen, dass das Blut durch das Herz fließt und in der Lunge gereinigt wird.

Sein Ketzertum hatte ihn zum Zigeunerleben verdammt. Bevor man ihn gefangen nahm, hatte er oft das Land, das Haus, den Beruf und seinen Namen gewechselt.

Servet verbrannte in langsamer Qual, gemeinsam mit den Büchern, die er schrieb. Auf dem Umschlag eines dieser Bücher zeigte ein Stich Samson, wie er auf dem Rücken eine furchtbar schwere Tür trug. Darunter war zu lesen: *Ich trage meine Freiheit mit mir.*

Der Lauf der Zeit

Sechs Jahrhunderte nach seiner Gründung beschloss Rom, dass das Jahr am ersten Tag des Januar beginnen sollte.

Bis dahin begann jedes Jahr am 15. März.

Es blieb nichts anderes übrig, als das Datum zu ändern, aus Kriegsgründen.

Spanien stand in Flammen. Die Rebellion, die die imperiale Macht herausforderte und Tausende und Abertausende Legionäre verschlang, zwang Rom, die Zählung seiner Tage und den Lauf der Staatsgeschäfte zu verändern.

Lange Jahre dauerte der Aufstand, bis schließlich die Stadt Numancia, die Hauptstadt der hispanischen Rebellen, belagert, gebrandschatzt und vernichtet wurde.

Auf einem Hügel inmitten von Weizenfeldern am Ufer des Duero ruhen ihre Reste. Fast nichts ist übrig geblieben von dieser Stadt, die den Kalender der Welt für immer verändert hat.

Doch um Mitternacht an jedem 31. Dezember, wenn wir die Gläser erheben, trinken wir auf sie, auch wenn wir es nicht wissen, damit sie immer wieder geboren werden, die Freien und die Jahre.

Die Zeit

Wir sind Kinder der Tage:

»Was ist ein Mensch auf dem Weg?«

»Zeit.«

Die Mayas, uralte Meister dieser Mysterien, haben nicht vergessen, dass wir von der Zeit gegründet und aus Zeit gemacht sind, die wiederum von Tod zu Tod geboren wird.

Und sie wissen, dass die Zeit regiert und sich lustig macht über das Geld, das sie kaufen will,

über die Schönheitsoperationen, die sie auslöschen wollen,

über die Pillen, die sie zum Schweigen bringen wollen

und über die Maschinen, die sie messen wollen.

Doch als die Indianer von Chiapas, die sich bewaffnet erhoben hatten, die Friedensgespräche begannen, setzte ein Vertreter der mexikanischen Regierung das Tüpfelchen aufs i. Er zeigte auf sein Handgelenk, zeigte auf die Handgelenke der Indios und entschied:

»Wir gebrauchen japanische Uhren, und ihr gebraucht japanische Uhren. Für uns ist es neun Uhr morgens und für euch ist es auch neun Uhr morgens. Hört endlich auf zu nerven mit dieser Geschichte mit der Zeit.«

Wechselwetter

Wenn das Wetter Gegner ist, schwarze Himmel, eiskalte, stürmische Tage, bleibt das frisch gekeimte Gras still und wartet. Die zaghaften Triebe legen sich schlafen, und im Schlafzustand überleben sie, solange auch das schlechte Wetter dauert.

Wenn dann endlich die Sonnen kommen, der Himmel blau und der Boden warm wird, wacht das Gras auf. Und dann, erst dann, wächst es. Wächst so sehr, dass man es sieht und wachsen sieht, von der Wurzel her gedrängt durch einen Wind, der nicht aus der Luft kommt.

Der Flug des Lichts

In den höchsten Bergen Cajamarcas, von denen, die am längsten brauchten, zu erwachen und aufzustehen, als die Welt entstand, gibt es viele von namenlosen Künstlern gemalte Figuren.

Diese farbigen Tätowierungen haben auf den Felsenhängen überlebt, seit Tausenden von Jahren, trotz der Angriffe der Witterung.

Die Malereien sind da und sind es nicht, je nach der Zeit. Manche flammen auf, wenn der Tag sich öffnet, und verlöschen um die Mittagszeit. Andere ändern ihre Form und Farbe den ganzen Weg der Sonne über, vom Tagesanbruch bis zum Abend. Und andere lassen sich erst sehen, wenn die Dämmerung kommt.

Die Malereien sind von Menschenhand gemacht, doch sind sie auch ein Werk des Lichts, des Lichts, das die Zeit schickt, Tag für Tag; und die Malereien gehorchen ihren Befehlen. Sie, das Licht, die andere Künstlerin, Herrin und Königin, versteckt sie und zeigt sie, wie sie will und wann sie will.

Der Ansporn

Die größten Vögel der Erde fliegen am Boden, hier unten, nicht am Himmel.

Sie wurden von den alten Bewohnern der Region um Nazca gezeichnet, die es verstanden, diese so wunderschönen Zeichnungen in diese so hässliche Wüste zu graben.

Von unten betrachtet, sagen die Linien nichts: Sie sind nichts weiter als lange Kanäle aus Stein und Staub, die sich in der Öde aus Staub und Stein verlieren.

Von oben, vom Flugzeug aus betrachtet, bilden diese Wüstenfalten riesige Vögel mit ausgebreiteten Schwingen.

Die Zeichnungen sind zwei- oder zweieinhalbtausend Jahre alt. Flugzeuge gab es, soweit man weiß, damals nicht. Für wen waren sie wohl gemacht? Für wessen Augen? Die Experten sind sich nicht einig darüber.

Ich sage, ich frage: Diese perfekten Linien, die in der Dürre leuchten, sind sie nicht vielleicht entstanden, damit der Himmel sie sieht?

Der Himmel bietet uns seine wunderbaren Zeichnungen, die mit Sternen oder Wolken gezogen sind, und für die wir dankbar sein müssen; doch auch die Erde kann das tun. Dies vielleicht wollten jene Menschen uns sagen, die die Wüste in ein Meisterwerk verwandelten: dass auch die Erde zeichnen kann wie der Himmel zeichnet, und fliegen kann, ohne sich vom Boden zu lösen, auf den Schwingen der Vögel, die sie schafft.

Die Gründung der Tage

Er ist der Erste. Wenn das Ende der Nacht naht, durchbricht der schräge Vogel die Stille. Der schräge Vogel, der nie müde wird, weckt die Meistersinger auf. Und vor dem ersten Lichtstrahl beginnen alle Vögel dieser Welt ihr Lied im Fenster, und fliegen über Blumen, die ihnen ähnlich sind.

Manche singen aus Liebe zur Kunst. Andere verbreiten Nachrichten oder erzählen Klatsch und Tratsch oder halten Reden oder verkündigen Freuden. Doch alle, die Künstler, die Reporter, die Klatscher und die Tratscher, die Quassler und die Spinner vereinen sich in einem einzigen Durcheinander als großes Orchester.

Verkündigen die Vögel den Morgen? Oder singen sie ihn herbei?

Inhalt